神秘組織

超能力偵探事務所 2

陸燁華 著

幾年前的某一天，幻影城同時發生了三起重大事件。大肚子伍爾夫酒店的飛刀襲擊案、陳查理西餐廳的女性中毒案，還有灰白馬酒店的集體跳樓案，這段歷史想必你有所耳聞吧？

目錄

CASE 1

偵探
不信鬼魂

1. 見鬼

走出洗手間，張纖雲不自覺地縮了縮脖子，被夜風一吹，裸露在外的手臂上起了一層雞皮疙瘩。她搓了搓手臂，卻並沒能驅走多少寒意。

雖然不過是二樓，但從走廊向外望去，學校的大部分都盡收眼底，甚至還能看到遠處機場燈塔的點點燈光。在這僻靜的郊區，沒有豐富課餘生活的學生們早已在寢室休息。夜晚安靜的校園讓張纖雲有一種不真實的感覺，青春的喧鬧和張揚的活力都不見了，取而代之的是慘白月光下的寂靜，彷彿這裡是一座空城，本就沒有人生活的氣息。寒風彷彿刺破了皮膚，鑽進了張纖雲的心裡，她沒來由地覺得有點害怕。

張纖雲不是一個膽小的女生，不然也不會大半夜一個人出來夜跑。每當獨自在空曠的操場上跑步，耳朵裡塞著耳機，鼻子呼吸著冷冰冰的新鮮空氣，她都覺得無比享受。此刻她在教學樓裡，同樣是一個人，為什麼卻有一種心慌害怕的感覺呢？

是因為白天聽到幾個女生討論的學校怪談？

「哎，你知道嗎，聽說這個學校以前出過事！」

「什麼事啊？」

「很有名啊，據說有個女生被人欺負，被人把頭按到了洗手間的馬桶裡……」

「啊！這麼噁心！」

「哈哈哈你在想什麼啦，是乾淨的馬桶呀。」
「那、那也很噁心啊！水很髒啊！」
「後來……」
「後來怎麼了？」
「後來……欺負人的學生沒把握好分寸，不小心把那個女生淹死了。」
「啊！真的假的？」
「我也不知道，論壇上有學姊說的，後來有人晚上去女廁所，看到突然出現了一個人影呢。」
「太可怕了，不要說了，以後還怎麼上廁所！」
「那個女鬼的臉都被泡腫了，頭髮上、臉上都是水，滴滴答答的……」
「哎呀，你太討厭了，閉嘴啦！以後上廁所你都要陪我去啊！」
道聽塗說的欺凌殺人故事、女廁所裡的鬼魂、濕漉漉的頭髮、浮腫的臉……盡是些爛俗的橋段。張纖雲聽完那兩個女生的對話時心中嗤笑不已。已經是大學生了，居然還在開這麼幼稚的玩笑。
但現在，為什麼會想起這個「幼稚的玩笑」呢？因為自己剛好從女廁所裡走出來？因為空無一人的夜晚最適合這種無聊的鬼故事？
空無一人……
張纖雲知道自己心慌什麼了，這裡真的是空無一人嗎？從剛才起她就覺得附近有人，而且……在看著她！

她回過頭，洗手間裡的白熾燈很亮，視線所及之處沒有任何異樣。

是躲在隔間裡了嗎？

這麼想著，張纖雲發現自己的雙腳已自顧自地邁回了洗手間。

走到第一個隔間前，門虛掩著，她小心翼翼地推開，裡面沒有人。

第二個、第三個……檢查完了所有隔間，確認沒人躲藏之後，張纖雲呼出了一口氣。

我到底在幹什麼啊？

她覺得自己的行為很可笑，走出女廁所，迎接外面新鮮的夜風，喚醒身體對冷的感知。

啪嗒！

是腳步聲！

在張纖雲的耳朵裡，這輕輕的腳步聲不啻於一聲巨響。她向左邊看去，長長的走廊上只有月光灑在上面，而在月光照不到的地方，一排漆黑的教室猶如通往異時空的門。在她右邊，是通向一樓的樓梯。

確實是腳步聲，沒有聽錯，確認了這個事實後，張纖雲無暇多想，便衝到樓梯口，向下跑去。她不想滿足自己的好奇心了，逃離這幢教學樓，是她現在唯一想做的事。

並不長的樓梯，在張纖雲眼中卻像一條沒有盡頭的可怕甬道。漆黑的樓梯間裡好像隨時都會冒出來一個人，或者當她跑下去的時候，有一個人正呆坐在臺階上，直愣愣地看著她。在一番胡思亂想中，張纖雲終於到了一樓，跑出了教學樓。

一路上什麼都沒有發生，她沒有看到不該看到的東西，也沒有人在後面追趕。她能聽到的，只有自己大口喘氣的聲音。

平復了一下心緒，張纖雲轉過頭，看向那幢她剛剛不知為何狂奔而出的教學樓，它依然如一隻沉睡的鋼筋巨獸，沒有絲毫變化。藉著朦朧的月光，她依稀看到走廊上有一個人。

——有一個人？

不可能！

張纖雲知道自己不會看錯，但她還是揉了揉眼睛，再次看去——視線更模糊了！

但，沒有錯，一個長髮女人，正從女廁所出來，在走廊上走動。

今晚的月光並不十分明亮，看不清楚女人的臉，張纖雲只感覺那個女人的臉有點奇怪。具體哪裡奇怪又說不上來。

正這麼想著，張纖雲往前踏了一步，試圖看清那個女人的臉。但就在她踏出這一步的時候，二樓走廊上的女人也朝她邁了一步！被欄杆擋住去路的女人身體前傾，瞪著雙目直視張纖雲。

這是一幅奇怪的畫面。寂靜無人的校園裡，兩個女人在樓上樓下遙遙相望。時間彷彿靜止了。理智告訴張纖雲，這個時候最佳的選擇是拔腿就跑，但她卻被一股神祕的力量牽引，逃不開這個畫面。這時，因為對方身子前傾，藉著慘澹的月光，張纖雲知道她的臉為什麼奇怪了。

浮腫！

白天偶然間聽到的閒聊又迴盪在張織雲的耳畔。

「那個女鬼的臉都被泡腫了，頭髮上、臉上都是水，滴滴答答的……」

半夜從女廁所出來的女人，臉是腫的，再仔細想想，頭髮好像也是濕的。張織雲瞪大了眼睛繼續看，此時「女鬼」已離開欄杆，走到了一間教室前。「女鬼」走了進去！

「女鬼」走進教室後，張織雲又仰著頭呆立了一會兒。但二樓的走廊上一片死寂，再也沒有任何動靜。

剛剛看到的那一幕，是真的嗎？

想要驗證，只有一個方法，那就是回到二樓，走進那間教室一探究竟！

可如果進去之後和「女鬼」面對面，豈不是很可怕？不，如果進去之後發現裡面什麼都沒有，才更可怕吧。未知的恐怖比直面恐怖更恐怖。光是想想，張織雲就感覺背上像有一條蛇在蠕動，涼颼颼的，心怦怦亂跳。

但是她的雙腳卻又自顧自地向前邁，最終還是好奇心戰勝了理智，腦中一片空白的張織雲發現自己又爬上了樓梯，走過走廊。回過神來的時候，她已經站在那間教室門外了。

教室的門開著，裡面黑乎乎的，但能看到桌椅的輪廓。在教室中央的一個座位上，有一個人。

張織雲伸出顫抖的手，摸了好久才摸到電燈開關，用力一按，燈光亮起。突然的光亮刺得她閉了一下眼睛，再次睜開後，她發現癱坐在教室中央的那個人還是一動不動。

她朝那個人走去。走到近前終於看清這是一個理著平頭的男生，臉上是一副痛苦又驚恐的表情，雖然如此，還是能看出他相貌英俊。男生的後腦勺靠在身後的桌角上。

「同學……」

張織雲伸手推了推他，卻發現觸手冰涼，還濕漉漉的。她這才發現，這個男生的臉、衣服和褲子，都被水打濕了，就像被一個渾身濕透的人擁抱過。

意識到這是一具屍體後，張織雲大叫起來。

2. 委託

如果季節也有性格，那幻影城的三月，就是一個糾結著要不要真正入春的矯情女生。中午陽光明媚，穿著短袖就能上街，還會被曬得很舒服，然而到了晚上，不套一件冬天的大衣，恐怕連門都邁不出去。

但不管晝夜溫差有多大，李清湖一年四季始終是一套筆挺的高級西裝，已經花白的頭髮梳得一絲不苟，皮膚乾淨整潔。可以看出這是一個非常注重儀表，並且有保養皮膚習慣的時髦老人。

達特莫爾街很長，街上有很多家偵探事務所，李清湖的事務所就在其中。午後的陽光照在這幢白色建築上，門旁邊「超能力偵探事務所」的招牌雖然已經掛了十年，但完全沒有老化破敗的跡象，近來反而更顯光彩奪目了。

自從注入新血之後，這家偵探事務所便和以前完全不同了。李清湖這麼想著，嘴角露出一絲笑意，走到了門前。

一個十歲左右的卷髮小孩蹲在門口，身邊圍著一群貓狗，幾隻麻雀停在旁邊的窗臺上。小孩嘴裡發出嘰哩咕嚕的聲音，似乎正和這群小動物談笑風生。

如此奇妙的景觀，對李清湖來說早已見怪不怪，這個小孩名叫幽幽，是他從「布朗神父關懷院」領回來的「偵探」，除了不能和人交流，他可以和任何動物溝通。憑藉這個超能力，他居然也破獲了很多常人很難破解的奇案。沒有委託的時候，幽幽每天的樂趣就是和動物聊天玩耍。李清湖知道，他並非性格孤僻，只是和動物在一起的時候，他才能享受最自然的快樂。

同樣是新加入的偵探，葉飛刀曾經把幽幽和貓玩耍的行為叫作「擼貓」，後來逐漸又擴展出「擼狗」、「擼鳥」等奇怪的詞語，至於同時「擼」一群動物的行為，葉飛刀說這叫「擼天下」。畢竟，除了人，幽幽是萬物皆可「擼」的。

察覺到有人走近，蹲在地上的幽幽抬頭看了一眼事務所所長，表情木訥地點了點頭。李清湖衝他笑了一下，他知道這已經是幽幽能做出的最有禮貌的打招呼的方式了。

打開門，走進屋內，廉價的恐怖音效瞬間傳到李清湖的耳朵中。只見葉飛刀坐在沙發上，盯著電視螢幕，表情驚恐異常，而事務所裡唯一的女性——左柔，卻在一旁冷冷地看著他，神情鄙夷。

「所長，你回來了。」

看到李清湖進屋，左柔連忙站起身打招呼。

「興致這麼好，在看恐怖片？」李清湖掃了一眼電視，恐怖片正放到高潮，一個穿著白色睡衣、頭髮垂在臉前的女鬼晃晃悠悠地朝鏡頭方向走近。突然不知從哪裡起了一陣妖風，吹開了女鬼的長髮，露出一張好像用油漆刷過似的慘白的臉，開裂到耳邊的嘴巴是紅色的，還淌著血。

看到這一幕，葉飛刀發出一聲尖叫，雙手捂住了自己的腮幫子。

「你捂腮幫子幹嘛？」左柔冷冷地問道。

「柔姐，我想捂眼睛的啊！」葉飛刀一副欲哭無淚的表情。

葉飛刀的超能力是「永遠不準」，不管是下結論，還是做事情，都一定會偏離正確目標。李清湖正是看中了他在「偽解答」方面的驚人天賦，才將他招入麾下的。

「不想看你可以閉上眼睛啊！」

「對哦……我怎麼沒想到。」

「咦？」左柔突然想到一個矛盾的地方，「你應該可以捂住自己的眼睛的啊，你的超能力只在和你無關的東西上才能發揮作用，但對屬於自己的東西，你一向是很準的啊！」

「是嗎？」葉飛刀也是第一次聽到這個說法，他開始懷疑自己的能力了。

「是啊，不信你試試！」

葉飛刀戰戰兢兢地伸出雙手，然後緩緩地貼到了自己的眼睛上。

「真的可以捂！」

「那你剛剛為什麼捂臉？」

「可能是……捂臉比較萌吧。」

「喂！這時候你賣什麼萌！」

聽著他們的鬥嘴聲，李清湖不禁笑了出來。自他成立這家「超能力偵探事務所」以來，左柔就一直跟著他。她擁有敏銳的觀察力和縝密的邏輯推理能力，再加上「能知道別人左邊口袋裡的東西」這一獨特超能力，左柔漸漸從一個小姑娘成長為可以獨當一面的偵探。但左柔始終缺乏女性該有的活潑氣質，不管是在探案過程中，還是日常生活中，她都是一臉嚴肅的樣子。不過在葉飛刀加入後，左柔居然活潑了起來，甚至經常戲弄葉飛刀。

「左柔，幫我泡一杯熱飲吧。」

左柔依言走出客廳，李清湖一邊朝自己的辦公椅走去，一邊問葉飛刀：「今天沒人來嗎？」

「是啊，鷹漢組和主婦偵探事務所的案件結束後（詳見《超能力偵探事務所1》），一直沒什麼大案子，連那個神祕組織好像都消停了。」

「嗯……」李清湖沉吟著，在辦公椅上坐下，「既然他們時隔多年又再次出現，應該沒這麼容易停手。而且，之前的案件中還有很多沒有解釋清楚的疑點。」

「是啊，那個白衣男人到底是誰，好想再和他大戰一回合！」葉飛刀說著，摸了摸綁在大腿上的飛刀。飛刀原本有六把，如今少了一把，那把飛刀正是葉飛刀和神祕組織交手時飛出手，射中敵方的小腹後被帶走了。

這時，左柔端著剛泡好的褐色熱飲回來了。她把杯子放到李清湖面前，問道：「所長，時彥老師怎麼樣？」

剛才李清湖出門，正是去莫里亞蒂監獄看望被關押的時彥。他喝了一口熱飲，徐徐說道：「他現在……有點疑神疑鬼的。」

左柔想起時彥穿著白色大衣、戴著墨鏡的模樣。

「還沒從之前的事件中恢復嗎？」

李清湖歎了一口氣。「也不能怪他，畢竟原本無比堅信的邏輯世界，被那個神祕組織摧毀了。

他被分配進最好的一間單人牢房，簡直和酒店沒什麼區別，可是今天我去看他時他不停地對我說牢房裡有鬼。」

「有鬼？」左柔覺得很好奇。

葉飛刀又發出一聲尖叫，然後準確地捂住了自己的眼睛。

「你捂眼睛有什麼用，這次要捂耳朵！」

「哦對。」經左柔的提醒，葉飛刀又捂住了耳朵。

「時彥說，前兩天半夜，他還沒睡，看到有一個穿著紅色旗袍的女人從他的牢房前走過。他的牢房在莫里亞蒂監獄最深處的『特別關押區』，這個區裡都是單人牢房。」李清湖說道，「單人牢房，你們也知道，關押的都是特殊角色。探視這些犯人是要有獄警陪同的，但那個穿紅色旗袍的女人卻是一個人堂而皇之地在裡面行走。」

「這……是很奇怪，但也不能說她是鬼啊。」左柔想了想，又說道，「那個女人可能是有特殊身分的人呢。」

「關鍵是，那個女人發現時彥在看她，就停下腳步，對他說了一句『你能看到我』？」

「你能看到我？」左柔重複了一遍。

「啊！」葉飛刀慘叫一聲，把頭埋進沙發。

「說完這句話，那女人衝時彥笑了笑，然後繼續往裡走去。」

「後來呢？那個女人出來了嗎？」

「沒有，已經過去幾天了，時彥都沒看到那個女人出來，好像消失在了監獄深處的某一個地方。」

「這不可能吧……幾天，餓都餓死了，裡面都是牢房啊，怎麼可能……」左柔接著問道，「還有別人看到這個穿紅色旗袍的女人嗎？」

「其他牢房的犯人那個時候都在睡覺，因此沒人看到。兩個守夜的獄警說那天晚上沒有人從外面進來。所以，時彥便一口咬定他見到鬼了。」

左柔想像了一下，夜半時分，一個穿著鮮紅色旗袍的女人緩緩走過監獄走廊，這畫面太不真實，反而顯得沒那麼可怕了。

李清湖端起杯子吹了吹，說道：「雖然我在幻影城見過、也經歷過各種不可思議的事情，但『鬼』這個東西，我是絕不相信的。」

「嗯！」左柔點頭同意，「我也是這麼想的，包括之前的『死而復生事件』，肯定有一個科學的解釋，只是我們現在還沒有識破兇手的障眼法。」

「先把精力放到我們自己的事務所上來吧。我看看現在的積分。」李清湖翻開桌上的《幻影城日報》。

幻影城的各家偵探事務所每偵破一起案件，就會獲得與案件的重要程度、難易程度相對應的積分。每天更新的前一百名偵探事務所排行榜會刊登在《幻影城日報》上，前十名幾乎雷打不動，但越到後面，因為積分相差無幾，排名變動也非常頻繁。

「喲，不錯啊，我們的排名又上升了！」李清湖看上去非常高興。

「老頭，我們現在第幾名？」葉飛刀不知什麼時候已坐在了沙發上。

「九十四名。」

「什麼？這麼低！聽你那口氣我還以為進前五了呢！」

「已經很好了，上週我們還在一百名外呢。」李清湖笑著說，「自我們積分清零之後，只用了不到一個月的時間就回到了前一百名，幻影城有這麼多偵探事務所競爭，我們的攀升勢頭已經很厲害了。」

「嗯，這段時間多虧了幽幽。」左柔說道，「殺人命案畢竟不常發生，平時更多的是一些找貓尋狗的小事。碰到這種委託，幽幽只要和相應的動物們開個會，很快，走丟的狗啊貓啊就會主動回去。」

「無聊死了！」葉飛刀嚷嚷道，「現在一天到晚都是找個狗、找個貓的，超能力偵探事務所快變成尋狗事務所了！什麼時候有大案子啊！」

「你怎麼還唯恐天下不亂呢？」左柔責怪道。

「哎，老頭，我問你，」葉飛刀從沙發上站起來，走到李清湖面前，看著他說道，「我是個合格的偵探嗎？」

李清湖沒想到葉飛刀會突然問他這麼嚴肅的問題，他喝了一口杯子裡的熱飲，說道：「在我心中，你是一個、呸……合格的偵探。」

「怌是什麼意思啊！」

「哦，不好意思。」李清湖露出充滿歉意的笑容，「喝到了茶葉。」

「哪兒來的茶葉，」葉飛刀叫道，「你喝的是阿華田啊！」

「哦，是嘛……」李清湖一臉驚訝，像是剛知道自己喝的是什麼，「好了，說正經的吧。你和幽幽一起來的，快一個月過去了，他一個小孩獨立破了那麼多案子，你呢？你獨立解決過什麼案子嗎？」

「當然有啦！」葉飛刀驕傲地說道，「我破解過一起密室犯罪！」

「密室？」李清湖狐疑地看著葉飛刀，問道。

「老頭，你知道『躲門後』嗎？」

「知道啊，推理小說中常見的密室詭計，就是凶手在一間密室中殺了人，之後躲在門後，等一群人破門衝進來的時候再混到人群中出去。」

「沒錯，我就抓住了一個躲門後的凶手！」葉飛刀說，「那次現場門窗緊閉，死者躺在房間中央，我卯足了力氣朝門撞去，想把門撞開，結果沒撞準，撞在了門旁邊！」

「確實是你的風格……然後呢？」

「門邊被我撞出一個大窟窿，正好露出躲在門後的凶手，我就把他逮了個正著！」葉飛刀嘿嘿笑了一下，繼續說道，「一同前來的偵探都瘋狂地讚美我，說我肯定是早就知道凶手躲在門後，才故意這樣撞的呢！」

「呃……小刀，我有個疑問啊。」細心的左柔覺得有點不對勁，「門旁邊不是牆嗎，你能把牆撞穿？」

「哦，那戶人家用的是日式拉門。」

「拉門怎麼躲門後啊？這凶手是傻瓜嗎！」

李清湖呵呵笑了一下，又說道：「不錯啊，抓住了凶手。那後來警察總署的人給你積分了嗎？」

「當然給啦！」

「給了多少分？」

「一百分！」

「這麼多？」

「那當然，本來還想給更多呢，不過他說他身上就帶了這一個硬幣。」

「什麼啊，一百分錢啊！」李清湖差點兒把嘴裡的阿華田嗆出來，「你這案子就值一塊錢……」

「能破案我覺得運氣已經很好了……」葉飛刀垂下頭，沮喪地說，「我這個超能力太沒用了……不，不只是沒用，還會幫倒忙！什麼超能力偵探！柔姐和幽幽的超能力都能破案，可我卻還不如一個普通人！我好沒用啊！」

「不不不，你不要這麼說，小刀，你的超能力還是很有用的。」左柔連忙安慰道。

「真的嗎，柔姐？」
「嗯！」左柔衝葉飛刀堅定地點了點頭。
「有什麼用，能舉個例子嗎？」
「嗯……」左柔抬起頭，仰望天花板，思索起來。
五分鐘後。
葉飛刀哭著說：「柔姐，不要再想了，為什麼經你這麼一安慰，我更難受了呢？」
「好的，那我就不想了。」左柔終於鬆了口氣。
「老頭啊，」葉飛刀哭喪著臉轉向李清湖，「你之前不是說過嗎，幻影城裡應該還有很多有超能力的人，為什麼他們不來加入我們的事務所——」
這話剛說到一半，門鈴響了。
左柔過去開門，看到門外站著一個纖瘦的長髮女生。
「你好。」左柔說，「請問，是來委託案件的嗎？」
「是的……呃，也不是。」
「到底是不是啊？」
「我是有事要委託，而且是殺人事件。」女生的聲音和她的體格一樣柔弱。
聽到「殺人事件」四個字，原本委靡不振的葉飛刀頓時來了精神。
「但是……我還想加入你們偵探事務所，如果可以的話……」

聽到這句話，左柔回頭看了一眼李清湖，然後又問女生：「我們這是超能力——」

「我知道！」女生打斷她說道，「我有超能力！」

「哦？你有什麼能力？」

「我能看到鬼！」

葉飛刀的慘叫聲又從屋裡傳來。

3. 三個女朋友

「這……不太像是鬼的風格吧？」聽完張纖雲的「見鬼」經歷，左柔率先提出了疑問，「你說那個被害人……」

「周柯。」張纖雲提醒道，「被害人叫周柯，體育學院大三的學生。」

「嗯，周柯的死因是頭部撞到課桌角，這種死法更像是意外，而不是鬼魂作祟啊。」

「是的，學校後來也說是意外，都沒去警察總署報備。但我覺得有很多疑點！」張纖雲的語速有點急促，「所以我這次來是屬於私人委託。我看到的從女廁所裡出來的女鬼是怎麼回事？還有，周柯怎麼會一個人大半夜的跑去漆黑的教室？還有還有，周柯的身上有水，可教室裡沒有水，那水是從哪裡來的？」

「女鬼的事暫且不談，周柯晚上一個人去教室可能有很多理由。」左柔沉思著說道，「但屍體上有水，這一點確實奇怪。」

「是啊，真相肯定不是意外這麼簡單！」葉飛刀在一旁附和。

「對了，周柯這個人，你原來就認識嗎？」左柔問張纖雲。

「不認識，但聽說過……怎麼說呢，他是我學長，算一個風雲人物吧，人長得又高又帥，是籃球校隊的，學校裡有不少女生是他的粉絲，所以我也或多或少的聽說過。」

「聽說過？」左柔敏感地追問道，「你聽到的不只是他又高又帥又會打球吧……」

「沒錯，小女生之間肯定不會光八卦這些優點。」張纖雲說，「據說，周柯同時和三個女生交往。」

「什麼！」一旁的葉飛刀用手捋了一下頭髮，叫道，「死得好，啊哈哈哈！」

「你怎麼能這麼說呢！」左柔白了葉飛刀一眼，「死者為大，當心鬼來找你。」

葉飛刀聞言，「嗷」地一聲又縮到了沙發上。

左柔又面向張纖雲詢問道：「同時和三個女生交往，她們互相不知道？」

「這我就不清楚了，那幾個女生我也不太熟。」

「你知道那幾個女生的名字嗎？」

「知道啊，這件事學校裡的很多女生都知道，大家經常說起，我也就知道了。」

左柔瞇起眼睛，打量了一下眼前這個纖瘦的女生，然後說道：「你們小女生之間的八卦傳得還挺詳細的嘛。」

張纖雲臉一紅，說：「我們學校建在飛機場旁邊，周圍沒什麼玩的地方，大家天天悶在學校裡，就只能聊聊八卦解悶了。」

左柔又思考了一陣，轉頭對李清湖說：「所長，我畢業這麼多年，好久沒去學校這種年輕人待的地方了。」

李清湖仍坐在辦公椅上，微笑著說道：「去吧，帶上葉飛刀和幽幽。」

張纖雲眼中閃出期待的光芒。「這麼說來，你們願意接受我的委託了？」

「是啊。」左柔笑著對她說，「至少周柯這個人是有被害動機的，對吧？」

「謝謝！但是……」張織雲小聲地說，「這屬於私人委託，我沒有錢，破案了你們也拿不到積分……」

「沒事，偵探破案是為了找出真相，可不是為了什麼報酬和積分！」左柔轉頭問葉飛刀，「對吧，小刀？」

「啊，柔姐，你叫我？」葉飛刀好像完全在狀況之外，聽到左柔叫他才回過神來。

「你怎麼了？感覺你有點緊張啊。」左柔拍了拍葉飛刀的肩膀，「不要怕，這個世界上沒有鬼，我們這就去破解謎團！」

「不是……柔姐，我從沒去過大學，怎麼才能裝出上過大學的樣子啊？」

張織雲噗哧一聲笑了出來，她對葉飛刀說道：「大哥哥，你真可愛。」

「是、是嘛。」葉飛刀不好意思地撓撓頭，「可是，我有喜歡的人了，對不起……」

「什麼就對不起啊！」左柔拔高了聲音，對葉飛刀說道，「人家妹妹可沒有向你表白！」

簡單收拾了一下東西，超能力偵探事務所的偵探們便準備出發去張織雲的學校。正要走出門的時候，李清湖的聲音從背後傳來。「你們這次去，應該會遇到一個有趣的人。」

葉飛刀停下腳步，回過頭問道：「誰啊？」

「韓決教授。」

「韓決……教授？果然有趣！」葉飛刀說，「我居然沒聽說過這個人！」

左柔問張織雲道：「張同學，你知道韓決教授嗎？」

「當然知道！」張織雲興奮地說，「韓教授是我們學校的名人，典型的高富帥啊，國外留學回來的，是應用數學系的教授，每學期他開的課都爆滿呢。最關鍵的，他還是一個偵探！」

「偵探？」葉飛刀驚訝地問。

「他隸屬於教授偵探事務所。」李清湖敲了敲桌上攤開的《幻影城日報》，說道，「目前積分榜排名第四。」

葉飛刀叫道：「不錯啊，和我們差不多啊！」

「什麼差不多，人家是第四，我們是九十四。」左柔冷冷地說道。

「挺押韻的啊。」

「這裡押韻有什麼用！」

「哇！」張織雲也很興奮，「好有趣！偵探之間的對決！對了，我能看到鬼，能加入超能力偵探事務所嗎，所長？」

李清湖哈哈笑道：「你看到的到底是不是鬼，先讓大哥哥大姊姊去調查一下吧。」

4. 韓決的課堂

鴿群大學，坐落於幻影城郊區，附近連居民住宅都很少，更別提商業設施了。除了鴿群大學之外，周圍唯一的大型建築就是幻影城機場。

這是所全日制綜合大學，原名叫「育群大學」，自十年前幻影城變成「偵探之城」後，這所大學也和其他街道、建築一起改了名字。「鴿群」出自阿嘉莎·克莉絲蒂的偵探小說《鴿群裡的貓》，書中講述的故事同樣發生在校園中。

左柔、葉飛刀和幽幽踏進鴿群大學時已是下午三點，偌大的校園裡沒看到幾個學生，也許因為現在是上課時間吧。

「柔姐，小刀哥哥，我今天已經蹺了一天的課了，等下那節課老師要點名，實在不能蹺了。」張纖雲不好意思地對偵探們說，「要不……你們先自己調查一下？」

「好啊，上課要緊，趕緊去吧。」左柔說。

「你們可以去找韓教授。」

「韓決教授嗎？」左柔想到李清湖說他隸屬於教授偵探事務所，既然是排名第四的事務所裡的偵探，應該會有些想法，「哪裡可以找到他？」

「他一般都在五號樓的大教室上課。」張纖雲指著不遠處的一幢教學樓，說道，「五號樓是我們學校的綜合教學樓，裡面的課程是面向全校的。任何院系、任何專業的學生都可以去五號樓聽課，韓教授的大教室在三樓。還有……周柯也是死在五號樓裡。」
左柔看向那幢坐落在操場旁的五號樓，午後的陽光灑在青色的教學樓表面，泛起一層淡黃色的柔光，怎麼看都是象牙塔中很普通的一幢樓，沒有任何邪惡黑暗的氣息。
「好的，我們去找韓教授了解一下情況，你趕緊去上課吧。」
「嗯。」張纖雲走出去了兩步，又回過頭說道，「我上完課就來找你們，有什麼緊急的事也可以來生物系找我哦。」
又道了一次別，張纖雲才依依不捨地離開。
送別張纖雲後，偵探們朝五號樓走去。一個明顯不是學生的女人、一個腿上綁著飛刀的男人，還有一個面無表情的十歲小孩，這樣奇怪的組合走在校園裡，很容易吸引來往學生的目光。每當有男生狐疑地打量他們的時候，葉飛刀就斜著眼睛看他們一眼，然後心裡嗤笑道：「傻小子。」每當有年輕的女生狐疑地打量他們的時候，葉飛刀都會緊張地衝她們招招手，然後女生們斜著眼睛看著他，擦身而過後，葉飛刀聽到身後傳來銀鈴般的嗤笑聲：「傻小子。」
終於，在反覆嗤笑中，他們來到了五號樓。三人順著樓梯走上二樓，左柔說：「我們先看看這一層。」
「韓教授不是在三樓上課嗎？」葉飛刀問。
「你忘啦，周柯是在二樓的教室裡死的，而且，張纖雲看到有『女鬼』出現的女廁所，應該就是這個了。」說著，左柔衝樓梯一旁的洗手間抬了抬下巴。

葉飛刀深吸一口氣，鼓起勇氣說：「大白天的，我才不怕鬼呢！我去看看！」說完就大步流星地闖進了女廁所。很快，廁所裡便傳來一陣陣尖叫聲。接著葉飛刀逃了出來，身後追著一個胖胖的女生。

「流氓，打死你！」罵到一半，胖女生凶神惡煞的表情突然變得溫柔，「啊……好可愛！」

「嘿嘿，到了陽光照耀的地方，你終於發現我帥了吧。」葉飛刀得意洋洋地說。

胖女生走到葉飛刀身旁，蹲下身一把抱住幽幽，嘴裡不停念叨著：「好可愛，實在太可愛了。是混血兒嗎？」

幽幽天生卷髮，長相精緻，被當成混血兒也不足為奇，但這個胖女生的反應實在太強烈了。左柔看到幽幽被胖女生緊緊摟住，小身板幾乎要被捏碎，臉上卻還是面無表情，忍不住上前分開他們。

「啊，不好意思。」胖女生意識到自己的失態，站起身來向左柔道歉，「你是……他的媽媽吧？」

「你好，我叫左柔，是偵探。我們是來調查前兩天在這裡發生的周柯事件的。」

「周柯？他不是意外死亡嗎？我們老師是這麼說的。」

「呃……是意外，但還有一些地方需要調查一下。」左柔不想透露太多，連忙反問道，「你認識他嗎？」

「當然認識啊。」胖女生乾脆地回答，「周柯，體育系大三學生，身高一八二，體重七十九公斤，在籃球校隊裡打的是三井壽那個位置。射手座，有三個女朋友……」

「這麼了解……你們是什麼關係啊？」聽到胖女生如數家珍般報出周柯的資料，左柔不禁好奇。

「沒有關係，他不認識我。」

「那你怎麼……」

「唉，很多女生都知道，他是我們學校最受歡迎排行榜排名第二的男人。」

「排名第二？第一是誰啊？」

「韓教授啊。」說到這個名字，胖女生原本就花癡的臉上又多了一份崇拜之情，「我們學校所有的女生都上過他……的課！」

這時，上課鈴聲響起，胖女生收起花癡的表情，說了一句「我得去上課了」，就急匆匆地朝教室跑去，跑了兩步又回頭補充了一句：「對了，周柯就是在這間教室裡出事的，不過現在上課了，你們只能在外面看看啦。」

胖女生走了之後，葉飛刀對左柔說：「柔姐，女廁所一切正常！」

「不。」左柔糾正道，「應該說，在你進去之前，一切正常。」

三人慢悠悠地在走廊上走著，每一間教室裡都有人在上課，從表面看來，這所學校、這幢五號樓、這間教室，都沒有因為周柯事件而受到影響。也許真的是張纖雲小題大做了？

來到三樓，他們很快就找到了張織雲口中的那間「大教室」。一個長相儒雅、戴一副細金邊眼鏡的男人正在黑板上寫著數學公式，教室裡的座位幾乎坐滿，而且超過半數是女生。

這應該就是韓決教授了。

趁韓教授在黑板上寫東西的時候，左柔三人悄悄地溜進教室，找了個位置坐了下來。

終於把公式寫完，韓決退後一步看了一眼，滿意地點點頭，然後轉過身，問道：「同學們，你們看得懂嗎？」

台下的同學有的交頭接耳，有的茫然四顧，卻沒有人回答，顯然沒人看懂。

韓決好像鬆了一口氣，他笑著說：「那就好。接下來，我們講講中國的民俗學吧。你們知道中國有幾種處理死者的方式嗎……咦，這位同學，你有什麼問題？」

左柔本來想悄悄地混在同學裡聽完韓決這堂課的，沒想到葉飛刀高調地舉手了。聽到韓決點名，葉飛刀站起來說道：「韓教授，我想問一下，你剛剛寫的那串公式是什麼意思啊？還有，你不是應用數學系的教授嗎，為什麼會講民俗學？」

韓決推了推眼鏡，用鏡片後面充滿智慧的眼睛盯著葉飛刀，說道：「這位同學，以前沒見過你嘛，你是第一次上我的課嗎？」

「我是第一次上課。」葉飛刀答道。

「怪不得，如果你經常上我的課，就明白了，我什麼要寫一段大家都看不懂的公式呢？」

「為什麼呀？」

「因為我喜歡。」

「可惡……」葉飛刀咬著牙說，「那你為什麼不講數學，要講民俗學？」

「哈哈哈哈哈。」韓決突然大笑起來，「既然我寫的數學公式大家都看不懂，我還講什麼啊？只好講些大家都聽得懂的。」

「原來是這樣！」葉飛刀恍然大悟，心滿意足地坐回到位子上。

「好了，我們繼續。」韓決朗聲說道，「大家都知道，我除了是你們的老師，還是教授偵探事務所的一名偵探，我們偵探事務所裡有好幾位和我一樣在各自領域頗有建樹的天才。就像東野圭吾筆下的湯川學、森博嗣筆下的犀川創平，還有……呃，想不到了，反正和這些身兼學者教師和名偵探身分的人一樣，我們也都多才多藝，什麼領域都有所涉獵。所以，我也能給大家講講民俗學。那麼，誰來回答我剛才的問題，在中國，一般都怎麼處理死者？」

「分屍！」

不知道是哪位學生在台下喊了一句，課堂上頓時響起一陣哄笑。

韓決也不生氣，他微微一笑，繼續說道：「這位同學，你的當務之急不是來我的課堂學習專業知識，而是去看一下心理醫生。好了，言歸正傳，中國一般來說處理屍體的方法其實就是葬了。只是根據各地的風俗習慣不同，又有很多種不同的葬法，像土葬、火葬、水葬，是最常見的，除此之外還有天葬、獸葬等。那麼同學們，你們知道為什麼要把死者葬了嗎？」

韓決上課的方式似乎非常追求互動，短短幾分鐘，他已經問了學生們好幾個問題了。

但這一次，他沒有等學生舉手或主動發言，就自己回答道：「因為……放著也不是個事兒嘛。好了，這就是我今天要講的——中國博大精深的民俗學。謝謝大家。」

說完，台下響起熱烈的掌聲。

「什麼？這就講完了嗎？明明什麼都沒講啊。」

葉飛刀的質問夾雜在掌聲之間，吵得自己都聽不到，沒想到韓決抬起雙手向下壓了壓，示意學生們停止鼓掌，然後看著他說道，「看來這位同學有不同的看法，很好。那你來說說看，為什麼要把死者安葬呢？」

「入土為安啊。」葉飛刀毫不犯怵，站起身回答道，「所以才要土葬，就是要讓死者安息。」

「那火葬呢？水葬呢？」

「一樣的道理。很多地方的人認為，火和水具有淨化的功能，也是為了讓死者安息。還有，你剛剛說的什麼天葬獸葬也是的，如果不這樣做的話，會出來很多鬼，我看過的恐怖片裡都是這麼說的！」

「很好。其他同學呢？有人敢認同……不是，有人認同他的看法嗎？」韓決環視講臺下的學生。

「不同意！」一個長相文靜的長髮女生從角落裡站起來，說道，「這世上根本就沒有鬼，我們是在現代的課堂上學習韓老師教授的科學知識，是充滿理性的，不是迷信！我可不相信用水火土來安撫鬼魂這套說法。除非哪一天，真的讓我看到鬼！」

文靜女生說完，臺下響起了窸窸窣窣的討論聲。

「王貞，你今天怎麼這麼激動？」韓決說道，「哦對……你男朋友剛剛去世。不好意思啊，你先坐下吧。」

男朋友剛剛去世？

左柔打量了一下那個叫王貞的女生，她剛坐下，肩膀很明顯地在抖動。

「同學們，抱歉，剛剛是我不好，忘了學校裡剛剛發生的事情，在座的想必也有不少人經歷了同學、好友的離開。如果我勾起了你們悲傷的思緒，向你們道歉。那今天我們就不講民俗學了。同學們還有什麼問題嗎？」韓決在臺上問。

「老師。」坐在前排的一個女生舉手了。

「嗯，你說。」

女生站起來，問道：「韓老師，關於屍體下葬的民俗學你已經給我們講了一個禮拜了，請問什麼時候開始教我們新的知識啊？」

什麼！

葉飛刀不敢相信自己的耳朵，就這麼幾句話，他已經翻來覆去講了一個禮拜了？

「呃……明天就教你們新知識。」

「真的嗎？太好了！」女生開心地坐下了。

「老師最近有點忙，前一陣助教還去其他城市出差了，沒人準備教案。不過助教前兩天回來了，應該準備了新的東西，明天就給你們講。好了，既然沒有其他問題了，剩下的時間同學們就自習吧！」

說完，韓決走出了教室。這節課才上了不到十分鐘，就下課了。

教室裡的同學們對此似乎習以為常，紛紛做起了自己的事情。左柔注意到那個叫王貞的姑娘依然坐在角落裡，獨自垂泣，沒有人安慰她。不過他們現在沒空管這個小姑娘，她衝葉飛刀和幽幽使了個眼色，走出了教室。

韓決剛回到自己的辦公室，超能力偵探事務所的三人組就跟了進去。辦公室裡除了韓決教授外還有一個女人，她身著一身黑色套裝，緊身西裝和窄裙襯出玲瓏有致的身材，一頭棕色長髮燙成大波浪，小巧精緻的鼻子上架著一副無框眼鏡，儼然一個美麗動人的都市白領。她站在氣質儒雅的韓決身旁，這幅俊男美女的完美畫面竟讓左柔也看得呆了一下。

「你們是誰，怎麼自己跑進來了……」女人的聲音竟然也很好聽。

韓決這才看到左柔三人，說道：「哦，是你們啊。」

女人看了一眼韓決，問道：「你認識的？」

「嗯，我給你介紹一下。」韓決對女人說，「這位是……哎，不好意思，你叫什麼來著？」

沒等左柔開口，葉飛刀就搶先說道：「我們是超能力偵探事務所的，我叫葉飛刀。」

「超能力偵探事務所？」韓決和女人對視了一眼。

「不好意思，冒昧打擾了。我叫左柔。」左柔開口道，「這位小朋友也是我們事務所的偵探，叫幽幽。這次來，是想請教韓決教授一些事情。」

「哦……」韓決點頭道，「是為了周柯的事情吧？」

「是的，教授你也——」

「哈哈，有意思，來，坐下慢慢說。」韓決搶先說完，自己先坐了下來，「哦，不要見外，叫我韓教授就行了，不要叫我韓決。這位是我的助教，蘇鳳梨，前兩天剛從臨市回來，還在倒時差，如有冒犯，請不要說出來。」

「對，我去了趟隔壁城市，一定還有時差。」蘇鳳梨這句話說得很輕，更像是在告訴自己。說完，她挪了幾把椅子出來，示意左柔他們坐下聊。然後她又問韓決：「韓教授，剛上完課累了吧，要不要吃個奇異果補補腦子？」

「嗯……」韓決裝模作樣地想了一會兒，說道，「打成汁吧。」

「好。」蘇鳳梨又問左柔，「你們想喝點什麼嗎？」

「水就行，謝謝。」

蘇鳳梨點點頭，轉身去準備了。

「韓教授，我就開門見山了。」左柔坐在椅子上，身體向前微傾，說道，「你是怎麼看周柯那件事的？」

「我認為啊……」韓決剛開口，一旁的榨汁機就在蘇鳳梨的操作下發出「咕咕咕」的轟鳴聲，蓋住了他溫文爾雅的說話聲。

韓決笑了一下，耐心地等榨汁的聲音結束，再次開口道：「我認為啊——」

「咕咕咕……」榨汁機再次啟動。

韓決深吸一口氣，又笑了笑，耐心地等待此番榨汁聲音結束。然後他張了張嘴，卻並沒有說話。

「韓教授？」左柔問道，「你怎麼了？」

「我在等榨汁——」

咕咕咕……

韓決又閉上了嘴巴，衝左柔露出一個完美的笑容。

終於，果汁榨好了，蘇鳳梨端著個托盤走了過來，將三杯白開水放到幾位超能力偵探前面，最後把一杯橘黃色的果汁放到了韓決面前。

「怎麼是黃色的？」韓決納悶地問，「不是奇異果汁嗎？」

「您不是說橙汁嗎？」

「我說榨！成！汁！」

「對不起，韓教授，是我做得不好。但……請您告訴我，這有什麼區別？」不經意間，蘇鳳梨居然說了一句葉飛刀的常用語。

「沒事沒事，是我交代得不夠清楚，請幫我把奇異果，榨成汁。」

「哦！這樣啊！對不起，韓教授，我這就去做。」說著，蘇鳳梨把剛榨好的橙汁拿起來，倒進了身後的水池裡。

過了一會兒，蘇鳳梨飽含歉意的聲音再次傳來。「韓教授，我們沒有奇異果。」

「那你剛剛幹嘛問我……」

「因為我想奇異果能補補您疲憊的腦子。」

「本來還好，但現在真的有點疲憊了。算了，我就喝橙汁吧。」

「柳丁都用完了。」

「我的天吶……白開水，拜託了，我好渴。」

「也沒有了，剛剛倒完。您介意喝自來水嗎？」

「當然介……！」

韓決的耐心終於耗盡，怒吼了起來，但只吼了一個字，突然意識到辦公室裡還有其他人。他扶了扶眼鏡，讓自己的聲音回到溫柔知性，接著說道：「……當然介子理論是很好啦，讓湯川秀樹成為了第一個獲得諾貝爾獎的日本學者，但畢竟是物理學範疇，和我的應用數學沒關係，下節課不講這個了。」

「好的，韓教授，這就去……不對啊，我幫您備的課裡本來就沒有介子理論……」

其實在場的所有人都知道，氣氛已經很尷尬了。

「韓教授，您喝我的吧，我不渴。」最終還是左柔貼心地把水杯推到了韓決面前。

韓決小聲道了謝，拿起水杯，咕咚咕咚喝了個乾淨。喝完後發出滿足的歎息，然後說：「好，我們繼續聊……剛剛我們說到哪裡了？」

「什麼都還沒說……」

左柔剛開口，坐在一旁的葉飛刀突然站了起來，手指著韓決，大聲說道：「不要再說廢話了，我來問個新的問題吧！」

「什麼問題？」韓決一臉納悶。

「我想問，你……為什麼，」為製造一點效果，葉飛刀特意一字一頓地說，「要、殺、周、柯？」

5. 葉飛刀的邏輯

「你說什麼？」韓決一下子懵了。

「我說，你為什麼要殺周柯？」葉飛刀又重複了一遍剛才的問題。

「你說什麼？」

「我的天，這裡是有回聲嗎？」葉飛刀焦急地說，「能不能加快點兒節奏，我怕拖下去我會把推理過程給忘了。」

「好好好。」韓決索性靠在椅子上，換了一個舒服的姿勢，好整以暇地說，「說說看你的推理吧，為什麼我是殺害周柯的凶手？」

「不，不是你！」葉飛刀糾正道，「我指不準人，其實我想問的是你的助教——蘇鳳梨，你為什麼要殺周柯！」

「你他媽說什麼！」韓決突然從椅子上彈了起來，衝到葉飛刀跟前，揪住他的衣領。原本溫文爾雅的教授突然變成這副凶狠模樣，連坐在旁邊的左柔都感覺有點害怕。

「誤會，誤會。」葉飛刀瞬間軟了下來，求饒道，「別打我，我會掉眼淚的……」

「韓教授……聽他說說吧。」一直沒有開口的蘇鳳梨這時說道。

聽到蘇鳳梨的話，韓決教授居然像一隻聽話的寵物一般鬆開了葉飛刀的衣領，坐回到椅子上，只是眼睛還是惡狠狠地盯著葉飛刀。

看到葉飛刀戰戰兢兢的樣子，蘇鳳梨微笑著對他說：「沒事，說說你的推理吧，我怎麼就是凶手了呢？」

葉飛刀遲疑地看了左柔一眼，看到左柔目光堅定地朝他點點頭，終於鼓起勇氣，說道：「一切謎團，用純粹的邏輯就能解開！」

「噗……」正在喝水的左柔突然噴了，她連忙捂住嘴。

「我們來回顧一下謎面。」葉飛刀絲毫不受影響，顯然已經進入了名偵探模式，「目擊者張纖雲看到一個頭髮濕透、臉頰腫脹的『女鬼』從五號樓二樓的女廁所裡出來，經過走廊，進入一間教室。幾分鐘後，張纖雲也走入這間教室，並發現了被害人的屍體，但是『女鬼』不見了。」

「沒錯，可這和我有什麼關係呢？」蘇鳳梨問道。

「別急，我們慢慢來。」葉飛刀說，「看到這樣的謎面，相信在坐的幾位偵探都會產生一個想法——張纖雲看到的『女鬼』，其實就是被害人周柯！這就完美解決了為什麼『女鬼』進入教室卻又不見了這一謎團。而整個案件不過是一起意外而已。周柯身上有水，水滴到了地上，他腳下一滑，摔倒的時候不巧腦袋碰到了桌角……可為什麼張纖雲斷言看到的是個『女鬼』呢？——因為她看錯了！那天白天，她聽到有人談論女廁所女鬼的傳說，緊接著大半夜她就真的看到從女廁所裡出來了一個人，恐懼之中就錯把那人當成了女鬼！哼，雖然以上這番說明看似合情合理，但是你們想錯了，因為——」

「我們從來沒有這麼想過啊。」左柔在最關鍵的時候打斷了葉飛刀的話，「懷疑目擊者看錯了，我是不會做出這麼離譜的推理的。」

「啊，是嗎？」葉飛刀輕輕地拍了一下手，說道，「柔姐你真聰明。確實，這個解答是不正確的，我有更合乎邏輯的解釋。」

「哦？你說說看。」

「之前張織雲上門委託調查的時候我就說過一句，我說這是意外，周柯是自己不小心摔死的。」葉飛刀朝左柔眨了一下眼睛，「而這恰好說明周柯肯定不是不小心摔死的！因為我的結論永遠不準。這是謀殺！」

左柔聽完這番話，皺起了眉頭，她沒想到葉飛刀居然利用自己的殘障，不，是超能力，來做推理的切入點。這沒有問題，之前左柔也利用葉飛刀的這個能力，判斷出某一結論其實是偽解答。但這次，她總覺得怪怪的，因為葉飛刀馬上又給出了第二個推論——謀殺。這第二個完全相反的結論也是錯的嗎？她的思緒陷入悖論之中。

韓決聽完葉飛刀的排除法，愣了很長時間，才開口道：「我怎麼感覺比起目擊者看錯，你這個奇怪的推理更扯呢？」

蘇鳳梨則笑著說道：「我們接著聽下去吧，很有意思啊。」

「好。那麼，請大家記住這個結論，這是謀殺。謀殺的意思就是，有預謀的殺人，請大家記住。」葉飛刀說了句莫名其妙的話，然後繼續進行他的推理，「既然如此，為什麼張織雲會看到一個『女鬼』呢？難道這個世界上真的有鬼嗎？」

「這位偵……呃同學，你能不能稍微說得精練一點？」已經冷靜下來的韓決恢復了溫和的說話口吻。

「當然，這世上肯定是沒有鬼的，張纖雲看到的『鬼』，其實是人，一個頭髮濕透的女人！」幽幽打了一個呵欠。

「一個女人走進了教室，接著在這間教室裡發現了屍體，順理成章的，這個女人就是凶手！問題是，凶手哪裡去了？」葉飛刀環顧一圈，自問自答道，「但這根本不是一起密室殺人事件！因為凶手可以趁張纖雲上樓梯的時候躲到其他教室或者廁所裡，等張纖雲進入案發現場後再不緊不慢地下樓溜走，這不是密室！」

「誰也沒說這是密室殺人啊……」韓決有氣無力地說道。

「好的，最關鍵的問題來了，凶手在殺人之前為什麼要去女廁所？為什麼要把頭髮弄濕？」

「沒錯，這確實是這個案子裡最重要的問題。」左柔難得地同意了葉飛刀的觀點。

「去洗手間、把頭髮弄濕，很簡單，凶手在洗頭。」

「洗、洗頭？我真的是很多年沒有這麼驚訝了。」韓決身為教授，此刻在葉飛刀的邏輯面前卻徹底淪為一個傻瓜。

「哈哈，你是一個男人，當然不懂女生的心理。」葉飛刀沒有意識到自己說了句蠢話，繼續解釋道，「女生在出門約會前，尤其是要見自己喜歡的人的時候，都會洗頭！如果你有女朋友的話就會發現，很多時候你臨時約她，她卻不想出來。其實不是因為真的不樂意出門，而是懶得洗頭！我們回到這次的案件，周柯是個萬人迷，學校裡有很多他的女粉絲，他本身還有三個女朋友，我相信，任何一個女朋友在和他約會的時候都會十分注意自己的形象，因為一不小心就會被別人搶走啊。就算約他出來是為了殺他，也要保持自己的美好形象，因為謀殺的動機就是愛。她想獨占周柯，只能親手要了他的命！」

「你等一下，先別急著總結……」韓決插嘴道，「就算凶手在殺周柯之前去洗了頭，和我的助教又有什麼關係呢？」

「你還記得我剛才說的第一個結論嗎？」

「第一個結論？」

「你果然忘了。」葉飛刀歎了口氣，「我幫你回憶一下，首先，我們先回顧一下案件——」

「我想起來了！謀殺，你的第一個結論是謀殺！我突然想起來了，不要回顧了，拜託！」

「對，我的第一個結論是謀殺，剛剛得出的第二個結論是凶手在殺人前去女廁所洗了頭。把這兩個結論放在一起，我們就會看到明顯的矛盾——一個注重形象的女生，去女廁所洗了頭。可既然是早有預謀的謀殺，她為什麼不能在自己的宿舍或者家裡好好地洗個頭再出來呢？」

「接著說。」

「因為她做不到！這說明她不是從宿舍或者家裡過來的，而是從一個無法洗頭的地方趕過來的！」葉飛刀看著蘇鳳梨，慢慢地說，「比如，剛從飛機上下來。」

蘇鳳梨沒有生氣，反而笑了起來，好像聽到了一個非常有趣的笑話。

「飛機上無法洗頭，而且過安檢的時候不能把水帶上飛機，所以，當你風塵僕僕來到幻影城，想去謀殺周柯的時候，你沒有任何工具洗頭。機場的洗手間裡人來人往，一個漂亮姑娘在那裡洗頭顯然太招搖了。這時你想到，半夜的學校，教學樓裡只有周柯一個人在等你，你可以在無人的女廁所裡洗頭。沒想到天算不如人算，你洗完頭走出女廁所時，被正在夜跑的張織雲看到了。她還說看到的那個『女鬼』臉是浮腫的，想必是時差的緣故。你在飛機上休息不夠，腫起來了吧？至此，我涓涓細流式的推理結束了，蘇鳳梨，你是周柯的女朋友，同時也是殺害他的凶手！」

蘇鳳梨「啪啪啪」地拍了拍手，依然笑著說：「太有趣了，沒想到你居然能用蓮蓬頭式的推理把這麼荒唐的故事強行說圓。」

「謝謝誇獎，不過蓮蓬頭式的推理是什麼意思？」葉飛刀也訕笑著回應。

「就是漏洞百出唄……咦，韓教授您為什麼這樣看著我？」

「看來我要再找一個助教了。」韓決痛心疾首地說道。

「您現在的課業都重到需要兩個助教了？」

「不，鳳梨，你沒明白我的意思，我要再找一個助教。」

「你不會真的相信他的推理了吧？」

「他說的也有道理啊。」

「有什麼道理啊！而且，那天晚上我不是和你在一起嗎！」

「對啊！」

「對吧！」

「對啊！」

韓決咳了一聲，衝葉飛刀正色道：「很遺憾，凶手不可能是鳳梨。她是我的助教，我無條件相信她的人品，你不許誣陷她。而且案發那天晚上，她和我在一起。」

「一直在一起嗎？」

「是的，我去機場接她，然後就回我家了。一直在一起。」

「你們在一起幹嘛？」葉飛刀還不死心。

「這……」

「好了，小刀。」見韓決有難言之隱，左柔善解人意地幫他解了圍，「既然蘇小姐有不在場證明，那她肯定就不是凶手了。而且你剛才的推理不僅漏洞百出，還無聊至極，你看，幽幽都睡著了。」

葉飛刀回過頭一看，幽幽閉著眼睛，蜷著身子躺在地上，就像一隻慵懶的小貓。睡夢中的幽幽嘴角微微上翹，比起平素面無表情的樣子，這時的他更像一個天真的小孩。這三個人雖說號稱超能力偵探三人組，但真正參與溝通調查的只有左柔和葉飛刀，幽幽更像是跟著他們的寵物。

左柔端起葉飛刀面前的水杯，喝了一口潤了潤喉嚨，然後嚴肅地對韓決說：「韓教授，關於周柯這件事，你是怎麼想的呢？」

韓決推了推眼鏡，溫柔地一笑，從西裝口袋中掏出一枝馬克筆，然後跪在地上，在辦公室潔白的瓷磚地上瘋狂地寫了起來。和在教室黑板上寫的公式完全不一樣，這次他先畫了三條直線，交於一點，像是一個座標軸，然後他在三條線上分別標注了Z、X、Y三個英文字母。標記完後他甩了甩手腕，接著好像未經大腦思考一樣快速地在空白處填上數字，不過這一串意義不明的數字寫到一半的時候，被正在地上酣睡的幽幽擋住了，可這時的韓決像是入了魔，根本沒有意識到地上躺著一個人，直接把數字寫在了幽幽的衣服上。幽幽感覺有點癢，伸手揮掉了韓決的馬克筆，韓決一句話都沒說，撿起馬克筆又繼續寫了起來。

他已完全沉浸在自己的思維世界之中，世間萬物在他眼裡都不復存在。

終於，一堆莫名其妙的阿拉伯數字、英文字母和線條組成的圖案在地磚和幽幽身上完成了。寫完之後韓決站起身，居高臨下地欣賞著自己的作品，然後滿意地吐出一口氣。

「你們看得懂這個公式嗎？」他問左柔。

「看不懂。」左柔回答。

聽到這個答案，韓決很高興，他又問葉飛刀：「你看得懂嗎？」

這時幽幽翻了個身，換成趴睡的姿勢，原本寫在他衣服上的那段公式被遮住了。

葉飛刀皺起眉頭，思索著。

「嗯……能把幽幽翻過來我再看看嗎？」

韓決把幽幽翻了過來，並且把他挪到公式中正確的位置。

「原來如此！」葉飛刀右手握成拳頭，在左手手心裡敲了一下。

「你能看懂？」韓決的聲音有點顫抖。

「原來我真的看不懂！」葉飛刀說，「本來我以為是因為幽幽翻過去了，才看不懂的呢。」

「呼……」韓決用手背擦了擦額頭上冒出來的汗，對蘇鳳梨說道，「鳳梨，你來告訴他們這是什麼意思吧！」

「是。」蘇鳳梨往前走了一步，一邊看著地磚上的公式，一邊說道，「韓教授說，他也不知道。」

「那你直接說不就完了嗎！」葉飛刀對著韓決吼道。

韓決一臉輕鬆地攤了攤手。

「我覺得，」蘇鳳梨抬起頭，說，「既然你們覺得周柯是被謀殺的，不妨去找一下有謀殺動機的人，問一下他們的不在場證明，看看有沒有收穫。」

「你說的謀殺動機是指……」

「周柯只是個學生，不大可能是謀財害命。而他除了在男女關係上有點隨便外，性格什麼的都很好，從來沒聽說他和誰有過矛盾，仇殺的可能性也很低。剩下的動機，就是剛剛……你叫什麼來著？」

「葉飛——」

「哦，就像你說的，是情殺。咦，左柔，你怎麼了？」

一旁的左柔已經聽不到蘇鳳梨說的話了，不知從什麼時候開始，她就目不轉睛地盯著地上雜亂無章的公式，原本如水般溫柔的眼神變得有些神經質，並且開始了瘋狂的自言自語。「葉飛刀……意外……殺人之前……見鬼……浮腫……上課……女朋友……水……」

韓決和蘇鳳梨見到左柔這副模樣都非常擔心，很想上前做些什麼，卻又感覺到有無形的氣場環繞在左柔周圍，就像一個結界，拒絕著他們的靠近。

「啊！」葉飛刀說，「不要怕，柔姐破案前都這個樣子，她在推理呢！」

「推理？」

「沒錯，我太熟悉她了，每次找出凶手之前，她都會烏拉烏拉說上一大堆。」葉飛刀得意洋洋地說，「放心吧，等柔姐發作完，就破案了！」

韓決和蘇鳳梨半信半疑地等待著，左柔喃喃自語的頻率逐漸變緩，語調也漸漸變弱，最後終於平靜下來，重新恢復到一個溫婉的女性。只是像剛做完運動似的，她的額頭上浮出了一層細汗。

「柔姐！」葉飛刀興奮地朝她喊道，「快告訴我們，凶手是誰？」

「不知道。」左柔平靜地說。

「不……不知道？」

「連嫌疑人都沒有，怎麼找出凶手啊？」左柔反問，「我只是一個偵探，並不是上帝。」

「那你剛剛——」

左柔笑著打斷他。「不過，除了凶手是誰，剩下的一切我都知道了。」

葉飛刀呆了半晌，說道：「除了凶手是誰……剩下的就沒什麼了啊。」

「韓教授，」左柔沒有理他，轉頭對韓決說，「我想去找周柯的幾個女朋友聊一下，凶手應該就在她們之中。只是還不知道她們都是誰……」

「聊一下？」韓決看了一眼蘇鳳梨，但美麗的助教並沒有告訴他該怎麼做。

「聊一下就能知道凶手是誰？」他接著問左柔。

「沒準可以呢。」左柔微笑著說道。

「好。這樣吧，要去找她們聊的話，我和你們一起吧。你們幾個外人，恐怕在學校裡不太方便。」

「這樣太好了。」左柔求之不得，「對了，剛剛在課上有一個叫王貞的女生，你說她的男朋友剛剛去世，莫非……」

「哦，她啊。」韓決看著天花板回憶了一下，「沒錯，她是周柯的女朋友之一，我們先去找她吧，她應該還在教室裡。」

「幽幽。」左柔蹲下，輕輕拍了拍幽幽的臉，「醒醒啊，我們要走啦。」

幽幽緩緩睜開眼，看了左柔幾秒鐘，然後站了起來。很快，他就看到自己身邊有一大堆莫名其妙的數字和字母，衣服上也被寫滿了同樣亂七八糟的符號。他眨巴了幾下眼睛，打了一個呵欠，然後就像什麼都沒發生一樣，跟在左柔身後向門外走去。

「蘇小姐，你不去嗎？」

「不去啦，我對查案沒有興趣。」蘇鳳梨看了一眼地磚，笑著對左柔歎了口氣，「而且，我得把這些擦乾淨呢。」

6. 鎖定凶手

教室裡沒幾個人，幾名同學分散在不同的角落獨自看書，還有幾對戀愛中的男女湊在一起。正如韓決所說，王貞果然還坐在剛才的角落位置，一個人默默地低頭翻著書。

韓決帶著左柔他們徑直向王貞走去，幾個原本在看書的同學驚訝地看著他們，韓決朝那幾個學生揚了揚手，微笑著點頭致意。

看到幾個人走過來，並直接坐在了旁邊的座位上，王貞不自覺地向後縮了縮。

「王貞同學，」韓決溫柔地說，「不要緊張，這幾位是老師的朋友，也是偵探，想來問一下周柯的事情。」

聽到「周柯」的名字，王貞嘴角抽搐了一下，披在肩上的烏黑長髮抖動起來。雖然眼下是一副驚慌失措的模樣，但王貞整體給人的感覺還是一個文靜美麗的女生。

「王貞同學，周柯被害的那天晚上，你在哪裡？」葉飛刀問道。

聽到葉飛刀一上來就問得這麼直接，韓決責備地看了他一眼。左柔也用胳膊肘頂了一下葉飛刀。

「你、你問這個幹嘛？」王貞小聲反問。

「啊，我想問一下你那天是不是在莫格街？」葉飛刀信口胡謅道，「那天晚上我在莫格街散步，看到一個女孩和你長得很像。你別看我這樣，其實我這個人……特別擅長一見鍾情，當時我就愛上了那個女孩，想追上去向她表白，可莫格街人太多了，等我走過去的時候，她已經不見了。」

「真遺憾……」王貞的肩膀不再顫抖了，顯然葉飛刀的這番話緩解了她的緊張情緒。

「哦，你們長得太像了。」葉飛刀湊上前去，仔細觀察王貞，「真的不是你嗎？」

「不是……那天晚上我在寢室裡看書。」

左柔和韓決對視了一眼。

「王同學，你的室友和你在一起嗎？」韓決緊接著問道。

王貞看了一眼韓決，知道他們還是為了調查周柯的事而來，但一方面緊張的情緒已經緩解，另一方面也確實沒什麼好隱瞞的，於是坦率地答道：「沒有，她們都出去看電影了，正好有個迪士尼的新電影上映，那天下午沒課，她們就都坐車出去了。因為學校周圍沒什麼娛樂活動，難得出去一次，她們就又在那邊唱歌唱了個通宵，第二天才回來。」

這麼說來，王貞沒有不在場證明。

「你怎麼不和她們一起去看電影呢？」左柔也加入了提問者的行列。

「我不愛看動畫片。」

「哦。我也喜歡看書，你那天在看什麼書啊？」

「一本推理小說……時彥的《鯨魚島殺人事件》。」

「你不覺得這種本格推理很枯燥嗎？」

「我覺得蠻有趣的。幾個人來到一座島，這座島的形狀像鯨魚露出水面一樣，所以叫鯨魚島。後來他們一個接一個地死去，特別有懸念，我忍不住熬夜看完了。」

「哦……」左柔若有所思。

「最後的真相是，他們真的在一隻大鯨魚上，是鯨魚噴出的水把他們噴死了。」王貞好像特別想聊這個話題，竟自顧自地開始洩底，「算是個敘述性詭計吧。」

「敘詭啊……這倒是和時彥的風格不太一樣。」左柔還在想著心事，順口接了一句。

「沒錯沒錯，我是時彥老師的書迷呢，第一次看到他寫這種簡單大膽的詭計。他上一本作品《hey you 館事件》還不是這樣的，那本書裡偵探花了兩百頁篇幅講自己的推理過程，最後凶手沒有聽懂，不認罪，沒辦法只好給放了。而在他的上上一本作品中——」

「我們先不討論這個了吧，王貞同學。」左柔打斷了這個正如數家珍的迷妹，「我還有一個問題，周柯的屍體上有水，你覺得這是怎麼回事？」

「有水……」王貞歪著腦袋想了一會兒，說道，「難道是模仿殺人？」

「模仿什麼？」

「模仿時彥的《鯨魚島事件》啊！」

「這……圖什麼啊？」

「就好玩嘛。」

「呃……你的想法對我們很有啟發，謝謝你，王貞同學。」左柔現在只想儘快結束問話，「你能告訴我周柯的另外兩個女朋友是誰嗎？我們也想去問問她們。」

「藝術系的趙秋霜，還有體育系的施翎。」

「你們認識嗎？」

「不認識。」說完這句話，王貞低下了頭。

同樣是上課時間，藝術系的教學樓卻比其他地方都要安靜。很多教室裡既沒有老師在大聲講課，也看不到同學們交頭接耳，大家都圍著一個石膏像安靜地臨摹。只有走進教室裡面，才能聽到紙和筆摩擦的聲音。

韓決和一個禿頂的老師打過招呼之後，把趙秋霜叫出了教室。靠在教室外的走廊上，幾位偵探和眼前這個身材高挑、神情冷漠的女生聊了起來。

「趙同學，打擾你了，我們只想問幾個簡單的問題。」

「是周柯的事吧？」趙秋霜雙手插在寬鬆外套的口袋裡，左腳上的高跟鞋鞋跟在地面上劃了幾下，斜眼看著韓決。比起一個學習繪畫的人，她倒更像是畫家筆下的模特兒。

韓決比她高出一個頭，但是趙秋霜說話的時候並沒有抬起頭，而是翻著眼皮，透過額前的髮絲瞥著韓決，眼神中透著桀驁不馴。

「我們想問一下周柯出事那天——」

左柔剛開始發問，就被趙秋霜冷冷地打斷了。

「我為什麼要告訴你們？」

左柔沒想到這個小女生竟然這麼不友善，一時間也不知該如何回答。

「你那天是不是在莫格街？」葉飛刀的聲音適時響起。

趙秋霜又把冷漠的視線轉向了葉飛刀。

「是這樣的，那天晚上呢，我在莫格街散步，看到一個女孩和你長得很像，你別看我這樣，其實我這個人……特別擅長一見鍾情，當時就愛上了她，想追上去向她表白，可是莫格街人太多了，等我走過去的時候，她已經不見了。」

又是這個走心的套路。

「趙同學，」葉飛刀像在挽留什麼一樣向前伸出手，「那個人，是你嗎？」

左柔彷彿能聽到韓劇的背景音樂在這幢安靜的教學樓裡轟然響起。

「是啊。」趙秋霜冷冰冰地說。

「啊？」葉飛刀呆住了，「不可能吧……」

「為什麼不可能？」

「我剛剛是瞎編的啊……」

趙秋霜微微抬起頭，眼神如刀一般在葉飛刀的臉上扎了一會兒，然後才從牙縫中擠出來兩個字：「無聊！」

「趙同學，」左柔加重了語氣，問道，「那天晚上你究竟在哪兒？」

趙秋霜咬了咬嘴唇。

「和朋友在一起。」

「哪個朋友？」

「和你們無關。」

「你這樣……我們就不得不懷疑是你殺了周柯啊！」葉飛刀威脅道。

「隨便吧。」

趙秋霜一副無所謂的口氣。

見葉飛刀就要發作，左柔連忙拍拍他的肩膀，然後對趙秋霜柔聲說道：「趙同學，我們是為了真相而來的，我想你也一定很想抓住殺害你男朋友的凶手吧？」

「男朋友？」趙秋霜哼了一聲。

看到這個反應，左柔和葉飛刀面面相覷。

「好吧，實話告訴你們，我和周柯就是玩玩的，根本沒放感情，誰殺了他，還是他殺了誰，我一點興趣都沒有，你們自己玩吧。」這是趙秋霜第一次對他們說這麼多話，「哦，那天晚上我和另一個男朋友在一起，具體是誰不能告訴你們，你們要懷疑我也無所謂，他有三個女朋友又怎樣，哼，我有十三個呢！」

說完，趙秋霜瀟灑地轉過身，沒和任何人打招呼，就離開了。

葉飛刀依然保持著剛剛手向前伸的姿勢，眼神呆滯地看著她在走廊上越走越遠。

「咦，她怎麼不回教室上課？」韓決覺得很奇怪。
「要去廁所抽菸吧。」左柔說，「剛剛她的手就一直在口袋裡撥弄打火機。」
「你怎麼知道的？」
「看到的。」
「看到的？」韓決沉思著說，「哦哦哦，你的超能力是透視！」
他一邊說一邊捂住了自己的襠部。
「柔姐，要不要追她？」葉飛刀看著趙秋霜的背影，嘟囔著。
「不用了，她這麼不配合，追上去也問不出什麼來。」左柔說道，「而且，該知道的我們都知道了。」
「柔姐，你誤會了，我是說……我要不要追她？」
施翎不在宿舍。
「練習的時候摔骨折了。」一個身材健碩的女生對左柔說，「回家靜養去了，已經一個禮拜沒來學校了。」
「嚴重嗎？」
「不嚴重，手腕骨折而已。對我們體育生來說，這就像傷風感冒一樣平常。」
左柔覺得這句話有問題，她應該把「們體育生」這四個字去掉。

如果說男生的宿舍都一樣，那麼女生的宿舍就分為兩個極端：要麼一塵不染，要麼一塌糊塗。很顯然，這間宿舍屬於後者。所以當知道他們要找的對象不在宿舍的時候，左柔竟然鬆了一口氣，為可以不用長時間忍受這糟糕的環境而慶幸。

韓決和葉飛刀因為性別原因被宿管阿姨擋在了門外，幽幽由於年齡尚小被放了進來。左柔正急不可耐地想牽著幽幽逃離這個宿舍，卻發現了可怕的一幕。

幽幽鑽到了床底下！

「幽幽！」左柔和健壯女生都被嚇得一臉慘白，異口同聲地喊道。

「咦，你怎麼知道他叫幽幽？」左柔狐疑地看著健壯女生，「還有……你在害怕什麼！」

健壯女生嘴唇顫抖，給不出解釋。不過謎底很快就揭曉了，幽幽抱著一隻小貓從床底下鑽了出來。

「幽幽……是這隻貓的名字。」健壯女生小聲說，「學校規定不能在宿舍裡養寵物，可牠實在太可憐了，你能不能……」

「放心吧，我不會說出去的。」左柔看著正在暢談的兩個幽幽，說道，「幽幽確實蠻可愛的。」

過了一會兒，幽幽與小貓的交談似乎結束了。他抬起頭，面無表情地朝左柔點了點頭。

「謝謝你，那我們就告辭了。」左柔向健壯女生道別，「好好照顧幽幽。」

走出這間女生宿舍，感覺就像從逼仄的隧道進入一片大草原，左柔深深地呼吸了一口新鮮空氣。

「柔姐，怎麼樣？」靠在宿舍門外無所事事的葉飛刀看到左柔出來了，連忙上前問道。
「施翎已經一個禮拜沒來學校了，手腕骨折，在家休養呢。」
「這麼說來她不是凶手嘍。」
「那可不一定。」站在一旁的韓決突然從口袋裡掏出一塊黑色小石頭，蹲下身子，用石頭在水泥地上寫了起來。
他拿著黑色石頭的右手像在跳舞一樣瘋狂舞動，很快，水泥地上就出現了一堆亂七八糟的數字和符號。
「你口袋裡怎麼會有石頭？」葉飛刀問了一個無關緊要的問題。
韓決沒有理他，寫公式彷彿是他唯一的使命。
「韓教授的口袋裡不止有石頭。」左柔看著蹲在地上的韓決，對葉飛刀說，「還有各色馬克筆、粉筆、墨石、刻刀……」
話還沒說完，只見幽幽走到了韓決剛寫完的公式上，用腳底來回摩擦著地面，不一會兒，原本沒有任何意義的公式變成了一團……同樣沒有任何意義的黑色污漬，就像馬路中間突然淤青了一塊。
韓決呆呆地看著被破壞的作品，一動也不動。幽幽面無表情地走到他身旁，一把奪過他手中的黑色石頭，然後找了一塊空地，也畫了起來。寥寥幾筆之後，一幅簡單的畫作就被勾勒了出來。
這幅畫看上去完全不像出自一個十歲小孩之手。

——像五歲。

「這是……一個男人……和一把小凳子？」葉飛刀瞇著眼睛看了好久，終於得出了錯誤的結論，「怎麼凳子有五條腿？」

「尾巴！」左柔反應過來，「這不是腿，是尾巴！」

「凳子怎麼會有尾巴？」

「白癡，有尾巴，說明不是凳子啊！」

「那是什麼？」

「貓。」左柔解釋道，「施翎的宿舍裡養了一隻貓……啊，糟了，我答應過不把這件事告訴老師的。」

「沒事，韓決聽不到。」葉飛刀看了看依然處於石化狀態的韓決，「如果這是貓，那旁邊那個男人是誰？」

「不是男人，是短髮女人。」左柔盯著地上那幾筆簡單的線條，說道，「這是施翎。」

「太棒了！幽幽真是太棒了！」葉飛刀拍了幾下手，突然意識到了什麼，「所以……這對破案有什麼幫助嗎？」

「有啊。」

也許是金色的夕陽正好投射在左柔臉上，她的眼中像是閃出了光彩。

「這樣一來，我就知道凶手是誰了。」

7. 灑水的理由

「首先是葉飛刀的超能力，讓我找到了第一個切入點。」

太陽的光芒越來越黯淡，在這個緊鄰機場、四周空曠的校園裡，能率先感受到一天中的第一絲寒意。韓決、葉飛刀、幽幽三人朝五號樓走去，沒管身後水泥地面上的塗鴉，同時聽著左柔的推理。

「一開始你就說周柯的死是意外，是他自己不小心摔死的。」左柔放慢腳步，看著葉飛刀說道，「但你的超能力是——永遠不準。」

「對呀！」葉飛刀接話道，「正因為我知道自己的能力，才悟出了真解答，周柯一定是被謀殺的！」

「很可惜。」左柔搖搖頭，「『謀殺』也是從你口中說出，所以也是錯誤的，周柯並非被謀殺。」

「那……不是自己摔死的，也不是謀殺，沒有第三種可能性了呀。」

「抱歉，我插一句。」韓決咳了一聲，打斷兩人的對話，「左柔，你都是靠葉飛刀的能力來進行推理的嗎？感覺不是很嚴密啊。」

「當然不是，不過在一開始找切入點的時候，我發現他的能力意外地好用。」

韓決攤了攤手，示意左柔繼續。他不知道，之前的「高塔密室墜落事件」，左柔也是藉著葉飛刀的這一能力，才發現了現場的不合理之處，從而進行推理，最終發現了凶手的驚人詭計。

「當然有第三種可能。」左柔停下腳步。

「啊，我知道了！」葉飛刀拍了一下大腿，叫道，「是自殺！」

「很可惜……你自己把這第三種可能抹殺了。」左柔抿了抿嘴，「況且，自殺也不可能用後腦勺撞桌子這麼奇怪的方式。」

「這樣一來就真的沒有其他可能性啦……」

「有，還有第四種可能性，那就是……」左柔清晰地吐出兩個字，「意外。」

一瞬間，彷彿被人按下了暫停鍵一般，幾位偵探呆呆地站在原地，都出了神。一陣風吹來，這才吹化了凝固的時間，韓決嗓音沙啞地說：「這不是葉飛刀說的第一種可能性嗎？」

「不！」左柔轉向韓決，說道，「注意，葉飛刀每次說意外的時候，後面都會捎上一句『周柯是自己不小心摔死的』，但其實還有另一種意外，不是周柯不小心，而是另一個人不小心……」

葉飛刀的眼睛隨著左柔說出的話而越睜越大。「難道是……」

「啪！」

韓決突然搧了葉飛刀一記耳光！

葉飛刀捂著臉，難以置信地看著韓決。韓決連忙道歉：「對不起，我只是不想讓你把最後的可能性也說出來，這樣就真成懸案了。」

「誤殺。周柯是被誤殺的。」左柔像是沒有看到剛剛發生的一幕一般，冷靜地說道，「一個自殺的人不會採取這麼奇怪的方式，半夜走進空無一人的教室，用後腦勺撞桌角。實施謀殺的凶手也不會採取這麼不保險的方法，不帶任何武器，把一個體育生約到教室裡和他展開肉搏。所以，只有誤殺！而凶手和周柯兩人午夜時分相約在空無一人的教室裡的理由，回憶一下死者的性格和作風，也不難猜出……」

「男女關係混亂。」韓決順著左柔的思路往下說道，「他們是想在教室親熱。」

「沒錯，鴿群大學的宿管很嚴，剛剛去調查案件時連韓老師都不能進女生宿舍。再加上這裡位置偏僻，周圍除了機場，沒有任何娛樂設施或賓館酒店。空無一人的教室，實在是情侶約會的最好選擇。」

「所以凶手就是周柯的三個女朋友之一：王貞、趙秋霜、施翎，她們都沒有不在場證明。」韓決的右手食指在左手掌心上畫著，看來象徵性地寫點東西是他思考時的習慣，「到底是誰呢……對了，女鬼！」

左柔微微笑了一下，朝韓決點了點頭。

「張織雲目擊到的那個『女鬼』，就是凶手。」

葉飛刀突然大聲說道：「快恭喜我！果然和我想的一樣！既然推理都進行到這一步了，我不妨來排除一個不可能是『女鬼』的人吧。張織雲說『女鬼』有一頭濕漉漉的長髮，但剛剛幽幽畫出來的施翎卻是短──」

「假髮。」韓決打斷葉飛刀的話，「約會的時候，為了掩人耳目，很可能會戴假髮。你排除施翎的理由不成立。」

說完，嚴肅的韓決又換為原來儒雅紳士的模樣，示意左柔繼續。

「要知道『女鬼』是誰，先要知道灑水的理由。」

「灑水的理由？」

「屍體的臉上、身上和衣服上都有被水浸過的痕跡……」

「我知道。」葉飛刀忍不住又插嘴，「凶手在女廁所弄濕了自己，然後去教室和周柯約會，他們在玩——濕身誘惑。」

「你懂得還挺多。」左柔白了他一眼，「不過你反覆說凶手先弄濕自己，再去和周柯約會，倒給了我一條新思路。和你說的正相反，凶手是在周柯死後，再去女廁所弄濕自己的。」

「完事了要洗澡嗎？」

「人都死在面前了還有什麼心情洗澡。」左柔有點不耐煩了，都是因為葉飛刀不停插嘴，自己的推理過程才講得斷斷續續的。

韓決似乎意識到了左柔的不滿，他衝葉飛刀做了個「噓」的動作，說：「女生說話的時候，安靜聽著就行，這是紳士之道。」

「抱歉，我不該對你凶的。」左柔深吸了一口氣，接著說道，「但是你有時候說的解答真的太不靠譜了，惹人生氣。一般人逃都來不及，怎麼還有心情洗澡？男朋友剛剛死在面前，我們的凶手沒有直接逃離現場，而是去了廁所，她肯定有十分重要的理由。一開始我想到的是最普通的理由，她是為了洗掉身上沾的某種痕跡——可能是血跡，也可能是其他的——但屍體上的水跡說明凶手又再次返回了教室，如果只是為了洗掉身上的東西，沒有必要重返命案現場。那凶手去廁所的理由是什麼呢？後來我回顧了一下張纖雲的證言，她說看到一個頭髮濕漉漉、臉頰浮腫的女人進了教室，這才終於想到了那個理由，凶手去廁所，是為了接水。」

葉飛刀安靜地聽著，沒有插嘴，也沒有發問。不知道是被左柔的推理吸引，還是單純聽從韓決的叮囑。

「出於某種原因，凶手需要水，但案發現場是一間普通的教室，沒有水源。同樓層雖然有廁所，但凶手找不到可以盛水的器皿，無奈之下，她只能讓自己變成接水的器皿。把長長的頭髮全部弄濕，回到教室依然可以擠出不少水，另外，嘴裡也可以含一定量的水，所以張纖雲看到的人臉頰腫脹，那是為了含住盡可能多的水。推理進行到這一步，我們只須知道凶手要這些水幹什麼，就行了。」

「對了，」左柔看著沉默不語的葉飛刀，「短髮的施翎確實可以排除嫌疑。因為如果她戴了假髮的話，可以直接摘掉假髮，翻過來捧在手裡盛水。這樣接到的水量遠比扣在頭上多，還不用那麼狼狽。」

「嫌疑人只剩王貞和趙秋霜了。」韓決適時地接過話頭。

「啊，你不是說女生講話的時候，只要安靜聽著就行了嗎？」葉飛刀問。

「和女生說話，比起知道什麼時候該閉嘴，知道什麼時候該開口更重要。這也是紳士之道。」

「你總有道理。」

「接水到案發現場的理由——左小姐，請你繼續吧。」

左柔點了點頭，說道：「接水到現場，我首先想到的理由是為了清理現場的某個痕跡，但是現場的地面和桌椅上都沒有水跡，水只灑在了屍體身上，就說明這些水本來就是要用在屍體身上的。」

「會不會是現場的水蒸發掉了呢？」

「不，要是蒸發掉了，就更沒道理往屍體身上灑水了。本來可以神不知鬼不覺地清除痕跡，但屍體上有了這些水，卻暴露了凶手曾經接水到現場的事實。所以，這些水只可能是用在周柯的屍體上的。接著我又想，凶手會不會以為周柯還沒死，這些水是用來救他的？但顯然也不可能，如果是為了救人，應該把本來就有限的水用在該用的地方，可周柯的臉上、衣服和褲子上都有水，把辛苦接來的水這樣亂灑一通，給我的感覺更像是——單純為了灑水而灑水！」

「為了灑水……而灑水……」葉飛刀恍惚了，「我都被你說灑了……不對說水了……不對說傻了！」

「還記得我們一開始碰到的八卦胖女孩嗎？她說這個學校裡所有的女生都上過韓教授的課。」

「記得，怎麼了？」

「還記得我們去聽的那節韓教授的課嗎？因為助教出差在外，沒人備課，所以同樣的內容他已經講了一個禮拜了。」

「不記得，怎麼了？」

「在那節課上，韓教授再次講了已經重複了一個禮拜的內容——為了讓靈魂安息，要安葬死者。而這些內容，上過他課的同學肯定曾討論過，包括王貞和趙秋霜在內！」

不知什麼時候，太陽已經快下山了，留下一片餘暉照亮這座校園。幾位偵探站在路上，忽然感覺有點冷。

「不小心誤殺了人，為了讓死者的靈魂安息，就要象徵性地葬了他。埋在土裡不可能，因為教室裡是水泥地；火葬的話沒有火源，只有水葬是最適合的方法……所以，凶手就是不抽菸，口袋裡沒有打火機作為火源，只能去廁所用自己的身體接水的——王貞。」

「王貞……」韓決喃喃地重複了一遍凶手的名字，「我認識她，她從來不信鬼魂，僅僅是誤殺了一個人就讓她徹底地改變，從一個崇尚科學理性的人變成迷信的——」

「如果，」左柔沒等韓決說完，就用冰冷的口氣搶先說道，「如果，她看到了鬼呢？」

「什麼！」

「在課堂上，有人提出為了讓死者安息而將其下葬的理論之後，王貞情緒激動地駁斥，還說『除非哪一天真的讓我看到了鬼』。韓教授，你的這堂課再一次勾起了她的回憶，案發那天，她真的認為自己看到了鬼！」

「胡說，世界上怎麼可能有鬼……」

「當然沒有真的鬼，就像張纖雲以為自己看到了鬼，其實是王貞一樣。王貞在經歷了男朋友的突然死亡之後走出教室，也以為自己看到了鬼，而那個鬼，其實是張纖雲！」

你凝視深淵，深淵也在凝視你。

葉飛刀沒什麼文化，此刻這句詩卻突然跳入腦海，但他完全不記得是誰說的了。

「半夜，在空無一人的教學樓裡，這兩個女生，互相把對方錯當成了『女鬼』。一個是因為白天剛聽了濕漉漉的女鬼的傳說，晚上又正好看到一個濕漉漉的女人。另一個是因為剛剛誤殺了自己的男朋友，心理正臨近崩潰。」左柔說，「這是我的一位朋友，也是前輩、老師給我的提示，他叫時彥。」

「時彥？」韓決詫異道，「那傢伙啊……」

「嗯，你們應該認識，他現在正在莫里亞蒂監獄中服刑。原本他也是一個極端崇尚理性和邏輯的偵探，但發生了一起事件，讓他的心理接近崩潰，突然懷疑世界上真的有『鬼』。所以，當他看到一個女人從他的牢房前走過，並且詫異地問他『你能看到我？』時，便認定對方是鬼。其實對方只是一個普通人，我暫且還不知道她為何、又是如何進入防備嚴密的莫里亞蒂監獄的，但她說那句話的理由，恐怕只是基於一個誤會。」

「時彥那傢伙……」韓決突然笑了，「還整天戴著墨鏡吧？」

「是啊，對方之所以驚訝地問『你能看到我？』是因為時彥在監獄裡還耍酷戴著墨鏡。」左柔也笑了，「她以為時彥是盲人。」

過了一會兒，左柔向韓決伸出手。

「韓教授，謝謝你的幫助，案子已經解決了，我還要去跟張織雲同學報告一下結果，然後我會去警察總署彙報的，我們就此別過吧。」

面對女性主動伸出的手，韓決卻不顧他的「紳士之道」，居然愣了一下，似乎在猶豫什麼，過了半晌才握住左柔的手。

「你可以直接向警察總署彙報結果，讓他們來逮捕王貞。」

之後他向葉飛刀說了一句抱歉，不知道是不是因為剛才打了他一巴掌的事。最後，他向幽幽禮貌地點了點頭，這才轉身離去。

8. 張纖雲

「怎麼樣？」

辦公室的門關上後，韓決問他的助教。

茶几上的杯子已經整理好了，地上韓決用馬克筆寫的那一堆亂七八糟的公式也幾乎全部擦拭乾淨。

蘇鳳梨從電腦桌前站了起來，摘下無框眼鏡放在桌上，沒有鏡片遮擋的眼睛更顯明媚。她看著韓決，神情嚴肅地搖了搖頭。

「查過了，我們學校沒有這個人。」

「果然……」韓決皺了皺眉，「我就想，這個名字從來沒在課堂上點到過，難道還有沒上過我的課的女生？」

「我又用這個名字，在幻影城所有的偵探檔案中查了一下，發現一件有意思的事。」

「什麼事？」

「教授偵探事務所裡曾經有過一個生物學教授，就叫這個名字。那個人是個少年天才，二十二歲就獲得了生物學教授的頭銜，並加入當時排名還在第五的教授偵探事務所，破獲了很多疑案，幫助教授偵探事務所在一個月內擠掉了如日中天、人數眾多的鷹漢組，把排名提升到了第四。」

「這麼厲害的人，我怎麼不知道？」

「她去世的時候，你還在國外。」

「去世了……」韓決沉吟，「果然是鬼嗎？」

「可能是假死，之前一個死去多年的鷹漢組前隊長也在幻影城出現了。似乎……和那個組織有關。」

韓決的肩膀抖了一下。

「本來以為躲在這個偏僻的學校就好了，沒想到……」

蘇鳳梨走到韓決面前，摟過比她高的頭，讓韓決以一個可笑的姿勢靠在自己肩上。

她柔聲說著：「別怕，有我。」

韓決乖乖地靠著，雖然這個姿勢並不舒服，但他渾然不覺。

「超能力偵探事務所的那幾個人好像挺可靠，我們可以找他們幫——」

「我誰都不信。」韓決突然掙脫開來，站直身子看著蘇鳳梨，「除了你，我誰都不相信。」

他們身後，幾乎擦乾淨了的地板上只剩下三個英文字母，在日光燈的照射下閃著陰鬱的光。

那是韓決那堆亂七八糟的公式裡僅剩的三個英文字母，也是他留給蘇鳳梨要她查詢的資訊。

張纖雲的縮寫—— Z.X.Y。

CASE 2

偵探
顛倒真相

1. 回到過去

離開了大半年，原本熟悉的地方也變得陌生了。回到原來的「家」，如今的葉飛刀感覺自己是個客人。

其實那些閃著金光的招牌、裡面別有洞天的大門、通往後臺和宿舍的小路，一切都沒有變，變的是人的感情，還有——氛圍。

原本人聲鼎沸的觀眾席，自葉飛刀走了之後，能坐滿一半就謝天謝地了。這樣的蕭條感充斥馬戲團的每個角落。氛圍變了。

而對葉飛刀來說，當初離開馬戲團轉行做偵探的決定，到現在他也不知道是對還是不對。那時，每天重複著擲飛刀的動作，享受觀眾給予他的歡呼，這樣的日子過一天算一天。而現在，每天都有新的謎團、新的人等著他去面對。原來那些忠實粉絲似乎在一夜之間就將他遺忘了，葉飛刀不再是舞臺上的主角，變為偵探事務所裡普通的一員。

迥異的人生體驗，讓葉飛刀覺得像在作夢一樣。只是以他的腦子，目前還分辨不出這是美夢還是噩夢。

利用休息時間回來這裡，是為了找一個答案。葉飛刀把思緒從回憶裡拉扯出來，大步地向前走去。

今天沒有演出，馬戲團的所有工作人員應該都在後臺或宿舍區。

穿過鋪著又髒又舊的紅地毯的表演區和後臺，葉飛刀順利進入了練習區，路上沒有遇到一個人。

練習區比舞臺還要大，是一個全開放式的空曠空間，每個演員都有各自固定的練習處。葉飛刀看到原先屬於自己的那塊練習區域現在堆滿了雜物，之前他用來表演飛刀的大圓板子隨意地躺在地上，就像一個滿身傷痕的暮年戰士。

「啊……啊……」

不遠處傳來慘叫聲，只是這慘叫聲中氣十足，一聽就是從一個比誰都健康的人嘴裡發出的。

葉飛刀朝那邊望去，在魔術師練習區，有兩個人正在進行一項殘酷的練習。

身穿黑色燕尾服、背對葉飛刀站著的，是魔術師王魔，此刻他正張牙舞爪、嘴裡念念有詞。在他對面，站著一個身穿寬鬆衣服的男人，看不清長相，因為他的頭正不可思議地垂在胸前！中氣十足的慘叫聲正是從他嘴裡發出的。

「啊……我好痛苦……我的頭……」

那個人一邊說著一邊高舉雙手，顫抖地揮舞著，試圖將頭從胸口處「拔」出來。

葉飛刀看到如此駭人的景象，居然一點都不害怕，他鎮定自若地向前邁開步子……

試圖逃走！

「啊……我的頭……咦！葉飛刀！」

慘叫聲突然變成老友相逢時的歡呼。葉飛刀聽到這聲呼喊，雙腿一軟，「撲通」跪在了地上。

雙手捂著耳朵、眼睛緊閉的葉飛刀不知道時間過去了多久，突然感到有人拍了他的肩膀一下。他緩緩睜開眼睛，回過頭，看到一個肩膀上空空如也的人站在身後，他的胸口處有一張臉，臉上的嘴正在說話。

「葉飛刀，你怎麼來了？」

「鬼啊！」

葉飛刀發出一聲撕心裂肺的吼叫。

那個人看到葉飛刀的反應，這才明白過來，微微抖動了一下肩膀，胸前的臉「咻」地一下升回到了本該在的位置。

男人變回正常樣子後，葉飛刀才認出他來。

「郝劍？」

「對啊。葉飛刀，你剛才怎麼了？」

「你剛才怎麼了！」葉飛刀大聲反問道。

「哈哈哈，嚇著啦？」魔術師王魔這時也走了過來，「這是我新學的魔術，怎麼樣，很嚇人吧？」

明明剛剛才被嚇破了膽，葉飛刀卻故作輕鬆地答道：「哦，原來是魔術啊，我還以為是雜技呢，所以被嚇了一跳。」

「有什麼區別嗎……」

「對了，郝劍，你以前不是表演雜技的嗎，怎麼和王魔搭檔演起魔術來了？」

「別提了。」郝劍耷拉著嘴角，沮喪地說，「我那個口吞寶劍的雜技當時就沒人看，大家都喜歡你的飛刀表演，我們其他演員也無所謂，湊個數熱熱場子就行了。後來你走了，觀眾一下子少了好多，團長每天愁眉苦臉，說靠我們這幾個，是吸引不來觀眾的，於是就讓我們去學新的東西。」

「嗯……」葉飛刀點了點頭，「你的表演是挺糟糕的。」

郝劍更難過了。

「但是沒關係。」

郝劍聽到有轉機，期待地看著葉飛刀。

「因為其他人的表演還不錯啊。」

郝劍終於哭了。

王魔扯了扯緊緊綁在脖子上的領結，說道：「我拿手的是近景魔術，靠靈活的手法來征服觀眾。當時不用我撐檯子，只要滿足一小部分觀眾就行了。可現在不一樣了，團長希望我研究出大型魔術，比如剛才你看到的『無頭罪人』，我的搭檔扮演一個被審判的罪人，我用錘子把他的頭敲到胸口。團長說這種魔術比較誇張，比近景魔術更適合台下所有的觀眾欣賞……」

說完，王魔歎了一口氣。

「確實很嚇人啊，怎麼做到的？」葉飛刀問。

「不值一提。」王魔露出輕蔑的表情，「道具而已……」

「我來告訴你。」一旁的郝劍突然說道，「其實啊，我的衣服裡——」

「閉嘴！」王魔喝止道，「你幹什麼，魔術的祕密怎麼可以透露給外人？」

「葉飛刀他不是外人啊……」郝劍委屈地說。

「哼，不是外人？」王魔就像突然變了一張臉似的，冷哼一聲說道，「他已經不是我們馬戲團的葉飛刀了！」

郝劍聞言，受到驚嚇一般顫抖了一下，問道：「那、那他是誰？」

王魔斜著眼看著葉飛刀。

「人家現在是大偵探葉飛刀。」

「哦……」郝劍鬆了口氣，「那還是葉飛刀啊。」

「白癡。」王魔罵了一句，「我警告你，不許把魔術的祕密告訴外人！另外，你沒資格當我的助手，你的叫聲太假了。我去找阿美，你把道具給我送過來。」

說完，他也沒和葉飛刀打招呼，就轉身走了。

葉飛刀聽到離去的王魔清楚地嘟囔了一句：「廢物，活該一輩子沒出息。」

聲音如此清晰，郝劍不可能聽不到。可當葉飛刀看向郝劍時，卻發現對方帶著一臉歉疚的笑容，似乎在為王魔的沒禮貌而向自己賠不是。

「不要介意，你走了之後，大家的心情都不太好。」

「沒關係。」

葉飛刀心中湧起一股愧疚之情，剛才反覆問自己的「離開馬戲團是對還是錯」這個問題又回到了腦海。

「你還好吧？」

「好啊！我能有什麼不好的？」郝劍笑著說，「我反正就這樣，沒啥大理想，餓不死就行。」

「剛剛王魔他——」

「他心裡煩，我沒事，習慣了，當初我在臺上表演時還被全場觀眾恥笑呢。這都沒什麼，都是自己人。」

「你原來那個口吞寶劍的節目還演嗎？」

「不演啦。」

「太好了。」

「現在我就打打雜，本來想給王魔做助手的，現在看來也……不過沒關係，最近我還在練習別的專案，我跟你說，我在——」

「別練了。」

「什麼？」

「呃，我是說……你也不要太辛苦了。」

「哈哈哈，還是你關心我。」郝劍拍了拍葉飛刀的肩膀，「對了，葉飛刀，你今天怎麼來了？」

被郝劍這麼一問，葉飛刀才想起此次前來的目的。

「我來找團長，他在嗎？」

「他應該在辦公室吧，這幾天團裡來了個新人，他最近都忙著給他排節目。你找團長什麼事？」

「有幾個問題想問問他。對了，來的新人是表演什麼的？」

「跟阿美搭檔，你進去時應該會碰到他。他長得也挺帥的，不輸你，團長也給他取了個藝名。」郝劍嬉笑著說道。

團長會根據演員的特長給他取藝名，比如表演魔術的叫王魔，表演吞劍的叫郝劍，表演柔術的美麗姑娘叫阿美。當然，葉飛刀這個名字也是團長取的，因為他表演的是飛刀。

「他叫什麼名字？」葉飛刀好奇地問。

「他雖然長得挺清秀的，但似乎會硬氣功，所以和阿美搭檔了。他可以用手托著阿美，讓她表演柔術。團長挺看好這一對的，長得都好看，而且剛柔結合。團長給他取的名字叫白一男。」

「這和硬氣功有什麼關係嗎？」

「因為他老是穿一身白衣服。」

白一男……穿著一身白衣……白衣男。

一個曾經交過手的人跳入了葉飛刀的腦海，那是神祕組織的人。只不過那個身穿白衣的男人的絕活是神準的飛刀，而不是硬氣功。

「好。」葉飛刀努力甩開不相關的回憶，「郝劍，我自己進去逛逛吧，你先忙你的。」

「好好。」郝劍做了個鬼臉，「我也得把這身道具給王魔送去了，不然又得挨罵。」

走出去兩步後郝劍突然叫道：「對了，葉飛刀。」

「怎麼了？」

郝劍欲言又止。「沒什麼……」

說完，他留下一臉迷茫的葉飛刀，轉身走了。

2. 白一男

團長辦公室（兼宿舍）的門關著，葉飛刀因為敲不到門，只好在門外喊道：「有人嗎？」門內馬上傳來團長的聲音：「有人。」

「能幫我開下門嗎？」

屋內沉默了一會兒，聲音又響起。「沒人。」

葉飛刀又喊。「不開門我就撞牆自盡了啊。」

「等一下！」

葉飛刀等了一下。

「好了，你撞吧。」團長的聲音再度響起，「我準備好了。」

「我撞牆你要準備什麼啊！」

說完，和過去一樣，葉飛刀朝門旁邊的牆撞去。然後，他順利地撞到了門上，衝進了團長的房間。

「好久不見，葉飛刀。」

一個頭髮花白的中年男人坐在椅子裡，蹺著腿，笑瞇瞇地看著葉飛刀滾進房間。

「我都離開這麼久了，現在是客人，你都不給我開下門啊？」葉飛刀站起身，拍了拍衣服，說道。

「這裡一直是你的家。」團長指了指身前的沙發，「坐吧，要喝點什麼？」

如果是椅子，葉飛刀是無法準確地坐進去的。但沙發比較長，就算坐不準，總還是能把身子「擱」到沙發上。

「你能說點有的嗎？」

「草莓味的橙汁。」葉飛刀已陷在柔軟的沙發裡，說道。

「橙汁。」

「沒有。」

「團長，那你說一個有的吧。」

「茶。」

「就喝它。」

團長提起一個黃銅色的茶壺，倒了一杯水給葉飛刀。

「團長，為什麼茶湯這麼清澈？」

「沒錢買新的茶餅，這壺茶葉已經泡了兩個月了。」

「那不就是白開水嗎？」

「不管洗得有多白，都改變不了它是茶。」團長突然說了一句自以為很有哲理的話，「大偵探，最近怎麼樣？」

「嗯……蠻好的。」葉飛刀也不知道自己到底「怎麼樣」。

「談戀愛了？」團長把身子往前湊了湊，問道。

「你怎麼看出來的？」

「我看你滿面春光，渾身洋溢著戀愛的幸福感，連講話的口氣都帶著一絲甜味……」

「沒談。」

「咳咳。」為了掩飾尷尬，團長喝了一口水，接著說道，「講講你破的案子吧，肯定比在這裡表演有趣多了吧？」

「也沒有……我……沒什麼用。」

「哎，你怎麼能這麼說自己呢？說得還挺準。」團長說，「不過我看了報紙，你們超能力偵探事務所最近排名上升得很厲害啊，前兩天不是剛破了一個連環殺人案嗎？」

「哦，那個凶手是一個很耿直的人，他喜歡一個女生，結果女生說他太土了，聊不到一起去，還說自己喜歡那種很帥的『少女殺手』。結果他就去殺人了，專殺少女，以為這樣就是那個女生喜歡的少女殺手了呢。」

「果然聊不到一起啊……」團長說，「那還有一個屍體消失案呢，也是你們破的吧？」

「那個案件是凶手自首的，但是警方在他所說的埋屍地點掘地三尺，依然沒有發現被害人的屍體。」

「後來呢？」

「後來柔姐說掘地四尺試試看吧，就挖出來了。」葉飛刀回憶著這些離奇的案件，說道，「對了，柔姐是我們事務所的偵探，剛剛那些案子都是她破的。」

團長點了點頭，思考了一會兒，問道：「那你在事務所裡都起到什麼作用了呢？」

葉飛刀張了張嘴巴，剛要開口，卻被團長搶先了。

「算了，我們聊點開心的吧。最近我們團也挺好的，你應該看到了吧，王魔正在研究新魔術呢。」

「嗯，看到了，那個魔術挺嚇人的。」

「是吧。」團長得意地說，「阿美也在排練新節目，和新來的白一男一起，我覺得能火。還有馴獸師唐本綱也在訓練新的野獸了。」

「他以前不是只會和狗表演嗎？」

「是啊，我們是小馬戲團，買不起獅子老虎，只能讓他表演馴狗，現在不一樣了，我給他新配了一隻貓！」

葉飛刀一臉震驚。

「太豪華了。」

「是吧。」團長開心地說道。

「對了，團長，有個問題我一直想問你，我們的名字都是你根據特色取的，但為什麼唐本綱用的是他的真名呢？」

「因為我覺得這個名字好聽啊，他說是他媽媽取的。」

「難道他媽媽喜歡——」

「沒錯，他媽媽很喜歡《本草綱目》。」

「哦……」葉飛刀低頭沉默了一會兒，終於鼓起勇氣問出了今天為之而來的那個問題，「團長，你還記得我的真名叫什麼嗎？」

「你的……真名？」團長沒有想到葉飛刀這麼突然地切入了正題。

「是的，關於我的身世你從來沒對我說過，我也沒問，但最近發生了一些事情，讓我很想知道這些從來沒被揭開的過去。我只記得小時候和爸爸媽媽在街上散步，後來我沒牽住媽媽的手，就走丟了。被團長你收養後，你給我取了『葉飛刀』這個名字，並且根據我的能力讓我表演飛刀，使我成為馬戲團的紅人。這麼多年過去了，我漸漸習慣了這種生活，對得到的一切、失去的一切都覺得理所當然，懶得去探究未知的事情，也覺得那些過去不重要，就讓它過去吧。但自從做了偵探之後，我漸漸發現『真相』才是這個世界上最可貴的東西，遠比安逸的生活重要得多。它就像一個缺口，不管以後的日子多麼充實，之前的這個缺口一直存在。現在，我身邊的每一個人都在為了真相而努力。我有一個叫古浪的朋友，為了過去事情的真相甚至不顧自己的性命安危。我想，是時候把我過去的缺口填補起來了，只有這樣，我才能更加踏實地向前走。」

團長靠在椅子上，安靜地聽著。

「你果然成長了很多，這番話，可不是我認識的葉飛刀能說出來的。」

「其實，我在來之前練習了好幾遍。剛剛有個地方背錯了，要不我重來一遍吧。」

「哈哈，不用了。」團長笑了，接著說道，「所以，你想知道你的真名，還有你的父母是誰？」

「不只這些。」葉飛刀激動地站了起來，「還有我為什麼會做什麼事情都不準，這個『超能力』究竟是怎麼來的？還有我之前有沒有接受過教育？」

「你為什麼會想知道這些？」團長好奇地問。

「有一位偵探界的前輩和我聊天的時候說，所有的『超能力』看似不可思議，其實都有邏輯可循。」葉飛刀回想起和時彥促膝交談時的畫面，「比如我的這個能力，做什麼事情都不準，可能是因為小時候對『準確』有痛苦的記憶，以至於抗拒所有準確的事物，大腦會自動避開正確的選項。如果是這樣，那麼只要找到那件讓我腦子變壞的事，把缺口填上，我就能恢復正常了！」

「嗯……」團長摸著下巴，沉吟著說，「這個說法倒是蠻有趣的，那你問受沒受過教育又是怎麼回事？」

「前不久遇到一個案子，破案的時候突然有一句話跳進了我的腦海——當你凝視深淵時，深淵也在凝視著你。我不知道為什麼會想起這句話，感覺就像是這句話早就存在於我的腦子裡，只是那一刻突然跳了出來。如果這句話沒人說過就算了，可是後來我上網查了一下，這句話是一個很有名的人說的。」

「誰啊？」

「尼采。」

「這我怎麼猜得出。」

「不是，這個人的名字就叫尼采。我們事務所的所長李清湖跟我說，這句話出自尼采寫的《善惡的彼岸》。但這本書我根本沒看過，連尼采是誰我都不知道，那我又是怎麼知道這句話的呢？於是我想，我以前可能受過教育。」

團長陷在椅子裡思考了一會兒。

「受過教育……也不一定就知道這句話吧。我受過教育，但我就不知道……所以我覺得，就算你曾經受過教育，也肯定不是常規的教育。」

「不是常規的教育？」

「沒錯，而是被某個人或者某組織所教授的……特殊教育。」

葉飛刀睜大雙眼，盯著團長，問道：「團長，你知道些什麼嗎？」

「不。」團長搖著頭說，「我不知道，至少在我收養你之後，你一直待在馬戲團裡，沒和外界有過太多的接觸。至於你的過去，我什麼都不知道。」

「那你是怎麼收養我的呢？」

團長似乎在回憶一般，不緊不慢地端起桌上的茶杯，啜了一小口，這個動作像極了李清湖。

「我記得，那天陽光明媚……」

葉飛刀屏住呼吸，安靜地聽著。

「還是下著雨？還是下著雪？我記不得了。我只記得那天是週一，哦，也有可能是週二，當然，週三也不是不可能。對了，好像是週……」

「團長！」葉飛刀忍不住打斷道，「能說重點嗎？」

「啊，好。」團長清了清喉嚨，語氣沉重地說，「好像是週四，抑或週……」

「天吶。」葉飛刀抓著頭髮，用更沉重的語氣再次打斷道，「我是讓你挑重點說，不是讓你語氣重一點。」

「啊，好。」團長做了個深呼吸，平靜地說道，「重點是……我忘了。」

「什麼？」

「我忘了。已經過去這麼多年了，葉飛刀，我真的忘了。」

「我、我總不能是從天上掉下來的吧？你真的一點都不記得了？」

「哦哦，我想起來了。」

「嗯，想起了什麼？」

「你不是從天上掉下來的。」團長不帶一絲歉意地輕鬆一笑，「其他的，我全忘了。」

「今天真的太有收穫了！」葉飛刀站起身，憤憤地說著，準備離去。

「葉飛刀。」團長突然叫住他，「你等一下。」

「怎麼了？」

團長盯著他看了很久，嘴唇微微張開，好像有什麼話要交代。不過最後他只是輕輕地歎了口氣，說道：「你走之後，這裡的觀眾越來越少了，你……願不願意回來？」

「我……」頓了頓，葉飛刀堅定地說，「我還沒做夠偵探呢。」

「好吧。」團長似乎早就知道他會這麼回答，「那你認不認識同樣會耍飛刀的朋友？」

葉飛刀想起在戴月家見過的那個白衣男子，他目睹過那個神祕組織的殺手精準的飛刀術。那件事結束後，超能力偵探事務所和鷹漢組的人一直在找他，但白衣男子卻再也沒在幻影城出現過。

「朋友沒有，敵人倒是有一個。」葉飛刀沒好氣地說，「如果你找到了，麻煩也給我介紹一下。」

這時團長辦公室的門突然被打開，走進來一個白衣白褲的男人。

「團長，我們練得差不多了，明天請您來看我們的正式彩排……咦，有客人啊。」

看到葉飛刀，他愣了一下。

葉飛刀也驚訝地看著這個男人。

「來，我介紹一下。」團長看到來人，立刻春風滿面地說，「這位是我們以前的臺柱子，葉飛刀，現在是大偵探。這位是我們團新來的臺柱子，白一男，他的身體呀，特別強壯，簡直是鋼筋鐵骨……」

後面的話，葉飛刀已經聽不到了，他的眼裡、他的世界裡，此刻只有眼前這個白衣飄飄的男人。

他正是他們苦苦追尋的神祕組織殺手。

3. 「無頭罪人」

時間差不多了。

已經等了很久的葉飛刀騰地一下從床上坐起，確認四周沒有任何動靜後，他小心翼翼地從床上下來，走到門口。

木頭門上插著一把飛刀，他握住飛刀刀柄，推開門，走了出去。

這是多年來摸索出的生活經驗，如果門上不插飛刀，對葉飛刀來說這間屋子就是上鎖的密室，因為他無法準確地打開門走出去——但是自己的飛刀，他握起來就特別準。

剛走出屋子，葉飛刀就被冷冽的夜風擁抱住了，他停下腳步側耳傾聽，除了遠處傳來的幾聲狗吠貓叫，充盈在耳內的就只有呼呼的風聲。

他邁開步子，堅定地向前走去。

傍晚時，他已向團長打聽清楚了這片宿舍區的布局。每個團員各自有一間小屋，葉飛刀旁邊是郝劍住的小屋，而再旁邊，就是他的目標——白一男的小屋。

團長為兩人做完介紹後，白一男像是第一次見到葉飛刀一樣，說了句「你好」。但面對他伸出的手，葉飛刀沒有握上去。一個飛刀高手，隱藏在馬戲團，而且做的是和柔術搭配的硬氣功一類的表演。他到底什麼身分？他藏在馬戲團有什麼目的？他還有多少超出常人的能力？

這些問題，偵探葉飛刀都想用自己的方式去解開。於是，他懇請團長今晚讓他住下來。同時，他也做了一個決定，等到夜深人靜的時候，去找那個白一男再次對決。屆時，要解開所有的問題。現在，就是「屆時」了。

經過郝劍屋子的時候，葉飛刀發現裡面的燈還亮著。一片漆黑中只有這間屋子發出幽黃的光亮，就像被風掀起的夜的一角。

這麼晚他還沒睡？

葉飛刀走到窗前，忍不住好奇地朝裡看去。窗戶許久沒有擦過了，髒兮兮的，但即便再模糊，外暗內明也足以讓葉飛刀看到屋裡的情況。

屋子中間，有一個人似醉酒般踉蹌著腳步緩緩朝前走著，他的雙臂高舉，肘部向下彎曲，雙手在脖頸處意味不明地動著，看樣子，像是在痛苦地掙扎。可怕的是，他的脖子上什麼都沒有！

他在拔自己的頭！

葉飛刀白天看過王魔和郝劍合作的道具魔術「無頭罪人」，當時郝劍就做過這樣的動作。但此刻再次看到，葉飛刀卻感覺更加害怕，不，與其說害怕，不如說是一種難以名狀的不協調感。就像後背無故淌下一滴冷汗，無法擦掉，讓人發毛。

是因為半夜的氣氛嗎？

越是害怕的東西，越想一探究竟——偵探大抵都有這樣的通病。葉飛刀把鼻子貼在玻璃上，湊得不能再近了，終於發現了令他恐懼的原因：白天表演魔術時的郝劍，頭垂在胸口，至少他還是有頭的。但此刻在屋子裡掙扎的郝劍卻沒有頭，他的胸前只有正常得再正常不過的衣服！他真的像無頭罪人一樣，頭被敲進了肩膀裡！

葉飛刀難以置信地揉了揉眼睛，再次睜開後，他發現原本還算清晰的視野——被揉得更模糊了。但他依然能確定自己沒有看錯。

雖然郝劍的胯部以下被桌子擋住了，看不清楚，但從他行走時上半身的姿態來看，確實是在痛苦地蹣跚。肩膀上，也確實空空如也。

遠處又傳來了狗吠，葉飛刀就像剛從一場夢中醒過來。郝劍的屋子裡正在發生不可思議的事情，他必須做點什麼。而就在他想呼喊郝劍名字的時候，旁邊突然閃過一個人影，只是一瞬間，就消失在了房子的轉角處。

但對葉飛刀來說，一瞬間就夠了。因為那個人影一襲白衣，在黑夜中格外扎眼。

白一男！

葉飛刀的腦子還沒做出反應，人已經追了上去。轉過轉角，那個白色人影又出現在了視野中，那人迅速卻悄無聲息地在黑暗中奔跑著，前方不遠處是下午葉飛刀去過的團長辦公室。

也許是意識到身後有人追來，白一男又跑了幾步之後停了下來，他轉過身，平靜地看著葉飛刀。

葉飛刀見他站住，便也放慢腳步，小心翼翼地向前移動。

「你在幹什麼？」

可能是好久沒說話了，葉飛刀的聲音有點沙啞。

白一男笑了一下。「你又在幹什麼？夜跑？」

「少廢話！上次的帳還沒算完！」

「哈哈，算帳？算什麼帳？我做了什麼？上次你們一群人無緣無故打我一個人，我才要找你們算帳呢。」

葉飛刀想了想，他說的確實沒錯。

「沒話說了？那就別妨礙我。」

「你今天又想做什麼！」

「大偵探，你管得可真寬啊。」白一男戲謔道，「我做什麼事都要向你彙報嗎？」

葉飛刀想了想，他又沒說錯。

「可惡。」葉飛刀咬著牙說，「你肯定是來害人的，郝劍的頭一定是你敲進去的！」

「啊？」白一男茫然地問道，「什麼郝劍的頭？」

「我剛剛在郝劍的屋子外面看到他的頭被敲進了身體，正在痛苦地掙扎。你又恰好出現在旁邊，肯定是你幹的！你是殺人凶手！」

「你是不是夢還沒做夠？」白一男的口氣變得不耐煩起來，「我聽不懂你在說什麼。現在，從我面前消失。」

葉飛刀看到他一邊說話一邊把手探到了背後。作為一個每天都和飛刀在一起的人，他當然知道這個動作代表了什麼。葉飛刀也垂下右手，指尖已經觸碰到綁在大腿上的涼涼的薄片。

二人各自保持著姿勢，四目相對，就這樣過了一段尷尬的空白時間，白一男眼神裡的殺氣突然變成笑意。

「你射不中我的。」

「沒錯。」葉飛刀居然一點都不嘴硬，馬上就承認了。

「但你知道，我能殺了你。」

嚥了一口口水後，葉飛刀重複了一遍剛才的回答：「沒錯。」

「你不怕？」

「本來沒想那麼多的，現在站了一會兒，怕了。」

「哈哈哈哈哈。」白一男大笑起來，「有意思，你果然也是個怪人，難怪那個人不讓我殺你。」

「那個人？誰？」

「現在不能說。」

葉飛刀沒再說話，兩人又相對沉默了一陣。

「好了，現在能說了吧？」

「哪有這麼快！」白一男有點受不了葉飛刀的思維了，「以後你自然會知道的。走吧，不要妨礙我。」

「我不走。」葉飛刀向前邁出一步，「你都說不殺我了，我還走什麼？」

白一男冷哼一聲，說道：「不要敬酒不吃吃罰酒。」

「我不會喝酒——」

葉飛刀的話還沒說完，就聽到身後傳來一聲驚呼。他回過頭，看到夜幕中燃起一束耀眼的火焰，是郝劍的木屋正在燃燒。

葉飛刀急忙轉身朝火光奔去，白一男皺了皺眉，也跟在他身後跑了起來。

「郝劍！」

葉飛刀跑到屋子前大聲呼喊，透過髒兮兮的窗戶，他只能看到裡面滿是黃色火光和越來越洶湧的濃煙。

除了火焰充滿生命力的「劈啪」聲，屋子裡沒有任何動靜。只有兩種可能，郝劍不在屋內，或者，郝劍已經無法發出任何聲音了。

「開門，快開門！」葉飛刀早已顧不上白一男是誰了，他焦急地衝他喊道，「郝劍還在裡面，快救人！」

白一男知道葉飛刀開不開門，便一言不發地伸出雙手，按在門上，不顧灼熱，試圖推開這道越來越燙的阻隔。

「鎖住了，推不開。」試了幾次後，白一男說道。

這時，發現火情的其他人也跑了過來。

「怎麼回事？怎麼燒起來了？」王魔氣喘吁吁地問道。

跟在王魔身後跑來的是馴獸師唐本綱，他已被眼前的景象嚇壞了，呆呆地看著，不知道該做什麼。

「郝劍……郝劍在裡面嗎？」

說話的是一個快要哭出來的柔弱女子。

「對啊，郝劍！聽到就回答一聲！」王魔喊了一句，突然狐疑地看著剛才說話的女子，問道，「咦，你是誰？」

「我是阿美啊。」

「你……」王魔盯著阿美，像是不認識她一樣。

「哦，我卸妝了。」阿美說完，突然意識到了什麼，驚叫道，「天哪！我忘了我沒化妝！」

叫完就捂著臉朝自己的屋子跑去。

就在阿美跑開的同時，團長到了現場。除了阿美，馬戲團裡的所有人現在都集中在正在燃燒的屋子外。

「開門救人！」

團長說著，徑直跑向屋門，卻被白一男攔住了。

「團長，門鎖了，這屋子還有其他入口嗎？」

「沒有……窗戶，打破窗戶！」

「窗格太小了。」王魔走到窗前，站在葉飛刀後面觀察了一下，說道，「人進不去。」

「先……滅火吧。」唐本綱呆呆地站了那麼久，終於緩過了勁兒。

經他提醒，眾人這才反應過來，當務之急確實是滅火，然後再想辦法破門。
「大家快去拿水，救火！快！我去拿滅火器。」團長的聲音從來沒有這麼嚴肅。
「團長……」唐本綱說，「我有水槍。」
「水槍頂什麼用！」
「不是小水槍，是大水槍！」
「再大也……什麼，你有大水槍？」
「嗯。」唐本綱不好意思地說，「我本以為這次你會給我配個大象，把場地和給大象沖澡的水槍都準備好了，結果你給了我一隻貓……」
「快！快去拿！以後我給你的水槍配個大象！」說完，團長快步跑去找滅火器。
唐本綱衝著團長的背影小聲地說了一句「謝謝」，隨即跑向自己的屋子。
不一會兒，團長拿著滅火器回來了。白色的乾粉瘋狂地撲向熊熊燃燒的木屋，暫時壓制住了往外躥的不安分的火舌，但屋子裡面的火還在肆虐。
唐本綱也回來了，雙手提著個碩大的槍頭，身後拖著一根長長的皮管子。水源已接通，槍頭向外猛烈地噴射出水柱。
「閃開！」他大喊。
葉飛刀等人急忙閃開，看著唐本綱提著水槍走近木屋，瞄準窗戶。水流激射而出，衝擊著窗戶玻璃，四濺的水花打在葉飛刀身上，讓他感到久違的清涼。

很快，玻璃爆裂，水柱一頭扎進屋內火焰的懷抱。唐本綱提著槍頭，站在窗前，掛在臉上的水珠泛著一閃一閃的光澤，猶如希臘神話裡的英雄雕塑。

終於，火被撲滅了。唐本綱累得一屁股坐在地上，任由身邊的水槍繼續向外噴水。

「哇，這麼快就滅了，需要我幫什麼忙嗎？」

姍姍來遲的阿美，眼睛比剛才大了一倍。

「你來得正好，阿美。」團長對她說道，「門反鎖了，只有窗戶能進，用你的柔術鑽進去。」

「什麼？真的要我幫忙啊，我就是客氣一下……」阿美為難地說道。

「她進去也沒用。」白一男站在窗口喊道。

阿美感激地看了一眼白一男，只見他已把手臂伸進門旁邊的窗戶裡，身子側著，緊緊地貼在窗子上，似乎在摸索什麼。

「我以為能從裡面打開插銷呢。」白一男看著阿美說道，「但插銷被火烤得變了形，拔不動，只能撞門了。」

葉飛刀看了看累得話都說不動的唐本綱，轉頭對王魔說：「王魔，加油！」

「為什麼是我？」

而王魔話音未落，團長已朝門衝了過去。

「咚！」團長的身體和門相撞，發出沉悶的聲音，然後……他倒在了依舊緊閉的門前。

王魔見狀，原本猶豫的心變堅定了——一定不能去撞！撞不開的！

正在他腦內天人交戰時，忽然感覺身旁有一道風掠過，風中還夾雜著一絲香甜之氣，竟讓他感覺十分舒服。

馬戲團眾人看著一個人影以極快的速度撞到門上，門被撞得粉碎，那人順勢滾入了屋內。

團長醒了過來，唐本綱艱難地爬起來，一群人擁入房間。

屋內還未散盡的濃煙中站著一個短髮少女，她回過頭，說道：「撞門……哼。」

聽到這個聲音，葉飛刀驚喜地叫出了她的名字。來人是和他經歷過多起奇異案件，一同追查神祕組織的戰友。

「古靈！」

「葉飛刀？」古靈也認出了葉飛刀的聲音，「你怎麼在這兒？」

「郝劍！」「啊！」

團長嘶啞的喊叫聲和阿美尖銳的呼喊聲又把兩人的注意拉了回來。

屋子中央，躺著一具皮開肉綻、黑乎乎的屍體。屍體身上的衣服已被燒沒，但依然能從體型判斷，這是郝劍。

葉飛刀跟著眾人跑到屍體前蹲下，他發現郝劍的手臂比印象中的要粗壯不少，肌肉結實。不過最令他在意的是，肩膀上的腦袋還在，只不過脖子似乎有點往裡縮。

「沒聽到呼喊聲，而且表情……似乎很平靜。」白一男湊近屍體看了一眼，轉頭對葉飛刀說道，「脖子斷了。」

葉飛刀這才想起剛才親眼看到的「無頭罪人」那一幕，感覺已經快要消失在記憶深處了。

「我沒看錯，他在拔自己的頭，拔出來了，他也死了……無頭……罪人……」

除了白一男，現場沒人知道葉飛刀在胡言亂語些什麼。

4. 柔姐出馬

離開郝劍的小屋後，眾人各懷心事回到了自己的房間，葉飛刀和古靈則跟著團長去了他的辦公室。走在後面的葉飛刀驚訝地發現團長已有些駝背，印象中團長還是個挺拔的中年男人，事實上已經步入老年人的行列了啊。

「團長。」在辦公室坐定，葉飛刀這才有空正式向他介紹古靈，「這是我的朋友，叫古靈，是鷹漢組雀鷹小分隊的隊長。」

「你好。」團長朝古靈點了點頭，又看著葉飛刀說道，「真抱歉，你今天好不容易回來，就發生了這種事……」

「沒關係，我習慣了。」

團長愣了一下，接著苦笑道：「是啊，你們偵探，有時候比壞人還管用，跑到哪裡，哪裡就有事情發生。」

「這也是劇情需要。」葉飛刀說了一句莫名其妙的話。

「對了，古小姐你怎麼會突然出現在這裡？」團長問古靈。

「是這樣的，我們鷹漢組一直在追捕一名白衣男子。」

「白衣男子？」

「嗯，他和一個神祕組織有關。」一段時間沒見，古靈已和之前那個初出茅廬的小丫頭判若兩人。她鎮定自若的口氣，倒頗有幾分隊長的架勢。「我們鷹漢組的所有成員每天都在全城搜查他的下落，但一直沒什麼發現。直到今天，有個兄弟告訴我，在這家馬戲團裡發現了疑似白衣男子的人，所以我就連夜趕來了。沒想到正好遇上殺人案。」

「你說的白衣男子，莫非是……」

「是的，就是白一男。」葉飛刀搶答道。

團長皺著眉頭，盯著桌面看了一會兒，說道：「神祕組織？確定是他嗎？」

「確定，他自己都承認了。」葉飛刀再次搶答。

看到古靈狐疑地看了自己一眼，葉飛刀便把今天晚上郝劍屋子失火之前發生的事說了出來。

「這麼說來，郝劍肯定是他殺的。」古靈拍了一下桌子，木桌上立即現出一道裂縫。

「哎，等等，我們一件一件來，今晚一下子冒出太多事情了。」團長撓了撓頭，說道，「首先我們說說白一男，你們剛才說他是……飛刀高手？」

「沒錯，準得嚇人。」

「但他來面試的時候沒說自己會飛刀啊。我問他會什麼，他卻讓我先介紹一下團裡的成員，然後說自己可以和柔術搭配，因為他會硬氣功。」

「他會硬氣功嗎？」

「當然！」團長說，「面試的時候，他用一根手指就把阿美舉了起來。」

「一、一根手指……舉起一個人？」

「是啊，厲害吧？我親眼看到的，所以當場就錄用了他。」

葉飛刀和古靈互相看了一眼。

「會不會……認錯人了？」團長試探性地問。

「不可能！」古靈舉起手，又想拍桌子，但看到桌子上的裂縫，急忙改變了下手的方向。

「啪！」

葉飛刀狠狠地摔在了地上。

「沒有！你們沒有認錯人！」團長連忙喊道，「古小姐，有話好好說。」

古靈羞澀地笑了一下，朝坐在地上的葉飛刀伸出手。葉飛刀握住古靈的手，站了起來，重新坐回到椅子上。

「咦……你能握到她的手？」團長驚訝地看著眼前的一幕，隨即恍然大悟般地笑了起來，「啊，我明白了。呃……言歸正傳，我們說說郝劍的案子吧。」

「郝劍不是白一男殺的嗎？」古靈說道，「眼前有一個凶手，又發生了一起殺人案，想都不用想，肯定是他幹的呀。」

「葉飛刀，你覺得呢？」團長問。

葉飛刀猶豫了一下，說道：「我……不知道。我當時質問他『無頭罪人』的時候，他的反應不像是裝出來的，似乎真的不知道郝劍在屋子裡被人把頭拍進了肩膀。而且……起火的時候他和我在一起，後來也很認真地在救火……」

「你什麼意思？這些都是他裝出來的呀！」古靈著急地說，「你怎麼能這麼輕易地相信壞人！」

「古小姐，葉飛刀說的也有道理。」看到葉飛刀快要招架不住咄咄逼人的古靈，團長連忙解圍道，「郝劍的死法太奇怪，有很多值得思考的地方。他是怎麼死的，腦袋真的被人拍進去過嗎？」

「真的，我親眼看到的。」

「正因為是你看到的，我才懷疑。」團長看了一眼葉飛刀，「火又是怎麼回事？怎麼起火的，為什麼燒得那麼快？這些都還不清楚。」

「郝劍應該在起火之前就死了。」古靈冷靜了下來，一邊思考一邊說道，「因為起火後他沒有呼救。這麼看來，郝劍被殺和起火可能是兩件單獨的事件。而且，現場是一間密室！」

「密室？」謎團一個接一個地冒出來，葉飛刀都忘了門被反鎖的事情了，「對哦！郝劍屋子的門是從裡面插上插銷鎖住的。可惡，一個白一男已經夠傷腦筋的了，怎麼一個晚上冒出來這麼多事情！」

「沒關係的，葉飛刀，這一團亂麻很快就會理清的。」古靈突然說道，「我已經通知柔姐了。」

「柔姐？你什麼時候跟她說的？」

「看到屍體之後我就給柔姐發了一條短信。」

團長端著杯子，問道：「你們說的柔姐，葉飛刀下午是不是也提到過？」

「是的，團長，她叫左柔，很聰明，目前我們碰到的所有凶殺案，幾乎都是她破的。」葉飛刀的口氣聽起來有點悶悶不樂，「不過我不想把她牽扯進來，白天看到白一男我都沒有通知她，就是想真正靠自己的力量去解開一個謎團、抓住一個凶手，我不想做一個超沒用的偵探，要依靠朋友才能破案。」

說到後面，葉飛刀的情緒激動起來。古靈第一次看到這樣的葉飛刀，一時不知該如何安慰他。團長也很尷尬，還好他手上有杯子，於是順勢喝了一口水。

歎了一口氣，葉飛刀又低聲說道：「我越來越搞不清楚，成為偵探是不是正確的決定。在偵探事務所裡我沒有任何成就感，也沒有觀眾的掌聲和歡呼聲；成為偵探後，我自己的人生可能還沒那麼糟，但團長、郝劍、王魔……這些馬戲團的朋友們的生活，是確確實實地在變糟。」

「這不能怪你……」

「還好，古靈！」葉飛刀的眼神突然熾烈，他盯著古靈，說道，「還好，你是發短信通知柔姐的，這大半夜的她肯定在睡覺，不會看到短信。我們還有時間，今晚我們就去一個一個詢問嫌疑人。我要憑自己的能力找出殺死郝劍的凶手，為他報仇！」

「好！」古靈的熱情也被葉飛刀調動了起來，她充滿幹勁地答道。

就在這時，一個長髮女人推門而入，在她身後，站著一個正打著呵欠的小孩。看到他們，葉飛刀鼻子一酸。

長髮女人有些慌張地衝古靈點了點頭，算是打了個招呼，然後問坐在辦公桌後面的團長：

「您是團長吧？您好，我是超能力偵探事務所的探員左柔，這位是幽幽。我們收到消息，說這裡發生了殺人事件。」

「啪！」

團長手中的杯子掉在地上，摔了個粉碎。

「啊啊，你好，不好意思，手滑了。」團長連忙站起身，揮了揮衣服上的水漬，「請坐。」

「不坐了，時間緊迫。」左柔幹練地說道，「我們這就去案發現場，路上把案發經過跟我介紹一下吧。」

說完，左柔轉身就要走出房間，團長和古靈也不由自主地站起身，跟著左柔。

「咦，小刀，你怎麼了，沒精打采的？」左柔注意到了葉飛刀的反常。

「我……沒事。」葉飛刀說著也站了起來，跟在他們身後。

眾人走出房間，團長和左柔走在最前面。團長一邊帶路前行，一邊向左柔介紹案情，從葉飛刀晚上追蹤白一男，透過窗戶看到掙扎的無頭郝劍開始，到後來房子起火，滅火後突然出現的古靈將門撞開，眾人發現了郝劍的屍體。幽幽牽著左柔的手，不停地打著呵欠。

古靈和葉飛刀並肩走在他們後面。一路低著頭想心事的葉飛刀突然感覺有一隻柔嫩的手握住了他的手，並且重重地捏了一下。他驚訝地抬起頭，看到古靈正笑吟吟地看著他。

「打起精神。」那張笑臉說。

葉飛刀看著古靈的臉，突然想起眼前這個年紀比他還小的姑娘，剛在不久前追查神祕組織時失去了唯一的親人，正處於痛苦與茫然中的她又被推上了鷹漢組雀鷹分隊小隊長的位子。而她沒有沉溺於痛苦無法自拔，也沒有因為未來的不確定而迷惘，她一直堅強地笑著，同時做自己力所能及的一切，去追尋神祕組織的下落。

葉飛刀覺得有一股暖流，從那隻小手湧入自己的心裡。未來，不是自怨自艾地等待就能變好啊！他朝古靈重重地點了點頭，然後看著前方正認真聽團長講述案情的左柔的背影，堅定地邁開了腳步。

這一路，兩人的手始終沒有放開。

眾人離開後，團長辦公桌上的裂縫漸漸變大，終於到達臨界點，「啪」地一聲斷裂成兩半。從裡面掉出了一個本子。

而這些事情，偵探們都不知道。

很快，一行人來到了被害者居住的小屋，左柔也已了解了全部案情。屋裡依舊煙霧瀰漫。團長和幾位偵探都用一隻手捂著嘴巴，另一隻手呼搧著，試圖搧走渾濁的空氣。只有左柔沒有理會這嗆人的煙，她先在屋內巡視了一圈，接著抬頭盯著天花板看了一陣，然後走到床前、櫃子前、桌子前，分別觀察了一番，最後走到門口，仔細檢查被撞壞的門和插銷。檢查完案發現場後，她才走到屍體身邊，蹲在地上看著什麼，不理會米白色的風衣拖在地上，被黑乎乎的大火餘燼與灰塵弄髒。被害人的衣服已全部燒毀，只剩下一些布料殘片。

「看不出屍體上有其他傷痕，只有脖子折斷了。」左柔看著屍體說道，「起火的時候他並沒有呼救，說明死因就是頸骨折斷。」

「我沒有亂說吧。」葉飛刀說，「柔姐都說了，郝劍的腦袋真的被人拍進去了！」

「我可沒有這麼說。」左柔拍了拍手，站起身，「從現場情況來看，屍體、桌子，以及房門附近被燒毀得最厲害，而床和角落裡的櫃子甚至沒怎麼被燒到。」

「這能說明什麼？」團長擦了把汗，問道。

「還不知道。現場沒有發現火源。」左柔說道，「郝劍抽菸嗎？」

「沒見過他抽菸。」

「好。」左柔思考了一會兒，又說道，「我們來整理一下思路。首先，郝劍的死因是最大的謎團：葉飛刀看到他的頭被拍進去了，他也確實死於頸骨斷裂，怎麼回事？難道真的有無頭罪人？這也太不可思議了吧。其次是兩個衍生出來的小謎團：凶手是怎麼從反鎖的屋內逃脫的？還有，為什麼會起火？」

「不愧是柔姐！」葉飛刀驚歎道，「本來一團亂麻的事件，被你這麼一整理——居然和原來一樣，毫無進展。」

「那麼大偵探，你目前有什麼破案的思路嗎？」左柔反問道。

聽到「大偵探」這略帶譏諷意味的詞，葉飛刀心中又湧起強烈的表現欲。

「當然，我已經知道凶手是誰了！」

「是誰？」

「王魔！」葉飛刀說，「下午我親眼看到王魔排練魔術時把郝劍的頭弄到肩膀下面了。今天晚上，他肯定故技重施，在屋外把郝劍的頭『變』到了脖子下面，所以我才會看到無頭的郝劍在屋內掙扎。郝劍心急如焚，急著想把頭拔出來，卻沒想到，把自己的脖子拔斷了。而現場是密室的原因是，凶手根本就沒進入案發現場！」

「那火是怎麼回事？」

「我剛才說了啊，郝劍心急如焚。」

「就這麼……焚起來了？」古靈難以置信地問道。

團長聽完葉飛刀的解答，小心翼翼地說：「要不，你還是回我們馬戲團吧。」

左柔卻哈哈大笑，一邊笑一邊說著：「太好了。」

「柔姐……你認同我的解答嗎？」

「不，但現在我們至少排除了一個嫌疑人。」左柔說著，牽起完全在狀況之外的幽幽，「那我們就從王魔開始詢問吧。」

5. 嫌疑人們

王魔穿著演出服給這一群人開了門。除了家具擺放位置不同以外，他的小屋和郝劍的那間沒有太大區別。

「還沒睡呢？」團長客氣了一句。

「天都快亮了還睡什麼。」王魔也不招呼他們，冷冷地丟了一句，「今晚煩心事真多，還讓不讓人清靜了。」

左柔沒理會王魔話裡的諷刺意味，自我介紹道：「你好，王先生，我是超能力偵探事務所的左柔。」

王魔斜眼看著左柔，說道：「哦，葉飛刀的同事是吧，你就叫我小王吧。」

葉飛刀突然插嘴。「你說，是不是你用魔術殺了郝劍？」

王魔依舊斜著眼，不屑一顧地看著葉飛刀。「媽的智障。」

「你罵誰！」

「我沒有罵你，我說的是事實。」王魔還是不正眼看葉飛刀，「魔術要是可以用來殺人，我第一個殺你。什麼大偵探，可笑，靠著自己的愚蠢能力在馬戲團裡玩玩飛刀不是挺好，這麼適合你的職業不幹，非不自量力去做偵探，你這腦子簡直可以去發明蒸汽機了。」

「發明蒸汽機？」葉飛刀問左柔，「什麼意思？」

「瓦特。」
「你……」葉飛刀氣得說不出話來，「虧我還把你當朋友！」
王魔笑了一下，說道：「朋友？這世上哪有朋友，只有利益。你看你這腦子，什麼都要問旁邊的女人，還學人家做偵探，丟人現眼。」
「王先生。」左柔聽不下去了，「葉飛刀確實有缺點，但他一直在努力尋找真相，維護正義，光這一點，就比那些心胸狹隘的骯髒小人要強！」
「切。」王魔從鼻子裡哼出一口氣，繼續用眼角瞥著葉飛刀，問道，「葉飛刀，你知道你為什麼做什麼事情都不準嗎？」
「為什麼？」
「因為你是斜眼啊。哈哈哈，你不知道嗎？」
葉飛刀聽完這句話，拚命地轉動眼珠。
「小刀，別聽他胡說。」左柔對葉飛刀說，「是他自己斜眼看你。你的能力並不是錯誤，錯誤是因為看的角度不對，如果顛倒一下，錯誤就會變成正確。」
看到他們把話題越扯越遠，團長開口說道：「王魔，郝劍屋子著火的時候，你在幹嘛？」
「我躺在床上想魔術呢。」
「這麼晚了還在想魔術？」古靈問道。
王魔又一臉不屑地掃了古靈一眼。「這位大小姐，你們是偵探。在幻影城人人尊敬、人人愛戴，白天吃得香晚上睡得著，只要每天都有死人，別人越著急你們就越有財路。」
「你……」古靈剛要發作，卻被左柔拉住了。
「我們的生活可不一樣。你們也許無法想像這種沒有安全感的生活，不知道明天有沒有觀眾，每天絞盡腦汁、廢寢忘食地去想新奇有趣的節目，就為了逗你們開心幾分鐘，你們轉頭就把我們忘了。可下次要是表演同樣的節目，你們可就不買帳了，只會叫罵著要退票，罵我們是垃圾。你們覺得郝劍是為什麼死的？他是自殺的！」
「自殺？」左柔問道。
「他已經很久沒有新節目了，之前葉飛刀還在的時候，他表演口吞寶劍就總被觀眾罵。不過這也不能怪觀眾，他們是我們的衣食父母嘛，只能怪他自己是個廢物。」
「郝劍不是廢物！他跟我說他一直在練習新節目！」葉飛刀攥緊了拳頭，他不能容忍死去的朋友被別人這麼辱罵。
「新節目？」王魔好像聽到了一個天大的笑話，他仰天大笑幾聲，對團長說，「團長，你沒跟這幾位尊貴的客人介紹郝劍嗎？」
團長為難地看著王魔，不知該如何作答。
「雜技不行，改練小丑；小丑不行，改練魔術，現在魔術也不行。」王魔似乎想把心中的不滿一股腦兒發洩出來，「葉飛刀，你下午也看到過我們排練，他的叫聲假不假，你說實話。」
葉飛刀結結巴巴地回答：「實話。」

「哼，你也是個廢物。」王魔完全不顧還有其他人在場，「不過郝劍也算有自知之明，自殺對他來說是最好的結果，誰都不麻煩。不過死都死了還弄出火災，累死我了。」

「你累什麼？救火的時候你根本沒出多少力。」

「所以你覺得郝劍是自殺的？」左柔問道。

「當然了，他這種人，誰會主動去殺他？」王魔彷彿在嘲笑左柔的智商，「你們這些偵探，就喜歡把簡單的事情複雜化。門都反鎖了，這不是自殺是什麼？」

說完他又補充一句：「我知道的就這麼多，趕緊走，這麼人多擠在這裡，呼吸都不順暢了。」

「王先生，最後一個問題，問完我們就走。」左柔見他下了逐客令，連忙說道。

「什麼問題？」

「你覺得白一男這個人怎麼樣？」

「怎麼樣？」王魔沒想到左柔會問到白一男，「什麼意思，給我相親啊？我和他不熟，八成也是個廢物，沒什麼好說的。」

「廢物？」古靈感到很奇怪，「白一男不是很有本事嗎，團長說他用一根手指就能舉起阿美。」

「騙人的吧，我沒看到，反正他在我面前笨手笨腳的，拿個東西都拿不住，拿住了還不小心掉了，大概這個人只剩下力氣了。」

既然問不出更多的東西，王魔的態度也從不耐煩變成排斥抗拒，左柔他們便走出了王魔的屋子。

唐本綱不在房間裡，偵探們在屋外找到了他。他正蹲在地上和貓狗聊天，可不管是貓還是狗，都一副病殃殃的樣子，根本不理他。

偵探們走近後，貓狗好像突然大病痊癒，生龍活虎地奔向幽幽，繞著他的腳轉起圈來。

唐本綱歎了口氣。「這兩個小傢伙，就是不聽我的話，對別人都很親熱。」

「都很親熱？」細心的左柔注意到了話裡的玄機，問道，「牠們還跟誰親熱了？」

唐本綱站起身來，一臉茫然地看著左柔。

「哦，大唐，我給你介紹一下，這位是超能力偵探事務所的左柔，是葉飛刀現在的同事。這個小孩也是偵探，叫幽幽，他們都是很厲害的偵探，現在排名是……是多少來著？」

「八十七。」左柔笑著答道。

「他們是排名第八十七的名偵探！對不起，早知道這樣我就不問了。」

「沒關係。」左柔又面向唐本綱問道，「聽你剛才說的，這兩個小寶貝還跟別人親熱過？」

「是啊，就是那個白一男。」

「白一男？」聽到這個名字，古靈頓時來了精神。

「這隻小狗跟了我很久了，但一直不聽話，也跟我不親，我還以為牠脾氣就這樣，對誰都愛理不理呢。結果上次白一男過來，牠也像剛才那樣直接撲了過去，圍著他的腳邊轉，和對這個小孩一樣。」

古靈回頭看了一眼幽幽，只見他蹲在地上開心地笑著。貓趴在他的脖子上，狗在他面前吐著舌頭、瘋狂地搖動尾巴，就像多年未見的老友一樣。

「難道……他和幽幽有同樣的能力？」葉飛刀小聲問左柔。

左柔一言不發，眉頭緊鎖。這個神祕的白一男，到底還有多少沒有展示出來的超能力？

「對了，你們是來詢問郝劍的事情的吧？」唐本綱見沒人說話，便主動說道。

「是的唐先生，你有什麼想法嗎？」左柔問。

「想法？」唐本綱不解地反問，「郝劍不是死於火災嗎？」

「火是郝劍被殺之後才起的，而他沒有呼救。」

「哦……早知道我就不這麼拚命地救火了，搞得一晚上覺都沒睡，現在還犯睏呢。」唐本綱確實說起話來沒什麼力氣，「人都死了，為什麼還放火呢？」

「這就是我們要弄明白的。」左柔說，「我認為，凶手有必須放火的理由。」

「必須放火的理由？」葉飛刀知道左柔已有了一些思路，「柔姐，你是不是想到了什麼？」

左柔點點頭，雖然面對著唐本綱，但下面這番話應該是說給在場的所有人聽的。「了解了案發經過之後，我一直想不明白一件事，凶手為什麼要放火？密室可能是人為，也可能是意外或者巧合，殺人也存在謀殺、誤殺、意外等諸多可能，而整起事件中唯一可以確定是刻意而為的，就是在主人不抽菸、也沒發現其他火源的屋子裡，發生了火災。這場火，只可能是凶手出於某個理由故意放的。」

唐本綱站在原地不住地點頭，似乎非常認同左柔的思路。

「所以我首先思考凶手放火的原因……」

「啊，我知道了！」葉飛刀一拍手，激動地叫道，「火葬！凶手想把郝劍火葬！還記得上次的案子嗎……」

「小刀，耐心地思考。」左柔阻止了葉飛刀的偽解答，「破案不是打雪仗，要把你所有的子彈都打出去，一決勝負。破案更像滾雪球，要把所有的線索慢慢積累起來，真相的形狀自然會顯現。」

「我知道，柔姐，道理我都懂，但不是火葬嗎？」

「葉飛刀，你根本就不懂啊，別插嘴了，聽柔姐說。」古靈說道。

聽到古靈這麼說，葉飛刀乖乖地閉上了嘴。

「我說完了。」左柔乾脆地說道。

「什麼！推理不是正要開始嗎？」一直在一旁當看客的團長驚訝地問道。

「是呀，我也以為柔姐你要發表一通『放火講義』[1]呢！」古靈可能是推理小說看多了，以

1 講義：推理小說中常見的灌水手法。成功案例為約翰·狄克森·卡爾《三口棺材》中的「密室講義」，灌滿一個章節。另外，二階堂黎人、有棲川有棲、綾辻行人、霧舍巧、土屋隆夫等也分別在作品中對密室、不在場證明、孤島殺人、死亡留言和毒殺發表過講義。可以說，對偵探最後的破案沒有任何幫助，但是看上去特別厲害。（作者注）

為名偵探都很喜歡發表講義。

「剛剛我說了，破案是一個滾雪球的過程，現在線索還不夠，無法進行推理。至於放火的理由，有太多可能性了，比如凶手殺了人之後製造了密室，但出去後發現有一樣東西留在了現場，這件東西可以直接指明他的身分。但密室已經形成，他進不去，只好放火把房子付之一炬。」

「這個想法很好啊。」團長驚歎道。

唐本綱也默默地點著頭。

「這種不負責任的想法要多少有多少。」左柔嚴肅地說，「任何不看證據的推理，對我來說都是沒有意義的空想。」

「但我知道幻影城裡就有幾個偵探可以不看任何線索，直擊事件真相。」見多識廣的團長說道。

「我沒有那種天賦，只會用最原始的破案手法，尋找線索、搜集口供、整合出真相。」左柔說這番話的時候眼睛看著葉飛刀，「我也不覺得自己比其他人聰明，之前破的案子都要歸功於女性的敏感和細心。我們要相信自己的特長，並善用它們。」

葉飛刀愣愣地聽著，試圖去理解。站在他們對面的唐本綱依然一言不發，只是不住地點著頭。

「唐先生，那……唐先生？唐先生？」

左柔幾聲呼喚後，唐本綱突然打了個哆嗦。

「啊，你們是……哦哦，是偵探，不好意思，我剛才睡著了。我們說到哪兒了？」

「這半天都白聊了啊！」

古靈氣憤地上前一步，左柔連忙拉住了她。

「沒事，是我們打擾了。唐先生今天救火辛苦了，離天亮還有一點時間，還是去屋子裡睡一會兒吧。」

說完，左柔便準備帶著同伴們離開。一旁的幽幽正和小貓小狗玩得開心，不管是動物還是小孩，先前的睡意都已完全消失，精神十足地開懷大笑著。在這個被謎團和陰謀籠罩的馬戲團裡，只有他們三個還無憂無慮。

左柔苦笑了一下，不忍心打斷他們。她回過頭，一臉倦意的唐本綱和善地說：「不介意的話，就讓牠們玩會兒吧，我一個人睡覺也清靜。」

「哇，原來你們是偵探啊，怪不得這麼帥呢，你們看我能當偵探嗎？」

阿美和唐本綱的狀態完全不一樣，似乎只要化了妝，她整個人就像充了電一樣。

「不能。」團長不滿地說，「要是你也走了，我們馬戲團就更沒人來了。」

「葉飛刀走了以後就沒什麼人來了啊。」阿美撇了撇嘴，「您老人家也不能光想著自己的馬戲團，我還年輕，還要展翅高飛的嘛。」

「是嗎？我看你這兩天勁頭挺足的啊。」

看這兩人對話的樣子，活脫一對父女。

「那是因為白一男來了嘛。」阿美臉上泛起幸福的光澤，「白一男好帥哦！葉飛刀走了之後，馬戲團裡就只剩一個廢物、一個土包子、一個討厭鬼和一個糟老頭，真是悶死了。」

團長掰著指頭數了一下，但還是說出了心中的疑問：「你剛剛說的糟老頭是指……」

阿美頓了一下，馬上說道：「啊，團長，不是說你啦，糟老頭我說的是唐本綱。你看他整天有氣無力的，像不像個糟老頭？」

「哦……」團長滿意地點點頭。

「還好啊，現在來了白一男，年輕，又帥，又貼心，還這麼有本事！哎呀，真想和他發生一段愛情事故啊。」

「是愛情故事。」古靈糾正道。

「要你管！你幾歲啊，就來管我了。哼，別以為你年輕就了不起！你有男朋友嗎？」古靈從沒想過男朋友這個問題，突然被阿美這麼一問，竟不知如何作答。

「有！」葉飛刀突然叫道。

在場的所有人都看著他，包括古靈。

「……有一個姑娘，她有一些任性，她還有一些囂張。」萬萬沒想到，葉飛刀居然唱起了歌，成功化解因一時衝動產生的尷尬。

唱完後，葉飛刀就像什麼都沒發生過一樣，對阿美說：「阿美，這首歌唱的就是你。」

「你神經病啊！」阿美覺得莫名其妙，「虧我以前還喜歡過你。」

阿美的大膽熱情讓所有人都吃了一驚。

「你以前……喜歡過我？」葉飛刀問。

「你忘了？」阿美用手捂住嘴巴，做出誇張的表情，「你不是還向我表白過嗎？你這個人怎麼這樣啊，你要是有白一男一半認真就好了！」

葉飛刀先緊張地看了一眼古靈，見她無動於衷，便急忙解釋道：「我什麼時候對你表白過，你不要亂說！」

「抱歉，我打斷一下。」左柔說道，「你在和白一男談戀愛嗎？」

「是啊，他向我表白了。」阿美得意地宣布，「別看他力氣很大，其實內心非常細膩、非常溫柔。每次表演的時候，他都會目不轉睛地看著我。一般表演到高潮部分，他會把我舉到頭頂，我們都應該看向觀眾席。但他偏不，總是看著我，說不看著我就沒有力量表演下去了。就算他把我舉到頭頂，也要看著我，那個角度你們想想……真是太羞澀啦！」

說著她竟咯咯地笑了起來，看不出有絲毫的難為情。

「最近啊，我還在網上買了一個浪漫雙人定位器，天天帶在身上呢。想找個合適的機會就送給他，這樣，我就能隨時知道他是不是在走路，是不是在乖乖睡覺，是不是……」

「好的，阿美小姐，我想問問你是怎麼看郝劍的。」左柔似乎不想再聽她訴說自己的「愛情事故」了，便直入正題。

「怎麼看郝劍？他那麼醜，我看都不要看！」

「你們同事一場，他出了這麼大的事——」

「他死了最好！」

團長厲聲教訓道：「阿美，怎麼說話的！」

「本來就是嘛。」阿美又像撒嬌又像抱怨似的嬌嗔道，「一個廢物，待在這裡也是浪費糧食，看著他就來氣，還不如死了呢。」

團長重重地歎了一口氣。葉飛刀聽到阿美這麼說，也非常生氣。

只有左柔還在鎮定地追問著。「你覺得兇手可能是誰呢？是不是王魔？或者唐本綱？」

「反正肯定不是我的白一男。」阿美沒好氣地說，「至於是王魔那個討厭鬼，還是唐本綱那個土包子，我才沒興趣呢。」

「阿美……」團長注意到了她言談中巨大的矛盾，「你剛剛不是說唐本綱是糟老頭嗎？」

「哦，團長……」至少阿美對團長說話時還是客客氣氣的，「他既是土包子，又是糟老頭。」

團長再一次滿意地點點頭。

「你們還有沒有問題？」阿美白了左柔一眼，「沒問題的話就走吧。」

「我有……」

「有問題就回去自己好好想想，走吧！」

終於又見到了白一男。

葉飛刀和古靈的眼神中都透著恨不得直接上去把他抓起來的欲望，但從左柔的臉上看不出任何情緒。

白一男戴一副白手套，正拿著一把飛刀仔細研究。看到有人進來，他急忙把飛刀藏到了身後。唐本綱的狗第一個跑到他面前，弓著背，朝他「汪汪」地叫著。所有人都對狗的反應感到莫名其妙，葉飛刀回頭看了看幽幽，幽幽無辜地搖了搖頭，表示自己沒有對狗交代任何事情。

一時間，白一男和偵探們被一條狗隔開，雙方都不知該如何是好。

幽幽發出一聲正常人難以發出的「嗷」，狗突然停止叫喚，乖乖地走回到幽幽身邊。

莫名其妙的危機解決後，左柔開口道：「我們又見面了。」

白一男聳了聳肩，不置可否。

「說吧，你來馬戲團是為了什麼？」

「我聽不懂你在說什麼。」

「柔姐說：『說吧，你來馬戲團是為了什麼？』」葉飛刀耐心地「解釋」。

「我聽得懂。」白一男有點無奈。

「你到底聽不聽得懂？不要浪費時間了好嗎！」葉飛刀很無奈。

「是你們在浪費時間吧。」

「別裝了！你明明飛刀飛得那麼準，為什麼要藏起來，你有什麼目的？」

「我飛刀準？」白一男盯著葉飛刀看了一會兒，然後好像下定了決心一般，把身後的飛刀亮了出來。

「這……這是我的飛刀！」葉飛刀呼喊。

「葉飛刀，聽說你以前是在馬戲團表演飛刀的，既然你說我飛刀很準，不如我們玩一個遊戲吧，如何？」

「玩什麼遊戲？」

古靈擔心地拉了拉葉飛刀的衣服，但葉飛刀沒有理會，此時他的眼裡只有眼前的這個敵人。

白一男把戴著手套的左手貼在桌面上，五指分開，右手舉起明晃晃的飛刀。

「我們用飛刀快速地戳手指間的縫隙，如果我真的如你所說，飛刀特別準，我就不會傷到自己。但如果我傷到了，就可以證明我不是飛刀高手了吧。」

「不比！」古靈反對道，「你可能故意弄傷自己以示清白。」

「哈哈，手是我吃飯的傢伙，為了向你們證明清白，就毀掉我一根手指頭，我可沒有這麼愚蠢。既然你們不相信我說的話，現在就只有這樣了，怎麼樣？」

言語間，能感受到白一男充滿自信，甚至還有點挑釁意味。

葉飛刀雖然擁有永遠不準的能力，但對象一定要是和他無關的東西才行，如果是自己的左手，他並沒有把握能不碰到手指。但看著眼前不停挑釁的白一男，葉飛刀沒有說話，只是默默地把手攤開，也放到了桌面上。接著他從褲腿處抽出一把飛刀，高舉到半空。

這時，他感覺到自己的左手被另一隻溫暖的手包住了。

是左柔！

把自己的手掌覆在葉飛刀的手掌上後，左柔又朝葉飛刀鼓勵地笑了一下。葉飛刀沒有說話，他屏住呼吸，揮動右手裡的飛刀，飛快地扎向指縫。一旁的古靈閉上眼睛叫了一聲。很快，手指間的桌面上被戳出了四個扁扁的小洞。在這個過程中葉飛刀一直盯著白一男。

古靈終於睜開眼睛，鬆了一口氣。

「該你了。」葉飛刀把飛刀放回到褲腿處，說道。

白一男翹起一邊嘴角，露出邪魅的笑容，眼睛也盯著葉飛刀，右手舉起刀子，猛地朝桌面扎去。

「額！」

古靈再次叫出聲來，但這次沒有閉眼，她清楚地看到飛刀直直地扎進白一男的食指。

白一男連眉頭都沒皺一下，依舊保持著邪魅的笑容。他把飛刀拔出，白手套被漸漸染紅。

「怎麼樣，現在信了吧？」

「白一男！」團長急忙跑上前，捧起他的左手，脫下手套觀察著，「快！快包紮！」

雖然這樣叫著，但團長也知道，包紮已於事無補，白一男的食指被切斷了。

葉飛刀看著這一場景，腦子裡突然一片空白。這種感覺很奇妙，他彷彿不再置身於馬戲團裡的小屋，而是在一個無邊無際的白色空間，他站在空間中央，身形渺小，看著一幅幅靜止的巨大畫布在眼前閃現，畫布從不同的方向滑來，又滑去不同的地方，他愣愣地看著這一切。

「火災、密室、貼心、狗、笨手笨腳、飛刀、喜羊羊、美羊羊、懶羊羊……」

眼前的畫布忽然抖動起來，晃得越來越劇烈，白色空間漸漸變為黑色。葉飛刀的瞳孔重新聚焦，再次回到現實。古靈正抓著他的肩膀，奮力搖晃著。

「葉飛刀，你怎麼了？」

「我……我怎麼了？」

「問你啊！」古靈著急地說，「突然一個人瘋狂地自言自語起來，就像柔姐破案的時候一樣。」

「就像柔姐破案的時候……對啊！就像柔姐破案的時候！」葉飛刀大叫，「我體會到那種感覺了，柔姐！」

「什麼感覺？」左柔問道，「我破案的時候這麼傻嗎？」

葉飛刀緩緩轉過頭，對白一男說道：「白一男，你，就是殺害郝劍並製造出密室的凶手！」

6. 白一男的能力

屋子裡一瞬間陷入安靜，最後是團長打破了沉默。

「別鬧了葉飛刀，我們先回去想想，好嗎？」

葉飛刀以團長從未聽過的認真口吻說道：「團長，我是一名偵探。」

「我知道，偵探偵探，你是偵探，行了吧。等一下抓凶手的時候你再……」

「團長，」白一男突然插嘴道，「聽他說吧。」

不知道是白一男還有一種「不怕疼」的超能力，還是其他什麼原因，他似乎完全沒把手指斷了一事放在心上。

團長咂了咂嘴，只好和其他人一起聆聽葉飛刀的推理。

「首先，我要揭開白一男的超能力之謎。」

「超能力？你在說什麼啊？」聽他這麼說，團長忍不住開始發問。

「我們偵探事務所的所長李清湖說過，在這座城市裡、在我們周圍，還隱藏著很多有超能力的人。就像我永遠不準、幽幽能和動物說話一樣，隱藏的超能力形形色色，都不一樣。而白一男的超能力，正是本次案件的關鍵所在。」看葉飛刀的架勢，確實像一個充滿自信的名偵探，「我們第一次見識白一男的超能力，是在主婦偵探事務所，當時他在我們面前展示了神準的飛刀技術，以至於我一度認為這就是他的超能力。」

古靈和左柔點頭認同葉飛刀的發言。

「但是在馬戲團和白一男再度相遇後，這個想法被一次又一次打破。首先，我們知道他還有硬氣功的本事，能用一根手指將一個人舉起。其次，他能讓從不跟主人親近的狗和他親近，難道他同時擁有多種超能力？」

桌子上的血漬已乾，白一男的手指也不再滴血，但此刻沒人注意到傷口似乎癒合得有點快。

「柔姐說破案是滾雪球，線索積累到一定程度的時候，真相的模樣就會顯現出來。現在，線索的雪球已經滾大，我看破了白一男的超能力！」

開場白結束，終於要切入正題了。古靈著急地催促道：「到底是什麼超能力？」

「是——」就在葉飛刀想要先說出結論的時候，突然感覺喉嚨被什麼東西堵住了，說不出話來。類似噁心的感覺，就像喉嚨裡無端飛進了一隻碩大的飛蟲。「算了，我先說線索吧，不知道大家注意到沒有，白一男每次展現出超能力時都有一個共同特點——需要看著另一個人！」

「咦？」古靈和團長都從來沒想過這個問題，兩人同時發出驚訝的聲音。而白一男和左柔在聽到這句話後，臉上都綻開了笑容，只不過白一男的笑容依舊神祕，左柔的笑容更多的是釋然。

「第一次在主婦偵探事務所，白一男展示了神準的飛刀超能力。」葉飛刀進一步說明道，「在馬戲團表演硬氣功的時候，他需要目不轉睛地盯著阿美，並承認『不看她就會沒有力量』。阿美把這句話理解為情話了，也不怪她，畢竟她是一個會杜撰表白的人。」

說最後這句話的時候葉飛刀加重了語氣，為的是讓古靈聽到。

「然後，在唐本綱面前，他讓狗和他親近了起來。但他的超能力也曾給他帶來反效果，比如在王魔面前，他就笨手笨腳的拿不住東西，拿住了還能不小心弄掉。在幽幽面前的時候，本來和他很親近的狗卻像敵人一樣對著他咆哮……將所有這些線索合在一起，白一男的超能力就是——」

都說到這裡了，葉飛刀卻怎麼也說不出剩下的那兩個字。然而正因如此，他更加確信自己這次得出的結論肯定是正確的。這一次，他好不容易找到了真解答，無論如何也要親口說出。他越想越著急，臉漲得通紅，額頭上浮出一層又一層的細汗。

「顛倒！」這時，古靈順著葉飛刀的推理把結論說了出來，「白一男的超能力是顛倒。只要看著一個有特殊本領的人，他就會獲得相反的本領。所以看著永遠不準的葉飛刀時他是神射手；看著柔術表演者阿美時他就擁有硬氣功；看著唐本綱，他就能和狗親近；而看著幽幽，狗反而要攻擊他；看著近景魔術師王魔，他就變得笨手笨腳！」

聽著古靈順口溜一般說出這一大串話，破解了謎團的爽快感和巨大的無力感同時向葉飛刀襲來，讓他渾身顫抖。

葉飛刀低著頭，自言自語著：「就差一點……」

「小刀，」左柔溫柔的聲音在他耳邊響起，「一個人做不到的事，就兩個人去做，這不是失敗。」

葉飛刀抬頭看著左柔，她的笑就像涼爽的微風一樣，拂去了他心裡難受的情緒。接著他又看向剛接著他的話頭說出了解答的古靈，她的自信就像陽光，讓他的身體和思維都重新暖和了起來。

「真是精采的胡說八道啊。」被這樣剖析了一番，白一男卻依舊鎮定地笑著，「如果我真有這個能力，那為什麼剛才我看著葉飛刀，卻扎到了自己的手？別說我是為了逃脫『超能力者』這一嫌疑而故意那麼做的哦。」

古靈還沒想到這其中的理由，她求助地看向葉飛刀。

「你確實是故意的，但不是為了逃避『超能力者』的嫌疑。」葉飛刀走到古靈身邊，朗聲說道，「你是為了逃脫殺人犯的嫌疑！」

白一男瞇起眼睛，臉上又浮現出神祕的笑容。

「其實郝劍被殺一案非常簡單，只不過出現了一些干擾，才讓案情變得複雜難解。」葉飛刀接著說道，「是你，折斷了郝劍的脖子，殺了他，殺完人走出屋子的時候正好被我遇到了，就這麼簡單。」

「這和我自斷手指是為了逃脫殺人嫌疑有什麼關係？」

「現場是一個密室，門從裡面反鎖。但是最早說『鎖住了，推不開』的人，是你，其實當時門是可以推開的，只是情況緊急，沒人會因懷疑你而去檢查。」

「但後來大家都看到了，插銷確實被撞壞了啊。」白一男反駁道。

「插銷早就壞了，一直是壞的，那扇門原本就鎖不上！」

「好吧，既然如此，那為什麼團長第一次撞門的時候沒有撞開呢？」

「對啊，門撞不開，我還暈倒了呢。」團長附和道，「後來多虧古靈及時趕到，才把門撞開的。」

「那也是你動的手腳。」葉飛刀指著地面說道，「對不起，我想指的是白一男的手，你們明白就好。當時白一男聲稱『門被反鎖』後，走到了窗前，把左手伸進了窗口，然後告訴我們插銷變形了，無法打開，只能撞門。但那時他真正做的事情是用自己的手指代替插銷，插在了門鎖上。」

「把……把手插在門鎖上？」古靈伸出自己的纖纖玉指，不可思議地看著。

「如果我沒有記錯的話，當時他一直在看阿美。」葉飛刀說道，「看著柔術表演者阿美，他的身體就會像練過硬氣功一樣堅硬。所以團長之後撞門的時候撞不開，門並不是被插銷鎖住的，而是被白一男堅硬的手指！但後來出現的古靈力氣非常大，直接把門撞開了……」

「這說明我……」古靈愣愣地看著自己的手指，又看看白一男的手指。

「是的，你把他的手指撞折了。」葉飛刀又一次指了指地面，「那根手指，早就折斷了！」

古靈恍然大悟道：「怪不得你今晚一直戴著手套，還故意提出要玩這個遊戲，就是為了把手指再砍斷一次。因為你知道，斷指的事隱瞞不了太久，必須找一個合理的理由，這……這真是惡魔的智慧和魄力！」

「對，難怪流出來的血這麼快就乾了，一切線索都完美匹配。你就是殺害郝劍的凶手！你還有什麼話要說？」

白一男沉默了一會兒，搖了搖頭，說道：「我只想說，你真的是一個白癡。」

「你說什麼？」葉飛刀叫道，「我剛剛破解了你製造的謎團，怎麼就白癡了？柔姐，你一直沒說話，你來評評理，我的推理對不對？」

「首先，我認同你關於白一男的超能力的分析。」左柔緩緩開口道，「但我在考慮一個問題，為什麼有關白一男超能力的推理，你無法親口說出結論呢？」

「這有什麼好考慮的！」葉飛刀急著說，「我的腦子有問題你又不是不知道！我就是沒法說出正確的結論，剛才我想說的時候，喉嚨就像被什麼東西堵住了一樣，特別難受……」

「那你為什麼能順利說出『白一男是殺害郝劍的凶手』這一結論？」

「這……」葉飛刀呆住了。

「因為，」左柔看著他說，「這個結論是錯誤的。」

葉飛刀的心情落到了谷底。

「而且，你剛才的推理雖然能解釋密室形成的原因，但無法解釋你為什麼會看到無頭的郝劍，也無法解釋起火的原因，這些依然是謎。」左柔滔滔不絕地說著，「你對密室的解答也有漏洞。你說鎖早就壞了，有證據嗎？沒有，你只是為了把密室和白一男的手指結合起來而做了牽強附會的假說。你這段邏輯看似能說通，但如果邏輯的出發點本身就是偏頗的，那再怎麼推理，都會指向錯誤的結論。」

「可惡……」葉飛刀低著頭，小聲地說，「我又錯了嗎……我難道……真的不適合……」

看到葉飛刀這麼沮喪，左柔不再往下說了，她用力拍了拍他的肩膀。

「各位，既然我不是凶手，那麼還有其他事嗎？」白一男問道。

「等我們破了郝劍命案，會再來找你的。你是超能力者這一點，跑不了！」左柔竟也來了脾氣，說完才對葉飛刀小聲說了句「我們走吧」。

「等等！」白一男指著葉飛刀說道，「我想和你單獨聊兩句。」

「有什麼話當著我們的面說。」古靈上前一步，擋在葉飛刀前面，彷彿白一男的手指是一把槍。

「我只和葉飛刀說。」

「鬼鬼祟祟的，打什麼主意！」

葉飛刀卻從古靈身後走了出來，對她說道：「你們和團長先走，我和他聊。」

古靈還是不放心，求助地看向左柔。但沒等左柔開口，葉飛刀先說道：「柔姐，你說過，每個人的能力都不一樣，一個人做不到的，就兩個人做。郝劍的案子交給你，白一男，交給我。」

左柔重重地點了點頭，然後又冷冷地掃了一眼白一男，帶著不情不願的古靈和其他人走了出去。

屋裡只剩白一男和葉飛刀兩人後，白一男先開口了。

「幾年前的某一天，幻影城裡同時發生了三起重大事件。大肚子伍爾夫酒店的飛刀襲擊案、陳查理西餐廳的女性中毒案，還有灰白馬酒店的集體跳樓案，這段歷史想必你也有所耳聞吧？」

葉飛刀曾聽李清湖介紹過這三起同時發生的大案，三起案子分別發生在幻影城不同的角落，每一起都是死亡人數眾多，死法又離奇的超級大案，且直到今天都沒有破解。也正是從那一天起，策劃這三起案件的「神祕組織」成了幻影城裡所有偵探追查的對象。

「我知道。」葉飛刀說，「你是準備向我坦白嗎？」

「就在人心惶惶，幻影城全城戒備的時候……」白一男沒有理會葉飛刀，自顧自地往下說，「那個連名字都不知道的神祕組織卻消失了。那一天就像一場噩夢。過了一段時間，有些人醒了，而我，依然記得那個夢，因為在那一天，我失去了最愛的女人。」

「什麼？」葉飛刀想起了古浪。古浪也在那一天失去了最愛的女人，難道白一男和古浪一樣，當天和女朋友在陳查理西餐廳約會？不對，白一男不就是神祕組織的人嗎？到底是怎麼回事？

「我是一個偵探，當然，不能和你們比，我只是一所名不見經傳的小偵探事務所裡的一員。畢竟我的本事只是顛倒對方的能力，這對破案沒有任何幫助。為了生計，我們的事務所總接一些尋狗之類的小事件，只有我一直在工作時間追查神祕組織的下落。終於皇天不負有心人——我被開除了。」

「真是遺憾——」

「真是太好了！我可以把全部時間都用在這上面了！」白一男揮舞著拳頭說道，「又過了幾年，神祕組織的影響基本上完全消失了，幻影城恢復了原先的寧靜祥和。偵探們各自忙著自己的工作，而在這個時候，我得以接觸到一群真正的戰友。他們都出於各種原因，全身心地調查那個神祕組織，並且已經掌握了一些線索。」

「怎麼又出來一個組織……」葉飛刀越聽越糊塗。

「根據目前已知的情報，那個神祕組織的主使只有一個，但沒人知道他是誰，只知道他的目的可能是顛覆這座偵探之城。」

「顛覆這座城市？圖什麼？」葉飛刀納悶地問，「就算……他們讓這座城市顛倒……我會給你懷抱……不好意思我又唱起來了。」

「比起下一場大暴雨，不如造一朵永遠懸在頭頂的烏雲更讓人感到壓抑、透不過氣。所以，在完成三起大案後，那個幕後主使讓手下滲透進幻影城眾多的偵探事務所中，其中也包括排名前十的那幾家。這些人可能到目前為止還和普通偵探一樣，接受委託，破解案件。但隨著滲入的人越來越多，他們所掌握的權力也越來越大，幻影城隨時有可能因為幕後主使的一聲命令而一夜覆滅。」

「你是說，偵探事務所裡有神祕組織的內鬼？排名前十名的那幾家裡也有？」

「沒錯。所以這番話我只能和你說，因為我不相信任何一個偵探，除了我已知的『捉鬼聯盟』的成員。」

「捉鬼聯盟……哦，就是你們那個組織的名字，真難聽。我不管，我知道柔姐肯定是好人。古靈也是，還有幽幽，他還是個孩子，怎麼可能是潛伏多年的內鬼。」

「那些人可能是任何身分、任何年齡，誰都不能相信！」

「你們捉鬼聯盟是怎麼知道這麼多的？」葉飛刀終於問到了重點。

「這幾年來我們一直沒有停止調查，甚至潛伏在各個偵探事務所。那天我不就躲在主婦偵探事務所的沙發裡嗎，其實是在調查，沒想到被你們逼出來了。」白一男歎了一口氣，「像我這樣的人還有很多，這幾年我們也抓到了幾個內鬼。」

「抓到過誰？」

「鷹漢組的杜維夫、教授偵探事務所的張纖雲，這兩位你知道吧？」

「杜維夫是死而復生的那個……張纖雲！」葉飛刀驚訝地反問道，「張纖雲是誰？名字有點熟。」

「他們在被我們戳穿內鬼的身分後就主動『死亡』，消失了，沒有留下任何證據。另外，這幾年來我們還有一個重大發現。」

「什麼發現？」

「神祕組織內部有一本名冊，上面記錄著所有隱藏在各大偵探事務所裡的內鬼的名字。因此，只要找到那本名冊，我們就能一舉把神祕組織的人從黑暗中揪出來！我來馬戲團就是為了這件事。」

「你是說，這本名冊在馬戲團？」

「是的，雖然不知道為什麼會在這裡，但我接到線報，說名冊可能藏在這家馬戲團。」

葉飛刀思考了一會兒，開口問道：「你為什麼願意跟我說這些？你不怕我是內鬼？」

「你不是。」

「你是相信我的人品，還是不信我的智商？」

白一男攤了攤手。「我是相信我們老大。」

「你們老大？誰啊？我認識嗎？」

「我現在還不能說。」說完他補充道，「接下來很短的時間內也不能說。」

「哈哈哈哈哈哈。」葉飛刀笑了起來。

「你笑什麼？」

「你突然給我講了一個故事，怎麼，以為自己是一千零一夜嗎？」葉飛刀笑著說，「我怎麼可能相信你說的話。」

「很好，很謹慎。」白一男說道，「希望你看待身邊的人時也能這麼謹慎。突然跟你說這些，是因為就在剛才，我的超能力暴露了。」

「那又如何？怕了？」

「在一次又一次的行動中，我的身分越來越隱藏不住，現在連我的超能力也暴露了……可能，我活不久了吧。」

「別說得這麼嚇人啊。這青天白日的，怎麼就活不久了？」葉飛刀指著窗外說道，而外面正值漆黑的夜。

白一男不再說話了。

葉飛刀突然想到李清湖之前說過的話——要隱藏起自己的超能力，不然，別人就會利用這個來對付你。這番話他當時聽來覺得特別可笑，可如今看著白一男，他的心居然也緊了一下。

屋外傳來了一陣喧鬧聲。

7. 鷹漢組的風格

離開白一男的屋子後，團長和左柔、古靈打了個招呼，急急忙忙地趕回到自己的房間。

左柔沒再說話，古靈和她搭話她也像沒有聽到似的。

「想不到葉飛刀這次表現得不錯啊，居然自己推理出了白一男的超能力。」

「嗯……」左柔心不在焉地應道。

「不過你說白一男留下葉飛刀是要幹嘛呢，不會是想殺他吧？」古靈滔滔不絕地說著，「想殺他可太容易了，畢竟葉飛刀不準，而他在葉飛刀面前又會特別準。這個顛倒的能力還真是遇弱則強呢。」

「嗯……」

「他這個超能力我怎麼沒想到呢，柔姐你應該早就知道了吧？」

「嗯……」

「你還提醒我們來著。」古靈回憶著左柔的話，說道，「錯誤是因為看問題的角度不對，如果顛倒一下，錯誤就會變成正確的。那時柔姐就已經知道了吧，真是太厲害了！」

「嗯……」左柔突然停下腳步，「你剛才說什麼？」

「我、我說什麼了？」

「看的角度不對，顛倒一下，錯誤就會變成正確的……」左柔喃喃地說出這句話，之後就再也說不出完整的句子了，「顛倒、密室、火、衣服、房間布局、手滑……」

「柔姐。」古靈驚異地看著左柔，「難道你……」

「我太笨了。」停止呢喃的左柔對古靈說道，「這麼簡單的事情，那些可以直擊真相的偵探應該早就看出來了吧，我太笨了！」

「怎麼了，柔姐？難道……」

「雖然沒有證據，也不知道動機，但是……」左柔的眼眸在黑夜中發出貓眼一樣的光，「密室、火災、無頭的郝劍，還有凶手是誰，這些我全都解開了！」

就在這時，他們身後傳來喧譁聲。左柔、古靈和幽幽驚訝地回過頭，不一會兒，一聲慘叫響起，劃破了這個已經足夠惱人的長夜。

白一男的屋子前聚集了很多人，馬戲團的眾人在左柔和古靈之後紛紛趕來。

葉飛刀站在屋門前，在他面前不遠處的空地中央，白一男蹲在地上。而在白一男身前幾公尺外，站著十幾個黑衣人，為首的是一個黃毛男人，臉上有一道很深的疤，像一條趴在臉上的蟲子。他的外套胸口上繡著一隻展翅欲飛的黑鷹。

「應隊長！」古靈認出那人是鷹漢組赤鷹分隊的隊長應戰。

「古隊長？你也在？」應戰又看了一眼古靈旁邊的左柔和幽幽，「超能力偵探事務所的人也到齊了。面子很大啊，小子。」

最後這一句話顯然是對白一男說的。

「應隊長，這裡的事交給我們吧。」古靈朝應戰喊道。

「發現這個人的下落後沒有通報總部，卻獨自一人調查……古隊長新官上任，還沒把規章背熟吧？」說著，應戰指向一旁一個躺在地上的男人，繼續說道，「他剛剛又打傷了我們的兄弟，這種危險人物，今天要麼活捉，要麼弄死。」

古靈這才看到應戰旁邊有一個人倒在地上，剛才的慘叫聲應該就是他發出的。看這情形，今晚一場惡戰是避免不了了。

這時，團長也回到了屋子前。白一男的兩邊站著兩群人，這兩隊人一隊有明確的目標，另一隊卻不知該如何是好。

「誰去？」應戰問了一聲。

從隊伍中走出一名壯漢，他脫下衣服，瀟灑地甩到一邊。然後一邊向白一男走去，一邊「喀拉喀拉」地扭動著脖子。

可剛走了兩步，壯漢就突然倒在地上，一動也不動了。

沒有人看到白一男出手。

赤鷹小分隊裡又走出一個瘦高個兒，他走到壯漢身旁，蹲下檢查了一番，回頭對應戰說：「隊長，死了，脖子被扭斷了。」

應戰朝地上吐了一口痰，好像要吐掉晦氣。

「他媽的，說了多少次了，打架前不要扭脖子。一起上！」

說完他自己先衝了出去，徑直撲向白一男。白一男不慌不忙地轉過身，背對朝他衝來的鷹漢組眾人，眼睛看著葉飛刀，然後迅速蹲下身子，右手抓起一把石塊，站起身向身後甩去。

「啊！」

「哎喲！」

鷹漢組內響起此起彼伏的慘叫，幾個人正好被石頭砸到頭，倒在地上。應戰的臉上也被一塊石子砸中，馬上出現了一道血印。但他好像因此被激勵，發出更大的怒吼聲，朝白一男衝去。馬上又飛來兩三顆石頭，擊中了他的膝蓋，應戰雙腿一軟，跪倒在地。

「圍住葉飛刀，快圍住葉飛刀！」古靈連忙叫道。

見馬戲團眾人不明所以，沒有人反應，古靈便自己走到葉飛刀前面，張開雙臂，擋住了白一男的視線。

接下來的幾顆石子，擦著應戰的耳朵飛了過去。應戰「嘿嘿」笑了一聲，不顧膝蓋的疼痛，站起來又向前奔去。幾個還能站起來的鷹漢組成員看到白一男失準，也跟在隊長身後跑了起來。

很快，一個矮個子跑到了白一男的身後，他高高躍起，對著白一男的後背就來了一個飛腿。

「砰！」下一個瞬間，他感覺自己好像踹到了一堵鐵牆，腿骨折了。

此時應戰一拳擊中白一男的後腦勺，白一男沒躲，硬生生用後腦勺挨了這一拳。然後，應戰踉蹌著後退了幾步，並倒吸了幾口冷氣來緩解手上的疼痛。

「阿美！」古靈看到這裡又反應過來，「快躲到葉飛刀身後，快！」

但阿美的腳就像被定住了一樣，她呆呆地看著眼前的一切，沒有動彈。

作為鷹漢組赤鷹分隊的隊長，應戰的身手和思維都比常人更加敏捷，多年的搏鬥經驗此時化做一抹他人無法察覺的笑容。他在地上抓了一把，然後捏緊拳頭再次向白一男衝去。

白一男準備用頭承接應戰新一輪的攻擊，誰知應戰將手臂繞到他臉前，然後鬆開拳頭，一掌抹在白一男的眼部。

雖然白一男下意識地閉上了眼睛，但還是有一些細小的泥沙鑽進了眼裡。

就在白一男閉上眼睛的同時，應戰又打來一拳，白一男想躲卻已經來不及了，他像一個斷了線的木偶一般，飛出去兩公尺左右，然後躺在地上失去了知覺。

阿美發出了慘叫。馬戲團的人對眼前的暴行也看不下去了，紛紛捂住了自己的眼睛。左柔蹙著眉頭，靜靜地看著眼前發生的一切。

從戰鬥開始到結束，其實不過一轉眼的時間。葉飛刀也終於從震驚和迷茫中醒來，卻只越過古靈的肩膀，看到躺在地上、滿臉是血的白一男。

白一男雙眼大睜著，失焦的瞳孔望著葉飛刀的方向。葉飛刀的腦子裡突然冒出來一句話。

「我不相信任何一個偵探。」

8. 名冊

太陽躍出地平線的時候，馬戲團裡已恢復了平靜。

古靈跟著應戰回到了鷹漢組總部，馬戲團的眾人在各自的房間裡回想著這個晚上發生的事。

超能力偵探事務所的三人組則又坐到了團長辦公室裡。

又是左柔先開口。

「團長，白一男這件事結束了，現在可以聊聊郝劍的命案了吧。」

葉飛刀呆呆地看著左柔，他已經完全忘記郝劍的命案了。

「郝劍的命案？好啊，聊什麼？」團長坐在椅子上問道，之前那張辦公桌不見了。

「聊聊你為什麼要殺他。」

團長愣了一下，馬上呵呵笑道：「左小姐，我聽不懂你在說什麼。」

葉飛刀說道：「團長，柔姐說：聊聊你為什麼要殺——咦，柔姐，你是不是搞錯了，團長怎麼會殺人？」

「團長為什麼不會殺人？」左柔反問葉飛刀。

「他……」著急的葉飛刀轉而對團長說，「團長你快說說，為什麼你不會殺人？」

「我沒說我不會殺人啊。」

「柔姐，破案了，團長承認了。」

「什麼亂七八糟的啊！」團長吼道。

「噓……」左柔豎起一根手指壓在嘴唇上，接著說道，「我們小聲一點吧，跟了我們一晚上，小傢伙累了。」

葉飛刀一看，幽幽正趴在團長腳下睡覺。

「其實我應該早一點破解這個案子的，因為它太簡單了。」左柔說話的音量並不太輕，但嗓音非常動聽，幽幽在地上舒服地翻了個身，「但今天晚上發生了太多和案情無關的事，攪亂了這起原本單純的謀殺案，而且命案本身又包含了密室、火災、無頭人等看上去不可思議的謎，才顯得異常複雜。」

葉飛刀和團長認真地聽著左柔的推理。

「首先是密室。這個很簡單，因為門本來就是反鎖著的，把插銷插上的人正是被害人郝劍，凶手從頭到尾都沒進過那間屋子。」

「這麼簡單嗎？」葉飛刀驚呆了，「那在門外的凶手是怎麼把郝劍的頭拍進肩膀裡的？」

「這個更簡單了，因為凶手從頭到尾都沒把郝劍的頭拍進肩膀啊。」

「我們說的是同一件案子嗎，柔姐？我明明看到無頭的郝劍了啊。」

「正因為你看到了無頭的郝劍，才讓案子這麼複雜。不過，也恰恰是你看到了無頭的郝劍，我才能知道凶手的作案手法！」

「什麼意思？」葉飛刀的腦子已經「奔跑吧兄弟」了。

「不可思議的事情，如果顛倒一下看，可能就在情理之中了——這句話給了我啟發。」左柔說道，「你這次見到郝劍時，發現他和以前有什麼不同嗎？」

葉飛刀想了想，回答道：「他比以前……更不開心了。不過還是那麼樂觀，一直跟我說他在研究新節目，王魔也說他不練雜技了之後，還練過小丑啊魔術啊什麼的……」

左柔點了點頭，又問：「身體上呢？」

「身體上？」葉飛刀摸著下巴，「哦，對了，我看到他屍體的時候，發現他手臂上的肌肉比以前結實了一點。」

「是嗎，這麼多線索堆在你面前，你還是沒看出無頭人的真相嗎？昨天晚上，郝劍正在屋子裡練習倒立行走。」

「倒立行走？」

「沒錯，用手來行走，這也許就是他說的新節目。當然，衣服也是反著穿的，從衣袖中伸出的是他的腿，人倒立行走的時候，腿會自然彎曲並不斷擺動。你當時透過模糊的玻璃窗看去，就覺得是兩隻手臂在擺動。你說他的手在脖子處，但其實是腳在屁股附近。沒看到頭，他又是那麼個姿勢，就被你理所當然地腦補成了無頭人，畢竟你白天剛剛看過郝劍表演的魔術。」

「對，而且他下面的頭……被桌子擋住了，看不到。」葉飛刀回憶著透過玻璃窗時看到的畫面，「但他練習倒立和命案有什麼關係呢？」

「凶手正是利用了郝劍每天晚上都要練習倒立行走這一習慣，才完成這起命案的。」左柔說道，「我們回憶一下起火時的場景。沒有火源的房間，為什麼能在一瞬間燃起那麼大的火？而且屍體、桌子和門這三個地方燒毀得最嚴重，這三個地方分散得很遠，火是怎麼燒過去的呢？」

葉飛刀的腦子現在已經「極限挑戰」了。

「只有一種可能性：油，案發現場的地面上有油！」左柔看著團長說道，「想到了這一步，殺人手法也就解開了。昨天晚上，郝劍練習倒立的時候，凶手從門外倒了油。油順著門縫流進屋子，穿過椅子和桌子下方，蔓延到郝劍練習倒立的空地上——其他人的屋子我們也都看過了，只有郝劍屋子裡的家具擺放得很奇怪，椅子放在桌子和門中間，這樣坐下去不是背對著門嗎？而櫃子什麼的都挪到了一邊，郝劍這麼做是為了騰出一塊空地，方便好好練習倒立行走。但是昨天晚上，還沒練得太熟練的郝劍，『走』到了油上，很自然地打滑了，然後他就頭朝下，重重地摔了。頸骨斷裂，死在了油地上。」

團長靜靜地聽著，沒有反駁。

「接著，為了不讓作案手法暴露，凶手在門外放了火。火勢順著油很快就燒了進去，郝劍的屍體被燒壞了，倒著穿的衣服被燒掉了，桌椅也燒得很厲害，門被火舌吞沒，但放在房間另一側的床和櫃子卻沒怎麼被燒到。」左柔一字一句地說道，「這就是放火的理由——為了把油燒乾淨！」

過了一會兒，團長才啞著嗓子說：「很有意思的推理。不過，如果如你剛才所說，『無頭罪人』是郝劍在練習倒立行走，放火的理由是為了抹滅油的存在。那馬戲團裡的每個人都有嫌疑啊，大家都能在屋外倒一桶油進去害死郝劍，為什麼偏偏說凶手是我呢？」

左柔笑了一下，答道：「我沒有證據，你大可以否認。但我之所以說是你，因為你最有可能。」

「為什麼？」

「團長，你的嗓子都啞了，應該很渴吧，為什麼不喝茶呢？」

葉飛刀聞言也問道：「對啊，團長你不是很愛喝茶嗎，為什麼……對哦，你的茶杯摔碎了。」

「手滑。」左柔說道，「因為你的手上有油。」

團長看了看自己的手掌，苦笑了一下。

「我知道這個理由很牽強，無法定你的罪，你可以不承認。」左柔說道，「但你和郝劍都是與世無爭的人，我只想知道理由。」

團長沉默了一會兒，然後從衣服內袋裡掏出一個本子。

「有一天郝劍來找我，問我知不知道神祕組織。」

「神祕組織？」葉飛刀吃驚地反問。

「幾年前讓整個幻影城人人自危的神祕組織，我怎麼會不知道。郝劍又問我，知不知道神祕組織的成員都有誰。」

左柔沒有想到，這件案子竟也牽扯出了神祕組織。

「我說我不知道，也不關心。如今那個組織消失了，幻影城恢復了平靜，很多被害人家屬也已經從傷痛中解脫了，這樣就可以了。」團長的語氣中飽含悲傷，「然而郝劍說，他無意中得到了一個本子，正是那個神祕組織成員的名冊。」

「名冊？」左柔和葉飛刀異口同聲地呼喊道。

葉飛刀在心裡默默想著白一男說過的話，現在可信度又多了幾分。

「但是那份名單裡涉及的一些人……很不簡單，所以他拿過來給我看，問我該怎麼辦。」

「名單裡都有誰？」

然而團長好像沒有聽到葉飛刀的問題，自顧自地說了下去。「我看了名單之後也很吃驚。我跟他說，首先我們不知道這份名冊的真假，如果是假的，那這個責任我們可擔不起。」

「如果是真的呢？」葉飛刀問道。

「郝劍也這麼問。」團長說，「如果是真的，除了激怒並加速神祕組織實施破壞陰謀外，也沒有其他作用。幻影城好不容易過了幾年平靜日子，要因為一個本子被打破，讓全城的人又回到恐慌和混亂的狀態，值得嗎？」

「但至少大家能知道真相！」

「知道真相有什麼用啊？」團長看著葉飛刀，問道，「為了知道真相而放棄平靜的生活嗎？我不清楚你們偵探的追求，追求虛無的真相是為了滿足自身的成就感嗎？活得糊塗點沒什麼不對，做一個白癡也沒什麼不好。我也知道，那些人遲早會有所行動，但眼下那個時候還沒到，我們為什麼要自己衝過去？」

葉飛刀不想和團長爭論真相與安穩究竟哪個更重要。他說：「那你就能忍受那些壞人藏在我們身邊，而我們對此一無所知？」

「還沒做壞事的時候壞人就還不是壞人。」團長說，「如果那個人和你一樣，每天認真地生活、細心地調查案件、對你也很好，你會因為他在名單上就認定他是壞人，要和他拚個你死我活嗎？你不會，那時你只會懷疑、會痛苦……而且，名單上的有些人，不是你我知道了名字就能撼動得了的。」

「團長，你不要偷換概念，壞人就是壞人……」

「我是壞人嗎？」團長突然問。

「你當然不是。」

「但我殺了人。」團長終於承認了，「左柔說得沒錯，是我殺了郝劍。葉飛刀，我是壞人嗎？」

「我……我不知道。」葉飛刀陷入了痛苦的思索。

「你看，知道了真相，你會更痛苦。」團長又長歎一口氣，說道，「本來我已經說服郝劍，不把名單公布了，他也把這本名冊交給了我保管。但昨天你來了之後，他又來找我，說不希望自己的朋友被騙。我說這不是一個朋友的事情，這關係到整個幻影城。但他不能理解，不管我怎麼勸都沒用，我只好……」

團長再也說不下去了，眼裡流出了淚水。

葉飛刀雖然也不能理解團長的動機，但看到他哭，心裡也十分難受，說不出話來。

為了延緩災難的來臨，不惜殺掉一個無辜的人——這樣的選擇真的正確嗎？不管多麼兩難，殺人總是最差的選擇。但葉飛刀看著團長的表情，也多少能夠理解這個蒼老的男人有多痛苦。

「團長，那本冊子就是你所說的名冊吧。」左柔看著團長攥在手中的一本薄冊，問道。

「是啊，郝劍死了，這本名冊也該毀了。」說完，他毫無預兆地把本子撕成兩半，扯下兩頁紙，迅速揉成一團塞進嘴裡。左柔完全沒料到團長會這麼做，她還來不及反應，團長就已經嚼了幾下，梗著脖子硬生生把紙團嚥了下去。

正當團長準備再撕下幾頁時，忽覺手上一空。

原來，在團長腳邊打盹的幽幽不知何時醒來，像一頭迅捷靈敏的小野獸一把奪下了殘餘的冊子。

冊子脫手，團長卻沒有再試圖搶奪，他只是癱坐在椅子上，雙目無神地看著這一切，只有嘴還在機械地嚼動著。

幽幽跑到左柔身邊，把奪下來的冊子放到她手裡，左柔迫不及待地打開，葉飛刀也湊過去看。記錄最多資料的那兩頁紙已經被團長吞掉，剩下的幾乎都是空白頁。

不過團長在匆忙之間沒有撕扯乾淨，其中有一頁依然殘留部分資料，可以看到上面有幾行漂亮的手寫文字。

雖然紙頁殘缺，資料不多，但上面的內容還是驚得左柔說不出話來。

左柔捧著它看了好久，確認自己真的沒有看錯，上面寫的是：

……
教授偵探事務所 張纖……
鷹漢組 杜維……
鷹漢組……
超能力偵……
……

CASE 3

偵探
無需遺言

1. 襲擊

這條小路很荒蕪，平時幾乎沒人經過，距離最近的石岡鎮也有兩三公里。偶爾被風捲起的落葉很可能是幾天內路面上唯一動過的物體。

但今天，這條人煙稀少的小路上卻接連出現了好幾輛黑色轎車，它們排成一列，勻速行駛著。車裡很安靜，沒有人開口，似乎所有人都準備沉默到終點。這一路很漫長，但沒有人覺得尷尬，因為這是他們一貫的作風。

第一輛車的司機是一個臉上有一道大傷疤的男人，駕駛座的車窗被完全打開，他時不時向窗外吐幾口痰。車子疾速行駛帶來的風不停地灌進車內，他的衣服隨風鼓動著，胸前繡著的黑鷹似乎要破衣而出。

「應隊長。」

副駕駛上的短髮姑娘打破沉默，對刀疤男開了口。

應戰手握方向盤，沒有回應。

「為什麼不抓活的？」

「呸。」應戰又向窗外吐了一口痰，「抓活的？我們能活著就不錯了！」

應戰咬緊牙關，額頭上的新傷口再度裂開，滲出點點血絲。

在抓捕白一男的行動中，鷹漢組赤鷹分隊幾乎所有人，包括隊長應戰，都掛了彩。這種狼狽的情況是以前的行動中極少發生的。
「那回去怎麼跟翟所長交代？」
「我不用交代，在必要情況下擊斃罪犯，這是翟所長的命令。」應戰說著，轉頭看向古靈，「倒是你，知道他的行蹤卻不上報，擅自行動，你怎麼交代？」
應戰咧嘴笑了一下，露出被菸熏黃的牙齒。就形象而言，這個男人與其說是偵探，不如說更像一個惡棍。
古靈聽到這番話，心裡一緊。得知了白一男的行蹤後，她心裡只有為哥哥報仇這一個念頭，完全沒想過自己現在已是鷹漢組雀鷹分隊的隊長，哪怕是解決私人恩怨，也要先遵守組織的規矩。
「所以應隊長準備抓我回去交差？」古靈鎮定了一下心神，說道。
「談不上。」應戰看著前方空無一人的小路，說道，「我們只是同事，辦事風格不同而已。回去怎麼辦，翟所長自有安排。」
古靈沒有說話，一時間，耳邊只剩汽車引擎聲。
「我只想找到殺害我哥哥的凶手。」過了一會兒，古靈說道。她的聲音不大，像在自言自語。
「想過後果嗎？」應戰問道。
「沒有。」
應戰吸了吸鼻子。
「知道白一男行蹤的時候，我就完全忘了鷹漢組，也忘了神祕組織，忘了什麼陰謀，什麼命案。我的腦子裡只有我哥從灰白馬酒店跳下來的那個瞬間，他就停在半空，看著我。我只記得他死了，忘了我也會死。」

過了半晌，應戰突然問道：「你養過狗嗎？」

「狗？」

「野狗。」

古靈莫名其妙地看著他。

「我養過一條，撿回來的。」應戰看著前方，兀自說了起來，「在路上看到牠的時候，牠已經快餓死了，瘦得能看到骨架子。我把牠帶回家，讓牠吃飽後，又扔給牠一根大大的肉骨頭。你猜牠做了什麼？」

古靈不知該如何作答。應戰似乎也並不是真正在提問，很快他就接著往下說：「牠沒有吃，而是用爪子拚命地在地上挖洞。」

「挖洞？」

「這是野狗的習慣，常年生活在危險的環境中、處於死亡的邊緣，讓牠沒有一絲安全感。所以牠要挖洞，把骨頭埋進去，等下次不知道什麼時候又快餓死的時候好拿出來吃。對牠來說，這根骨頭是牠的又一條命。」

「哦，就像電子遊戲裡獲得獎勵，得到了一條命，要留到有用的時候用。」古靈說。

應戰發出一聲意味不明的哼笑。「我沒玩過電子遊戲，不過大概就是這個意思。但這個故事的關鍵是，我家是水泥地，和外面的泥地不一樣，不管牠的爪子多尖利，都挖不出洞來。」

「什……什麼意思？」冷風打在古靈身上，她突然覺得有點毛骨悚然。

「不過牠繼續挖著，很執著。」應戰的口氣不像在說一條路邊撿到的野狗，更像是在懷念一個老友，或者是……過去的自己，「很快，水泥地被血染紅，牠的爪子已被磨得血肉模糊。最後，牠放棄了，不是因為知道自己的爪子幹不過水泥地，而是牠已經沒有可以繼續挖的腿了。」

古靈看著遠方，嚥了一口口水。

「最終，這隻吃飽喝足了的野狗，死了。斷腿在牠死後還往外冒血沫。這種痛苦的死法，比在野外餓死還要慘。」

過了一會兒，古靈才呼出一口氣，問道：「你兜這麼大一個圈子，說了個寓言故事，不會是要我適應環境或者忘了過去之類的吧？」

應戰又咧嘴笑了，身體似乎都被牽動得向後一仰。接著他搖了搖頭。

「知道我臉上的疤是怎麼來的嗎？」

不知道為什麼，平時不太說話的應戰今天似乎很有傾訴欲。不過這個問題的答案古靈沒能聽到，因為他們的車前突然出現了一個人。那個人直挺挺地站在兩邊荒草叢生的小路上，明明是突然出現的，卻又像等待了很久一般。

應戰猛踩了一腳煞車，接著後面的黑轎車也陸續發出刺耳的悲鳴。車隊停住了。

古靈睜大雙眼看著那個人，嘴裡喃喃地說出了一個名字。

「認識？」應戰問了一句，打開車門，下了車。

後面的車隊裡也走出了十幾個身穿黑衣黑褲的男人，很快，狹窄的馬路上，一排鷹漢組成員在那個人對面站定。

「兄弟，我們路過，麻煩讓一下。」應戰站在前方，客氣地說道。

那人盯著應戰看了一會兒，緩緩說道：「名冊在哪兒？」

鷹漢組裡沒有一個人知道他在說什麼，不過他們都看得出來，這個人的口氣和眼神，都分明帶著殺氣。

「兄弟，我想你認錯人了，我是鷹漢組赤鷹分隊隊長應戰，身上有任務——」

「名冊，在哪兒？」

那人打斷了應戰的話，又問了一遍。

應戰不知道眼前這個人是故意找碴還是神經病，不過不管是哪一種，都多說無益了。他朝後面招了招手，幾個大漢就朝那個人撲了過去。

電光石火之間，幾聲悶哼響起，然後，撲上去的幾個人分別以不同的姿勢倒在了地上。應戰驚愕地看到，他們的胸口、脖子等致命部位都有紅色的血跡，而那個人的手裡，不知道什麼時候多了一把匕首，刀尖上有一顆滾圓的血珠正往下滴。

對方是要命來的！

多年的實戰求生經驗讓應戰整個人都瞬間緊繃起來。剛才下車的時候沒帶武器，但此刻他已無暇再去尋找武器。他盯著眼前的黑衣人，緩緩朝前移動，接著突然大喝一聲，身子就像彈出去一樣，衝到了那個人跟前。

坐在車裡的古靈知道和應戰纏鬥在一起的是誰，也目睹了他三兩下就殺死了幾個鷹漢組的成員。難以置信的感覺衝擊著她，她喘著粗氣靠在副駕駛席的椅背上，擋風玻璃就像螢幕，正在上演一齣不真實的戲。

直到被人拽出車外，真實感才回到她身上。古靈愣愣地看著把她拽出去的那個人，那是一個看上去和她年紀差不多的瘦小女生。

而不遠處，騷動更加激烈了。不知什麼時候從路旁又躥出幾個人，也和剩下的鷹漢組成員打在一起。一番混戰後，鷹漢組的成員都倒在了地上。

只有應戰還在和那個人激鬥著。漸漸的，應戰占據了上風，雖然他的身體上被匕首劃出了好幾道傷口，但似乎沾染的鮮血越多，他就越來勁。終於，應戰抓住一個機會，奪過了那個人的匕首，正當他紅著眼睛要把匕首扎進那人胸口時，後面出現的幾個人也加入了戰團。

應戰手中的匕首被人踢飛，無數拳腳同時向他身上招呼過去。應戰擋了最初的幾下之後，還是被打倒在了地上。但躺在地上的應戰依然沒有放棄搏鬥，他用雙肘護住頭部，借助背部力量在地上旋轉、移動，同時用穿著皮鞋的雙腳亂蹬。有幾個人膝蓋被蹬到，一時吃痛，也跪在了地上。

「真像一條野狗。」

把古靈拽出車外的瘦弱女生看著那群搏鬥的人，冷冷地說道。

聽到這話，古靈終於回過神來。鷹漢組遭到了襲擊，很多兄弟犧牲了，眼下只有應戰還在和對方做殊死搏鬥，而自己作為雀鷹分隊的隊長，卻愣在這裡什麼都沒做！

不管受到的衝擊有多大，不管他們是誰，不管他們的目的是什麼，現在，都是戰鬥的時候啊！

想到這裡，古靈猛地沉肩，一甩手臂。來不及反應的瘦弱女生下意識地後退幾步，卻還是「撲通」一聲跌坐在地上，她沒想到看似瘦小的古靈力氣居然這麼大。然後古靈大叫一聲，朝圍著應戰拳打腳踢的那群人猛衝過去。

包圍圈馬上被撞出一個缺口，臉上早已布滿血跡的應戰藉著這個難得的機會站起了身。他撿起掉落在一旁的匕首，推了一把古靈，喊道：「去開車！」

古靈馬上朝黑色轎車跑去，她身後的應戰發出更響亮的吼聲，一邊用手中的匕首威嚇重新撲上來的敵人，一邊尋找機會撤退。

古靈跑到汽車邊的時候，發現被她推倒在地的瘦弱女生旁邊又多了一個人。那人穿一身整潔的西裝，看起來和李清湖的歲數差不多。不過他似乎不太注重自己的儀表，灰白的鬍子圍著嘴巴繞了一圈。那邊是殘酷的戰鬥，這邊卻出現一位穿西裝的老者，怎麼看都很格格不入。

老人的雙手插在褲兜裡，眼神平和地看著古靈。

「快點！」

身後傳來應戰聲嘶力竭的喊聲。

古靈咬了咬牙，正準備向老人撲去，卻在下一秒呆立在了原地。

「你在幹什——」應戰喊著，同時看向汽車這邊。他也看到了這個老人，還看到老人用一把槍，指著古靈。

應戰用盡最後的力氣，把手中的匕首狠狠地揮舞了一圈，逼退了那群人幾步。然後他快步朝古靈這邊奔過來。

「砰！」

古靈聽到了一聲震響，接著是嗆人的火藥味。她驚訝地看到，應戰的小腹處有一團紅色，還在越變越大。但應戰好像完全沒有感覺一樣，依舊舉著匕首向他們跑來。

「砰！砰！」

又是兩聲槍響，擊中了應戰的胸部。

可能是慣性的緣故，應戰又向前跑了幾步，這才撲倒在汽車的引擎蓋上。匕首扎進引擎蓋的鐵皮裡，似乎想以此撐住身體。

「應隊長！」古靈連忙過去，用手捂住應戰的胸口。她能明顯地感覺到，溫熱的液體像火山岩漿一樣從應戰的體內冒出來，手根本捂不住。

「你們是誰？」古靈抬起淚眼模糊的臉，問那個西裝老人。

老人衝她笑了笑，並沒有回答。同時身後的那群人在慢慢靠攏。

「叫……什麼……名……」應戰的嘴巴也在往外冒血，他氣若游絲地在古靈耳邊說道。

「什麼？應隊長，你撐住，不要說話！」

「……那個人……是不是叫……」應戰說出了一個名字。那個名字正是他們在車裡看到路上站著人的時候古靈叫出來的。

古靈不住地點著頭。

「是的，我認識他，但我不知道為什麼……」

聽到古靈這麼說，應戰突然咧嘴笑了。接著他屏住氣息，努力控制肌肉，用匕首在汽車的引擎蓋上劃下了一個符號。劃完之後，他吐出了此生的最後一口氣。

2. 誰是內鬼

一路上葉飛刀都沒有說話，沒被吃乾淨的名冊上寫的「超能力偵探事務……」在他的心湖裡扔下了一座城市。

小小的湖被填平了，反而沒有蕩起什麼漣漪。因為太不真實，帶給葉飛刀的衝擊力也就沒那麼強烈，他只是不說話，板著一張臉，腦子裡不知在想什麼。

左柔也沒說話。幽幽也……說話了反而很嚇人吧！

終於，他們走到了達特莫爾街。掛著「超能力偵探事務所」牌子的那幢房子已經在視野範圍內了。李清湖在裡面等了他們很久。

葉飛刀深吸一口氣，終於做出了一個重大決定。

「柔姐，你有絲襪嗎？」

「絲襪？」左柔愣愣地看著葉飛刀，問道。

「嗯，黑絲。」

「沒有啊，怎麼了？」

「你等我一下。」

左柔還沒反應過來，葉飛刀已快步走進路邊的一家小店。沒過多久，他拿著一包東西出來了。

「小刀，你買絲襪幹嘛？」

「我們有危險。」葉飛刀一邊說，一邊粗暴地拆開絲襪的包裝袋。不知道是從來沒拆過這種包裝，還是內心的緊張讓他的雙手不聽使喚，總之，過了好久，他才把絲襪順利地從包裝袋中「解救」出來。

左柔像在看一個白癡一樣——不，就是在看一個白癡——看著葉飛刀拿出絲襪往頭上套。這張原本不算難看的臉被絲襪一套，表情變得非常奇怪，與其說猙獰，倒不如說滑稽。

「柔姐，你能認出我嗎？」葉飛刀的話音都含糊不清了。

左柔驚訝地張著嘴，一臉莫名其妙地看著葉飛刀。

「太好了，果然認不出！這裡還有一副，你也套上吧。」

「幹什麼啊？」左柔推開葉飛刀遞來絲襪的手。

「我們有危險啊，柔姐，你沒看到嗎？那個名冊上寫得清清楚楚——超能力偵探事務，說的就是我們啊！雖然最後一個字被吃掉了，但應該不會是什麼超能力偵探事務廠，超能力偵探事務有限公司吧！你不要逃避了，我們所裡有神祕組織的內鬼啊！」

「那你套這個幹嘛？」

「我問你，我們所一共就這麼幾個人，你覺得內鬼是誰？我不是吧，我是半路被你們拉過來的。幽幽也不是吧，他才多大。內鬼要麼是你，要麼就是那個老頭！你現在告訴我，你是不是？」

「不是。」

「你看，你也推理出來了，內鬼是老頭。」

「我沒進行推理啊。」

「那你說，是誰？」

聽到這句問話，左柔沉默了。這一路她也一直在想這個問題，但不管怎麼想，最後都會進入死胡同。而那本名冊又不像是假的。

「對嘛，還是那個老頭啊。他一定是壞人！等下我進去直接逼問他，但不能讓他認出我，不然就打草驚蛇了……」

說話間，他們已經走進了事務所。李清湖和往常一樣，正坐在辦公桌前看著報紙。看到他們進來，李清湖抬起頭。

「你們回來啦。」

「老頭！」葉飛刀一下子躥到李清湖面前。

「怎麼了，小刀？」

「你……你認出我了？」

「什麼意思？我又沒有失憶，怎麼會認不出你。」

「但我套著絲襪啊！」

「洞這麼大……什麼都沒遮住啊。」

「可惡！」葉飛刀一把扯下絲襪，「我說我要買絲襪，那個店老闆就一臉壞笑地給了我這種網格很大的絲襪，還說特別結實。結實有什麼用啦！」

李清湖笑眯眯地看著葉飛刀，問道：「怎麼了，小刀？聽說你們在馬戲團裡碰到那個白衣男人了？跟我說說情況吧。」

葉飛刀站在李清湖對面，嚴肅地說道：「既然如此，我也豁出去了。老頭，我有話要正面問你。」

「小刀……」左柔走到葉飛刀身旁，按住他的肩膀。

「看來有情況啊。」李清湖衝左柔擺擺手，「左柔，你去幫我泡一杯熱飲吧。」

「我也要！」葉飛刀頗有氣勢地吼道。

左柔拍了拍葉飛刀的肩膀，離開了。李清湖靠在椅背上，抬起頭，平靜地看著葉飛刀。

「老頭，你跟我說實話，你是不是神祕組織的人？」

李清湖眉毛皺了一下，重複了一遍問題：「我是神祕組織的人？」

「你承認了！你居然這麼快就承認了！」

「不不不。」李清湖伸出左手，擋在身前，「我後面是問號。你別急，慢慢說。為什麼你會這麼問？」

「那你知道名冊嗎？」

「名冊？我知道啊。」

「什麼？你知道？」

「我當然知道啊。是我寫的，我怎麼會不知道？」

「是、是你寫的……」葉飛刀嚇得說話都結巴了，「裡面有沒有你的名字？」
「有啊。」
「你……沒想到你這麼爽快！還有哪些人在名冊裡，你索性也招待了吧！」
「招待？」
「交代了吧！」
李清湖呵呵笑了一下，說道：「還有左柔……」
「柔姐！」
「……還有幽幽……」
「幽幽！」
「還有你。」
「我！」葉飛刀目光呆滯，抬頭仰望天花板，喊道，「為什麼我自己不知道！」
「你說的是這本名冊嗎？」李清湖打開辦公桌的抽屜，在裡面翻了一下，拿出一個本子，放在桌上。
葉飛刀看到本子的封面上寫著小字：超能力偵探事務所成員名冊。
「不知道你說的是不是這本名冊，每個偵探事務所都有一本，用來記錄所內成員的資料。我比較輕鬆，咱們這本裡沒幾個名字，至今也只寫了一頁。不像鷹漢組，寫滿了厚厚一本。」
「你說的是這本名冊？」葉飛刀喘著粗氣問道。

「你說的不是？」

這時，左柔端著兩杯一模一樣的熱飲過來了，她把其中一杯放在李清湖面前，另一杯貼心地放到了葉飛刀手裡。

「小刀，我認識所長這麼久，知道他肯定不是神祕組織的內鬼。」

「可那本名冊上……」

左柔示意葉飛刀先閉嘴，接著她轉過頭，對還不清楚情況的李清湖詳細地講述了一遍前一天晚上發生的事情。郝劍之死她匆匆帶過，詳細講了白一男、團長手上的名冊和鷹漢組的突襲，一個細節都沒放過。

聽完左柔的講述，李清湖沉默了好一會兒，然後才回過神來，心不在焉地喝了一口杯中的熱飲。

「所長，你怎麼看？名冊是假的吧？」

李清湖緩緩說道：「不像假的。」

「那我們……」

「左柔，雖然你很細心，但你針對名冊這件事本身想得太多，卻忽視了一個最基本的問題。你試著跳出來看一下。」

「跳出來看……」左柔沉思著。

葉飛刀跳了一下，但發現沒有人理他。

突然，左柔「啊」了一聲。「所長，那本名冊上寫的，不是現在的我們。」

李清湖笑著點了點頭。

「什麼叫不是現在的我們？」葉飛刀還是不明白。

「那本名冊是神祕組織剛剛成立的時候寫成的，過了這麼多年，裡面有些人死了，還有些人……離開了原來的事務所。」

「原來是這樣！」葉飛刀驚呼，「所以呢？」

「所以……」左柔早就習慣了葉飛刀的愚蠢，她耐心地解釋到底，「被吃掉的那個名字，不是當時還沒加入超能力偵探事務所的你和幽幽，也不是我和所長，而是另一個當時在這裡的人。」

「展信佳。」李清湖翻開剛剛拿出來的名冊，指著上面的一個名字說道。

「之前好像聽你們說過他，他現在在哪兒？」

「不知道。」李清湖說道，「他走了之後——」

「好了，無所謂啦，我一點都不關心！現在破案了，老頭，剛剛都是誤會，你這麼好，怎麼會是神祕組織的內鬼呢？」葉飛刀又恢復了嘻嘻哈哈的態度，「還有柔姐，當然也不可能是壞人啦，名冊上寫的內鬼，肯定就是那個叫什麼展——」

「別說了！」

左柔一改往日的溫柔，突然尖聲打斷了葉飛刀的話。

「柔姐，你……我……」

「我告訴你，也不是他。」左柔的表情變得非常冷酷。

「啊……好好，不是就不是，大家都不是，喝阿華田，喝阿華田。老是聽老頭說你泡的阿華田好喝，我從來沒嘗過噗——」

葉飛刀剛喝了一口熱飲，就馬上控制不住噴了出來。

「怎麼了，是不是太燙？」李清湖甩了甩濺到頭髮上的水珠，問道。

「不是燙的問題，根本就不能喝好嗎！太甜了！」葉飛刀轉頭問左柔，「柔姐你到底放了多少糖，為什麼這麼甜？」

左柔好像還在生氣，沒有回答他。

「好啦，好啦，是你不習慣。」李清湖連忙打圓場，「你要是不喝也不要浪費，給我喝。甜一點有什麼的，偵探就是要吃甜的，不然怎麼動得了腦子。」

說完，他一口氣把自己杯子裡的阿華田喝了個乾淨。

「左柔，你也不要胡思亂想了，名冊的事情還需要調查一下，現在沒有證據指明我們之中的任何一個人是內鬼。可惜白一男死了，不然……」

「咚！」

就在這時，事務所的門被撞開了，一個瘦瘦的男人闖了進來，站在門口不停地喘著粗氣。李清湖下意識地把桌上的名冊蓋在了手掌下面。

「阿遲？」

葉飛刀認出了來人，正是鷹漢組雀鷹小分隊的隊員遲春辰。之前和雀鷹分隊一起偵破灰白馬酒店和戴月家命案的時候有過接觸，印象中他是一個沉著冷靜也頗有禮貌的年輕人，現在這副樣子闖進來，想必是有什麼急事。

「不好了……」

「阿遲你慢慢說，你怎麼喘成這樣？」

「我是從我們事務所跑過來的。」

「哦……不對啊，你們事務所不也在達特莫爾街嗎，不遠啊。」

「對哦。」遲春辰咽嚥了一口口水，氣息不再急促，「李所長，柔姐，葉飛刀，幽幽，請你們跟我去一次鷹漢組總部。」

「鷹漢組總部？」許久沒說話的左柔問道，「去幹嘛？」

「我也是剛剛接到總部來的電話，說是……」遲春辰停頓了一下，「應隊長被殺，古隊長失蹤……」

「什麼？！」

就在昨天，他們還在馬戲團裡見過應戰和古靈，短短一天不到，鷹漢組兩個分隊長一死一失蹤，這樣的變故連沉穩的李清湖都忍不住站起了身。

「詳細情況我們車上再說吧，總部派來的車已經等在外面了……」

「所長……」左柔看了一眼李清湖。

「你們先去吧，我稍後到，我知道鷹漢組總部怎麼走。」

看著手下的三位偵探和遲春辰走出門外，李清湖跌坐在椅子上。過了一會兒，他拿起桌上的電話，撥了一個號碼。

「喂，是我。」明明屋內沒人，李清湖還是刻意壓低了聲音，「情況有變……」

3. 應戰的死亡留言

鷹漢組的轎車已在外等候多時，這輛車顯然每天精心保養，黑色的車身被擦得鋥亮，車窗上沒有一絲灰塵，但從外面完全看不到裡面。引擎蓋上的車標被換成了一隻銀色的雄鷹。

遲春辰打開後排的車門，等三位超能力偵探都坐好後，關上車門，自己坐到了副駕駛席上。

「這位是蕭先生。」

司機是一個穿著藍色西裝的板寸頭男人，顯得非常幹練。遲春辰沒有介紹他在鷹漢組擔任什麼樣的職務，也許他也不知道吧。

蕭先生回頭朝三人點了點頭，算是打過招呼。雖然和幽幽一樣面無表情，但不同於幽幽的茫然無辜，他的神色中更多的是壓抑和謹慎。

黑色轎車行駛了一段距離，蕭先生和遲春辰都沒有主動講起古靈和應戰的事。葉飛刀最受不了這種沉默的氛圍了，他忍不住開口問道：「阿遲，你不是說車上會跟我們詳細解釋的嗎？」

「啊……」突然被問到，遲春辰想了想，才說，「哦對。簡而言之，就是古隊長和應隊長都出事了。」

「原來如此，我明白了。」葉飛刀點點頭說道。

「阿遲，麻煩詳細說明一下吧，你們是怎麼發現的？」左柔見葉飛刀這就放棄了詢問，只好自己問道，「昨天晚上他們還和我們在馬戲團呢，後來他們先走了，怎麼就出事了呢？」

「這個……」遲春辰一改往日的俐落，竟支支吾吾起來。

「還是我來說吧。」蕭先生握著方向盤打了個彎，然後繼續說道，「具體情況遲春辰也不了解，是我通知他的。今天早上，夜鷹小分隊在巡邏的時候發現了情況，地點在石岡鎮附近的小路上，路上躺著十二具赤鷹分隊成員的屍體，都是被利器刺中致命部位而亡。」

「十二個！」葉飛刀驚呼。

「另外，在一輛車的前蓋上發現了赤鷹分隊隊長應戰的屍體。」

「不會吧……」左柔回憶著在馬戲團時應戰和白一男對戰的場景，「應隊長的身手我見過，應該不太可能這麼容易就被殺——」

「他是被槍打死的。」蕭先生不帶感情的話語打斷了左柔的話，「胸口和腹部共有三處槍傷，都穿透了內臟，中槍後應該很快就身亡了。」

「槍……」左柔一邊思考著一邊說道，「為什麼會有槍？」

「兇手是誰，有多少人，為什麼會有槍，這些我們一概不知。夜鷹分隊第一時間將現場情況向總部做了報告。總部說昨天晚上曾收到過應隊長的彙報，講述了他和古隊長抓捕並擊斃白一男的經過，如今在回程途中出了事，現場又沒發現古隊長的屍體，所長就派我聯繫了雀鷹分隊。」

「然而古隊長到現在都還沒回來。」遲春辰接過話頭，「手機也打不通。應隊長被殺，我想古隊長肯定是出事了……」

左柔低著頭思考了一會兒，瞇著眼問道：「那你為什麼來找我們？」

遲春辰愣了一下，沒有回答。

「柔姐你傻啊，因為昨天晚上我們和古靈在一起呀！」葉飛刀插嘴道。

「不可能。」左柔看著葉飛刀，「古靈是獨自行動的，她一個人追查白一男的下落，追到了馬戲團，身邊沒有一個人，所以鷹漢組應該沒人知道我們昨天也在場。」

「那……」葉飛刀看看左柔，又看看遲春辰，「我知道了！阿遲你這小子暗戀古靈，所以跟蹤了她，是不是？我告訴你，你是沒有機會的！」

葉飛刀不合時宜地吃起了醋。

遲春辰尷尬地咳了兩下。為什麼去找超能力偵探事務所？是不是喜歡古靈？這兩個問題他都沒有作答。

「因為昨天晚上應隊長的彙報裡提到了你們。」不含一絲感情的聲音又在車廂內響了起來。

「是嗎？」左柔小聲嘀咕道。蕭先生的這個解釋她是可以接受的，但遲春辰今天的反應特別反常，她不由得心裡又起了疑。只是她還不知道要去懷疑什麼，到目前為止，連謎團都還沒有成形。但是她隱隱感覺，調查應戰之死，並不是請他們去鷹漢組總部的唯一理由。

想到這裡，她又覺得自己是不是想太多了，這時候要是李清湖也在，多少還能安心一點。想到李清湖，她又想起剛才和葉飛刀爭論的問題，誰是內鬼？

內鬼？

左柔心裡一驚，她忽然想起，在那本殘缺的名冊上，也有「鷹漢組」的字樣——鷹漢組裡也有內鬼！這下，故作姿態的蕭先生和特別反常的遲春辰讓她更加不安了。

「對對，還是這位老先生的解釋合理。」耳邊傳來葉飛刀無憂無慮的聲音，「肯定是應隊長告訴總部我們也在場的。」

「叫我蕭先生。」

「蕭老先生。」

「我四十歲都沒到，不老。」蕭先生也不生氣，依然面無表情地回應道。

「什麼！你才四十歲不到？怎麼這麼年輕就老了！」

「我不老。」還是一如既往的冷漠語氣。

說話間，汽車已駛過了幾條小路，進入了華生街。

華生街很長，是幻影城除了莫格街之外的又一條繁華街道，算是副中心。相比高樓林立、商場雲集、到處都是遊客、幾乎沒有本地人住的莫格街，華生街在開發商業項目的同時依然保留著一些居民住宅，因此更富生活氣息。

這種熱鬧地段，往來車輛自然是絡繹不絕，但葉飛刀發現了一個奇怪的現象，其他車輛都不靠近他們的車子。當他們的轎車加速的時候，前方的車輛還會自動往旁邊避讓，當然，一路上也沒有任何人超車。這顯然不是因為蕭先生開車技術高超的緣故。

轎車順利駛到一座大廈前開闊的空地上，下車後，蕭先生把車鑰匙扔給旁邊一個站得筆直的小夥子，然後領著眾人進入了鷹漢組總部。

只有四個分隊的隊長才能進入鷹漢組總部，所以和超能力偵探事務所的人一樣，遲春辰也是第一次進入這幢大樓。

從外面看，大樓和一般的辦公寫字樓沒有任何區別，也沒有鷹漢組的標誌，通體玻璃窗反射著耀眼的陽光。只是和旁邊的商場、辦公大樓相比，鷹漢組總部總給人一種「生人勿近」的感覺，連經過的鳥也會刻意繞道而行，就算是居住在附近的居民，也不知道這幢樓裡是怎樣的洞天。

進入大廈之後，這種冷酷的感覺就蕩然無存了。忙碌的工作人員就像普通白領一樣，對著電腦，打著電話，忙著各自的事情，沒有人理會這幾個初訪者。蕭先生帶他們徑直走向電梯，寬敞的電梯轎廂裡站了五個人也依舊有很大的空間。

電梯到達十六層，眾人穿過鋪著地毯的走廊，來到一扇門前。蕭先生掏出鑰匙打開門，做了一個「請」的手勢。

房間不大，床、沙發、桌椅這些日常家具都有，與其說是一間會客室，不如說更像酒店的客房，這讓左柔的心裡又蒙上了一層疑慮。

「各位先休息一下，貴事務所的李所長應該也快到了，我去接一下。」

蕭先生說完這句，留下一臉茫然的眾人，轉身就走了。他的口氣依然不帶一絲溫度，動作也乾淨俐落，似乎想表示他的任務到這裡就算結束了，不要再打擾他了。

遲春辰張了張嘴似乎想說什麼，但還是沒說出來，也低著頭跟在蕭先生後面離開了。走的時候他把房間的門關上了。

「什麼情況啊，帶我們過來玩？」

葉飛刀朝屋裡走了兩步，撲倒在柔軟的床上，然後轉身仰躺，蹺著腿，雙手交叉放在腦後，環顧起房間來。床邊的紅木辦公桌造型典雅，桌面上沒放任何東西，桌子旁邊是一個陳列架，格子裡擺著幾瓶紅酒，奇怪的是紅酒全都開過封，瓶口被木塞子塞住。瓶裡剩餘的酒量都不一樣，紅酒瓶錯落有致地擺放在陳列架上，倒也別有一番情調。陳列架旁邊是一個上下兩層單開門的冰箱。

「這兒怎麼跟賓館似的……哎，幽幽，我渴了，那兒有冰箱，你幫我看下裡面有什麼喝的。」葉飛刀躺在床上發號施令。

幽幽慢悠悠地走到冰箱前，拉開了下面那一層，裡面空空如也。他關好冰箱門，又想去開上層的門，卻發現夠不到上層的把手。他回過頭，一臉無辜地看著葉飛刀。

「你搆不到，我握不準啊。」葉飛刀朝幽幽攤了攤手，然後對左柔說，「柔姐，別站在門口發愣啦，幫我看看冰箱裡有沒有喝的吧。」

左柔正在門口獨自思考著，聽到葉飛刀喊她，暫且先把心中的疑慮放到一邊。

「這不是有紅酒麼，你喝嗎？」左柔一邊朝冰箱走一邊說道。

「我才不喝呢，你沒看到嗎，這些紅酒都開過了，估計就是用來裝……飾的吧。真土豪！用喝過的紅酒做裝飾……咦，我怎麼口袋裡有絲襪，好變態！」

葉飛刀摸到之前買來還沒「用過」的絲襪，拿了出來，厭惡地往地上一扔，結果準確地扔在了辦公桌上。

左柔打開冰箱上層的門，發現裡面塞了很多食物，麵包、牛奶、可樂，把不算小的空間塞得滿滿當當。

「喝什麼？」左柔回過頭問。

「可樂吧。」

幾罐可樂擠在一起，旁邊的縫隙裡也塞滿了食物，左柔一時不知該怎麼下手。能把這麼多東西都塞進來，這人也是挺厲害的，她想。

嘩啦啦……

就在左柔下定決心，打算什麼都不管，直接抽出一罐可樂的時候，塞在旁邊的食物突然掉了出來。左柔沒來得及反應，只得看著麵包、可樂等從冰箱裡掉落到地上。所幸地上鋪著厚厚的地毯，沒發出什麼聲音，食物也沒有摔壞。

把罐裝可樂遞給葉飛刀後，左柔把地上的東西撿起來，塞回冰箱。好不容易把冰箱門關好，她看著躺在床上悠然自得地喝著冰鎮可樂的葉飛刀，苦笑著搖了搖頭。

「有點做客人的樣子啊，小刀。」說著，左柔向辦公桌走去，「你把絲襪扔在桌上像什麼話，我先幫你塞到抽屜裡去吧。」

葉飛刀打了個氣泡嗝，一臉滿足地說道：「哇，這兒可比我們事務所爽多了啊。有床，有可樂，這樣的偵探事務所，我的心都淫蕩……搖盪了起來啊！」

辦公桌有兩層抽屜，左柔用力拉動第一層，沒想到是一個假抽屜，和辦公桌的桌面連在一起的。另外，出乎她意料的是，這張辦公桌看似是紅木做的，非常結實，其實相當輕，左柔拉著抽屜的把手就把整張辦公桌拉動了幾公分，桌面上的絲襪差點兒掉在地上。

先是冰箱裡的食物都掉了出來，現在又是辦公桌，雖然都是很小的事情，但左柔愈發覺得這一天諸事不順了。她打開第二層抽屜，有點不耐煩地把桌上的絲襪往裡面一扔，然後狠狠地關上。

葉飛刀察覺到左柔的異樣，關心地問：「柔姐，怎麼了？」

「沒什麼。」其實左柔是真的說不出來怎麼了。

「你平時挺有耐心的啊，怎麼今天有點焦躁。是不是熱，要不要喝點冰鎮可樂？」說著，葉飛刀把手裡還沒喝完的可樂朝左柔遞過去。

左柔盯著可樂看了一會兒，一把奪過，仰頭「咕咚咕咚」全喝光了。一口氣把冰可樂喝完後，左柔感覺稍微冷靜了一點。

「怎麼了，幹嘛盯著我看？」

「我……就是客氣客氣，你怎麼真喝了。」葉飛刀呆滯地說。

「自己要喝自己再去拿。」

「我拿不到啊！」

這時，門突然開了。左柔、葉飛刀、幽幽一同朝門口看去，進來的也是三個人，為首的左柔認識，正是鷹漢組的首領翟天問。在他身後，站著一個眉毛下垂、無精打采的中年男人，和一個眼神憂鬱的年輕人，他們的衣服上都繡有巨大的黑鷹，想來應該是蒼鷹分隊隊長陳長安和夜鷹分隊隊長楊懷斗。

「三位對這個房間還滿意嗎？」翟天問的聲音與其說非常磁性，不如說像是一把鋸子在鋸鐵。

「滿意！」葉飛刀像個小孩子一樣開心，卻發現左柔瞪了他一眼，於是連忙改口道，「……嗎？要這麼問的話，當然是，不滿意！」

「哦？」翟天問饒有興趣地看著眼前的這個笨蛋，問道，「什麼地方不滿意？」

「嗯……紅酒你都開過了，我怎麼喝啦！」

翟天問身後的年輕人看到葉飛刀這種態度忍不住上前了一步，翟天問伸手攔住，笑道：「小兄弟，是這樣的，這些紅酒呢確實是擺設，不是給人喝的。我們鷹漢組除了破案，還做很多其他的生意，生產紅酒就是其中一項，很多酒我們只是打開嘗過味道，但是還剩下這麼多，扔掉也可惜，就放在這裡當裝飾了，你不覺得很好看嗎？」

「好看有什麼用，又不能喝。」

「喝也是可以喝的。但如果你想喝酒，等事情結束之後我送你幾瓶好一點的，沒開過的。」

葉飛刀看到鷹漢組的所長這麼客氣地跟他說話，心裡不由得一陣高興。「這還差不多。」

「翟所長，這次要我們來，不會只是招待我們吃住吧？」左柔問道。

翟天問瞇著眼睛打量了左柔一會兒，說道：「你是左柔吧，聽說你的推理能力很強。沒錯，鷹漢組不會平白無故地招待別人，請你們來，是想讓你們告訴我一個答案。」

「問題是什麼？」

「誰殺了應戰，古靈又在哪裡？」翟天問說這句話的時候，瞇著的眼睛裡射出了凶狠銳利的光芒。

「抱歉，翟所長，我們和你一樣一無所知。」左柔說道，「昨天晚上應隊長和古隊長離開馬戲團後，我們就分開了。」

「是嗎？」

「翟所長的意思是……你不相信？」

翟天問笑著搖了搖頭。「那恐怕你們要在這個房間裡一直待下去了。」

「哇！太好啦！」葉飛刀歡呼了起來。

「不過，冰箱裡的食物只夠你們吃三天，我們不會補充，這裡沒有電話，也沒有信號，樓層是十六樓。」翟天問說完，轉身準備離開。

「翟所長，你這是什麼意思，監禁，謀殺？」左柔喊道，「你有什麼權力這麼做！」

翟天問依然笑瞇瞇地說：「至少在這幢大樓裡，我說了算。對了，你們的所長也已經到了，我會跟他說的。」

「什麼……」左柔一臉震驚，她萬萬沒想到，鷹漢組居然會來對付他們，「翟所長，這裡一定有什麼誤會，我們和古靈的關係一直很好，為什麼——」

「誤會？好，既然說到這裡，你就再多解釋一件事吧。應戰留下的死亡留言，是什麼意思？」

「死亡留言？」

「應戰死之前，用匕首在車身上刻下了幾個字母。」翟天問一個字一個字地說道，「c、h、a、o。」

「c、h、a、o……chao？」葉飛刀拼了出來，「超能力？」

「已經很久沒有人敢動鷹漢組了，我喜歡。慢慢玩吧。」翟天問說完，離開了房間。

左柔清楚地聽到了門鎖上的聲音。

4. 躲藏

「怪不得阿遲今天怪怪的，原來他早就知道，要把我們往絕路上帶。」

翟天問走後，左柔檢查了一遍房門，確認被反鎖的門沒有一點打開的可能。而房間裡除了這扇門，就只剩一扇窗戶通往外界。透過窗戶只能看到天空和其他樓，也沒什麼風景可言。

「柔姐，你別怕。」葉飛刀嚴肅地對左柔說道。

「你有逃出去的辦法？」

「不，因為我很怕，所以你千萬不能怕。逃出去的辦法，就靠你了。」

「我也沒有辦法……」左柔坐在辦公桌前，無力地說道，「這裡是十六層，我又不會飛。」

「既然這樣，那我們先睡一會兒吧。」

「什麼？」

「先睡一會兒。」

「小刀，你為什麼會這麼樂觀？我們被關在這裡了！不逃出去，真的會死的，翟天問是一個……」

「但是，我很睏啊。」葉飛刀說，「昨天晚上就沒怎麼睡。柔姐，翟天問我不認識，但不睡覺真的會死人哦，等睡飽了，我們再一起想辦法吧！」

說完，葉飛刀對幽幽招招手，幽幽乖乖地爬到床上，抱著葉飛刀，兩個人很快就睡了過去。

左柔坐到沙發上，看著兩個不靠譜的隊友，歎了口氣。不過她歎氣，更多的還是因為自己的腦子現在一團糟，接踵而來的壞消息又讓她沒辦法專心思考。先是超能力偵探事務所裡有內鬼，然後是鷹漢組裡有內鬼，接下來又是應戰被殺、古靈失蹤，這些謎團都還沒破解的時候，突然自己被當成嫌疑人，面臨的可能是幻影城最可怕的組織。想著想著，左柔的意識也漸漸模糊。

不知過了多久，左柔醒了過來，她看到葉飛刀和幽幽背對著她站在牆邊，正賣力地做著什麼。

「小刀，你們在幹嘛？」

葉飛刀轉過頭，揚了揚手中的飛刀。「柔姐你醒啦，我們在鑽洞呢，要不要來幫忙？」

「鑽洞？」

左柔走了過去，發現葉飛刀和幽幽一人拿著一把飛刀正在戳牆壁，白色的牆皮被戳出好幾個坑，露出了堅硬的石塊，但似乎沒辦法再往下戳了。

「沒用啊，小刀，這要挖多久——」

「放心吧，柔姐，我一定會救你出去的！」葉飛刀說，「我睡飽了，現在渾身都是力氣，不管挖多久，我相信肯定能挖出洞來的！」

「可等你挖出洞，我們早就餓死了。」左柔說，「而且，你有沒有想過，另一面是什麼？還是鷹漢組的地盤，可能也是一個被鎖起來的房間，就算過去了又有什麼用？」

「那怎麼辦，總不能什麼都不做，等死吧？」

左柔沉默了一會兒，說道：「小刀，你先別急，我們好好想想。」

「我剛才已經想過一萬種辦法了，都不行！」

「那就再想第一萬零一種。」左柔看了看房間四周，「你想穿牆而過肯定是行不通的，短時間內能離開這個房間的出口，只有門和窗。」

「但門被鎖上了，從裡面打不開。從窗戶跳出去就變成死人了！」

左柔聽著葉飛刀的話，來回看看門和窗，嘴裡自言自語著：「裡面打不開，跳出去……小刀，把刀給我。」

「柔姐你想幹嘛……」嘴上這麼說著，葉飛刀還是乖乖地遞上了飛刀。

左柔掂了掂手中的飛刀，對葉飛刀說：「來，一起砸窗戶吧。」

「砸、砸窗戶？」葉飛刀駭然，「柔姐你別想不開啊，跳下去真的會死的！」

「誰說我們要跳下去了？」

「不是跳下去，那是……」葉飛刀一拍腦袋，叫道，「哎喲我忘了手裡拿著刀了，好痛，流血了！」

左柔看到葉飛刀用拿著飛刀的手拍了一下自己的腦袋，也嚇了一跳，不過看到他活蹦亂跳，而且嘴上說流血，其實根本就沒有，想來不是太要緊。眼下最重要的事情是逃出去。雖然這個辦法有些賭博的成分。

「我明白了，你是不是想打開窗後，讓幽幽叫來些鳥帶我們飛啊？」葉飛刀捂著腦袋問。

「白癡，外面沒有鳥，幽幽再厲害也不能千里傳音吧。」左柔走到玻璃窗前，用刀猛力敲了一下，發出沉悶的響聲。玻璃雖然沒有裂開，不過她看到上面出現了裂痕。

幸好窗戶不是堅不可摧的。

蕭先生難得走路這麼慌張，他把鑰匙插到鎖孔裡，轉動了一下，卻推不開門。

「他們從裡面鎖住了門？」蕭先生身後的一個黑衣人問道。

蕭先生皺著眉道：「不可能啊，這一層的房門只能從外面鎖，不能從裡面反鎖啊。」

「那現在怎麼辦？」

「怎麼辦？撞啊！」蕭先生的臉上終於有了一點表情，「他們把窗打破了，誰知道要搞什麼，難道要等翟所長過來處理？」

兩個黑衣人嚇得一哆嗦，他們知道，等翟所長過來，就不是處理事情這麼簡單了，很有可能他們也會被處理。

蕭先生說完往旁邊讓開，兩個黑衣人互相看了一眼，沉下肩膀，其中一人喊著「一、二、三……四咦？」

「砰！」另一個人在「三」的時候就撞了過去，但是門沒有被撞開。

「你怎麼不撞？」那個人揉著肩膀抱怨道。

「我才數到三啊……我想說等數到十，我們一起撞的。」

「抓緊時間，我來數，到三一起撞！」蕭先生生氣地把報數的黑衣人往旁邊一推，盯著門數道，「一、二、三……撞咦？」

「砰！」兩個黑衣人在「撞」字剛說出來的時候就已經撞了上去，不愧是鷹漢組總部的菁英，有勇有謀，兩個人同時奮力一擊，門鎖終於被撞壞。

二人狼狽地跌進房間，除了窗戶碎了，房間內的其他物件都保持著原來的樣子。

蕭先生先檢查了一下門鎖，沒有問題。但門把手上緊緊纏裹著一條絲襪，絲襪另一端繫著一把飛刀，插在上方的門板上。蕭先生頓時明白過來，就是因為這條絲襪將飛刀和門把手牢牢繫住，固定在一起了，所以剛剛從外面往下擰門把手時擰不動。

確實是只有偵探才能製造出來的密室——不，連密室都算不上，只是一個小機關。但這麼大費周章是為了什麼呢？

想拖延時間？蕭先生摸了摸絲襪，心裡想著，這是從哪裡買的，這麼結實。

聽到同伴在窗口呼喚，他急忙衝到窗戶前，探出頭向外看去。

十六層的風很大，因為剃著短短的板寸頭，蕭先生感到頭皮被吹得有些生疼，雖然看不清楚地上的情形，但很明顯，並沒有墜樓身亡的屍體。

「奇怪，去哪兒了？」

「下面沒有，會不會……去上面了？」一個黑衣人說道，「我看過一本推理小說，好像是一個叫丁什麼的人寫的，說一個人從高樓密室逃脫了，結果他不是往下跳，而是往上爬。」

「有道理啊。」另一個黑衣人附和道。

蕭先生再次探出頭，想轉頭往上看，結果發現脖子轉到一半就到極限了，他只好又縮回來，準備仰著身子再探出頭去。

「噗哧！」一個黑衣人看到平素裡嚴肅的蕭先生竟做出如此狼狽的舉動，忍不住笑了起來。

「笑什麼！你來！」蕭先生慍怒道。

黑衣人乖乖地仰著身子探出頭去。鷹漢組總部大樓一共十八層，從下往上，樓層越高，重要級別越高。一樓的辦公人員是最邊緣化的，類似白領，他們甚至不清楚鷹漢組都做些什麼。越高的樓層，有許可權能進入的人就越少。第十八層有翟天問的辦公室，以及每次和各分隊隊長開會的會議室。

雖說內部差別巨大，但從外觀上看沒有任何區別。黑衣人看了一會兒，把頭縮回來，說道：「報告，沒有發現。」

其實蕭先生早就知道，這件事情不可能瞞得過翟天問，但眼下他們竟弄丟了三個大活人，這一定會讓翟天問大發雷霆。

「你，通知保安組，封鎖大樓，任何人都不准離開。你，去把兄弟們都叫上，每一層、每一個房間都徹底搜查。」蕭先生咬著牙說道，「我去找所長。」

「沒人了，走。」

過了一會兒，超能力偵探事務所三人組從床底下爬了出來。

「柔姐，你怎麼知道沒人了，萬一有人守在這裡呢？」葉飛刀雖然嘴上在問，但還是慢慢地爬了出來，因為他知道，左柔說的總是對的。

「我能知道別人左邊口袋裡的東西，所以我知道這個房間裡有沒有人。」

「你這能力還能這麼用？」

「當然不行，但我不是瞎子，你沒看到房間裡已經沒有腳了嗎！趕緊走吧，一會兒他們回來了就不好了。這可是他們自己把門打開的。」

左柔的計畫很簡單，這個房間只有兩個出口，一個是窗戶，一個是門，但從窗戶出去是死，門又不能從裡面打開。非常簡單的排除法，唯一的出路就是——讓門從外面打開。

所以他們故意把窗戶砸碎，讓人知道這個房間出事了。破碎的窗戶會把來人的注意力吸引過去，而等鷹漢組的人離開後，他們再從躲著的床底下出來。當然，鷹漢組的人會不會都走光是一次賭博，除此之外，整個計畫還有一處賭博，如果鷹漢組的人走了，但又把門從外面鎖住了，那這些努力也全白費了。所以，他們必須先讓門鎖壞掉。

絲襪——蕭先生猜錯了，那麼做不是為了拖延時間，而是為了讓他們幫忙在外面把門鎖撞壞！

目標最小的幽幽從門口探出頭觀察了一下，然後轉回來搖了搖頭。知道外面沒有人後，三個人迅速地跑了出去。

「柔姐，我們現在去哪裡？」

「不知道。」

「不知道？」葉飛刀停下腳步，「那怎麼辦啊，你不是都想好了嗎？」

「很快每一層就都會有人搜查，要下樓只能坐電梯，但一進電梯，我們就成了甕中之鱉。我也沒有想好下一步該怎麼走，但不管怎樣，總比留在房間裡強。」

說話間，電梯發出「叮」的一聲，電梯門徐徐打開了。

在他們旁邊，正好有一間客房，門虛掩著。此時他們已顧不上思考，下意識地衝進了那間客房。

慶幸的是，房間裡的人似乎出去了。辦公桌上有一只玻璃杯，裡面有喝了一半的黑色飲料。看到這杯飲料，葉飛刀頓時感覺非常渴。

「柔姐，我要喝可樂。」

「都什麼時候了！」左柔生氣地說。

「我太渴了，剛剛在床底下躲了好久啊。」

左柔無奈，拿起辦公桌上的杯子。「喝這個吧，還冰著呢。」

「我不要喝別人喝過的東西。」

左柔真的很想衝葉飛刀大吼一聲：「我不知道你在想什麼！」但眼下不適合爭執。她打開冰箱，拿出一瓶可樂，塞到葉飛刀手裡。

門外的腳步聲已清晰可聞，三人連忙故技重施，鑽到了床下面。葉飛刀沒時間打開可樂了，趴在床下的他雖然視野範圍有限，但也清楚地看到了兩雙腳。

其中一雙腳始終站在門口，沒有走進來，從這雙腳的上方傳來一個年輕人的聲音：「委屈你一下，請暫時不要離開這個房間，直到找到他們。」

說話人是誰三人不知道，說話的對象是誰他們也不知道，但有一點很明白，那人口中說的找到「他們」，指的正是「他們」。躲在床下的三個人不由得緊張起來。

另一雙腳的主人沒有回答，徑直走到了床邊，離幽幽只有幾公分的距離。幽幽看到這雙腳，居然一改嚴肅的表情，笑嘻嘻地就要摸上去，左柔和葉飛刀屏住了呼吸。

幽幽這沒有分寸的舉動，會讓他們馬上暴露！

但是，他們擔心的事情沒有發生，就在幽幽伸出手的時候，那雙腳正好走開了。而門口的那個人也剛剛離開。

椅子挪動的聲音傳來，有人在辦公桌前坐下。接著是打開抽屜的聲音，然後那個人發出一聲驚呼。

左柔瞪大了眼睛，這聲音她很熟悉，就連葉飛刀也聽出來了，房間裡的人正是他們的所長——李清湖！

葉飛刀正要叫著「老頭」衝出來，卻聽到李清湖大喊一聲：「楊隊長！」

葉飛刀連忙又縮了回去。透過床底的縫，他看到門口的兩隻皮鞋再次出現。

「李所長，什麼事？」

「這個房間，」李清湖的聲音清晰地傳到床下，「有人來過。」

5. 紋身師

「有人來過？」夜鷹分隊的隊長楊懷斗問道。

楊懷斗走進房間，躲在床下的三個人的心再次提到了嗓子眼。李清湖若是晚一點叫，就會發現自己事務所的成員，他們就能順利逃脫了。但這一叫，把楊隊長叫了回來，而且讓對方提高了警惕。葉飛刀他們隨時都有被發現的危險。

「我放在抽屜裡的名冊丟了。」李清湖的聲音傳來。

「名冊？」楊懷斗問，「什麼名冊？」

「哦，是我們超能力偵探事務所的成員名冊，我今天正好拿出來看，出來的時候就帶過來了。本來放在抽屜裡的，可現在不見了。」

「李所長，你的意思是在你離開房間的那段時間內，有人進來拿走了你們事務所的名冊？」

「沒錯。」李清湖說道，「我記得很清楚，名冊被我放進抽屜裡了。只是出去跟你們翟所長談了一個多小時，就被偷了。」

接下去是一陣沉默。過了一會兒，楊懷斗終於再次開口。

「李所長，你也是知道的，能進這幢大廈的，可都是我們鷹漢組的兄弟。」說完他又補充了一句，「尤其是十六層，不是隨便什麼人都能進得來的。」

「我知道。」

「好。超能力偵探事務所的成員名冊，我們鷹漢組的人要了有什麼用？」
李清湖想了一會兒，說：「不知道。」
「哼。」楊懷斗發出一聲說不上是輕蔑還是滿意的嗤笑，「李所長，你不知道，但我知道。」
「哦？」
「我不知道你們事務所的名冊裡有什麼花頭，我們鷹漢組也不關心，但我想，你們事務所的人可能感興趣吧。」
「你什麼意思？」
「千防萬防，家賊難防。」楊懷斗說道，「就在剛才，你們事務所的三個人都逃了出去。左柔跟了你這麼多年，她的能力連我們所長都很認可。幽幽是個小孩，也做不出什麼出格的事來。但葉飛刀，那個傢伙行為古怪，你真的了解他嗎？」
趴在床底下的葉飛刀緊緊捏住了可樂罐，氣得咬牙切齒。
「我確實不了解他的過去，但我知道他是一個優秀的偵探。」
要不是被左柔及時捂住了嘴，葉飛刀就要歡呼起來了。做了這麼久偵探，這是他第一次獲得認可，上一次李清湖說到一半竟「呸」了一聲。葉飛刀實在掩藏不住內心的激動。
「反倒是你們，」李清湖拔高了嗓音，「在真相未明之前，就把其他事務所的偵探軟禁在房間裡。你們這麼做，於情於理都說不通吧，這是大名鼎鼎的鷹漢組偵探的作風嗎？」
「偵探？」楊懷斗說道，「我們什麼時候自稱過偵探了？城裡的事務所都叫偵探事務所，只有我們叫鷹漢組。我們從來不是什麼偵探，而是用自己的方式處理事情，不需要任何人來指導！」
「左柔和葉飛刀他們對古靈的關心不亞於你們事務所裡的任何一個人，你們不聽我的提醒，恐怕會誤了大事。」
楊懷斗又向前走了兩步，在床前停住了。這一次，幽幽沒有伸手去觸碰對方的鞋子，葉飛刀能清楚地看到那兩隻鋥亮的鞋尖正對著他。
正對著他？
左柔心裡頓時生起不祥的預感。
「是啊，多虧了李所長的提醒，我才沒有誤了真正的大事。知道我為什麼能成為夜鷹分隊的隊長嗎？因為我的耳朵……特別好……」說到這裡，他趴了下來！
看到楊懷斗的臉突然出現在眼前，葉飛刀嚇得一哆嗦，原本放在易開罐拉環上的手指一用力，「啪」的一聲掀開了。冰冷的可樂激射而出，正好射到了楊懷斗的臉上。楊懷斗又恰好瞪大了雙眼想要看清床下的情況，沒料想迎接他的是冰冷的可樂，躲閃不及，可樂飆進了眼睛，這突如其來的刺激讓他跌坐在地，雙手在臉上胡亂抹著。
三人迅速從床底下爬出來，看著李清湖。
「快走！」李清湖叫了一聲。
葉飛刀還記恨著楊懷斗剛才對他言語上的羞辱，臨走前朝地上的楊懷斗踹了一腳，卻沒有踹準，反而踹到了辦公桌，辦公桌被踹得挪動了幾公分，桌上盛著冰可樂的杯子搖搖晃晃，最終跌落下來，正好砸在想要起身的楊懷斗頭上。

「哎喲！」楊懷斗的屁股才離開地面不到一秒鐘，就再度跌坐在地上，雙手又在臉上胡亂抹著新濺上的可樂。

等他睜開眼，房間裡早已不見了葉飛刀他們的身影。李清湖遞過來一條手帕，他沒好氣地拍掉，然後奪門而出，嘴裡大喊著：「快來人！」

走廊上瞬間湧出好幾個鷹漢組成員，楊懷斗眨巴著眼睛，一個個打量過去，確認並沒有喬裝打扮的三人組。其實他們中有個小孩，有個女人，想要偽裝成鷹漢組成員是很不容易的，但作為夜鷹分隊的隊長，平素就養成的細心習慣讓楊懷斗不放過任何一個可能性。

「有人看到他們了嗎？」

「報告，沒有。」

「報告，沒有。」

「報告，沒有。」

「報告，沒──」

「行了！沒看到就不用一個個彙報了！」楊懷斗打斷手下的報告，衝到電梯前。

整個十六層，除了走廊和房間，就只有電梯能藏人了。既然隊員們都沒發現超能力偵探，難道他們在這麼短的時間內逃進了電梯？電梯剛才正巧停在這一層了嗎？

「繼續搜！」說完，楊懷斗鑽進了電梯。

楊懷斗走後，李清湖在房間裡愣了一會兒，然後走到門口往外看。

「進去！不准出來！」一個鷹漢組的隊員惡狠狠地對李清湖說道。

李清湖笑著朝他點了點頭，把門關上了。關好門後，他走到辦公桌前，坐了下來。

「出來吧。」

左柔、葉飛刀和幽幽從床底下爬了出來。剛才楊懷斗抹臉的時候，李清湖故意說了一句「快走」，同時用眼神告訴他們再躲回床底下。因為他知道，就算走出這扇門，也依舊逃不過外面鷹漢組的搜查。而楊懷斗剛才在床底下發現了他們，此時這裡就成了他的心理盲區，不會再檢查一次的。

「楊懷斗剛從這個房間出去，他們的人短時間內不會過來搜查的。」李清湖小聲說道。

「所長，一直躲在這裡也不是辦法，我們還是要出去。」左柔焦急地說。

「這裡沒有電話，沒法和外界聯絡。不過你放心，出發前我聯繫過丁極，他知道我們在這裡。」

「丁極老師？」左柔詫異地問。

「鷹漢組總部派人來接我們，我當時就覺得這件事沒那麼簡單，果然……丁極是我多年的好友，你們放心，他肯定會來找我們的。只是不知道我們能撐多久……」

門外的喧囂聲時不時傳進屋內，眾人的心也跟著提起又放下。

「對了，老頭，你剛剛說名冊被偷了？」葉飛刀突然想到。

「哦對，我放在抽屜裡的，現在不見了。」

「可惡啊，謎團越來越多了。先是古靈失蹤，然後我們被冤枉，現在我們事務所的名冊也被偷了，簡直是一團亂麻。」

「小刀，我倒覺得這些謎團其實都是一件事情，只要能破解那一個，剩下的也全都明白了。」

「有道理啊，書裡都是這麼寫的。」葉飛刀摸著下巴，沉思道，「對了，老頭，你剛剛是不是說……我是一個優秀的偵探？」

左柔推了推葉飛刀。「小刀，都什麼時候了，你怎麼還在執著這個事情。」

「柔姐，這對我很重要啊。」葉飛刀說完，又問了李清湖一遍，「老頭，你再說一遍，我是不是一個優秀的偵探？」

李清湖好像一直在思考，只見他緩緩地點了點頭，說道：「是啊……」

「耶！」

「左柔說的沒錯，只要破解了那一個謎團，剩下的自然都會知道……」

「啊？」

「我們不妨先來思考一下應戰的死前留言吧，這是最直接的線索，也是鷹漢組抓你們的直接理由，先把這個破解了……」

「喂！」葉飛刀一臉沮喪，「老頭，你壓根沒在聽我說話啊。」

「chao……」左柔念出四個字母，「拼音確實是『超』，拼出的其他字好像都沒什麼意義。」

葉飛刀已經從沮喪中恢復過來了（恢復得好快），他小聲提出自己的想法。

「會不會是應戰拼錯了？」

「拼錯了？」

「嗯……應戰一看就是個沒什麼文化的人，估計平舌音翹舌音都不分吧，他可能想寫的是cao。」

「cao？」左柔眨了眨眼，問道，「什麼意思？」

「罵人啊。被殺了，他想罵人啊！」

「我也想罵人好嗎！」左柔不由自主地拔高了音量，然後連忙捂住嘴，「你怎麼老是想出這麼扯的解答，還不如幽幽呢！」

「因為幽幽不會說話啊，多說多錯……咦，幽幽你在幹嘛？」

葉飛刀看到幽幽蹲在地上，正用手抹著地毯上的可樂，似乎試圖把可樂塗抹均勻。雖然可樂灑到地毯上的瞬間就被吸收了，污漬已經成型，根本抹不開，但他依舊鍥而不捨地抹著。

左柔也順著葉飛刀的視線看了一會兒，說：「幽幽是想把污漬抹開吧，這樣一塊深一塊淺的不好看，抹開來能好看點。」

「幽幽，你別傻了，抹不開的，已經被地毯吸收了啊。」葉飛刀也蹲下來，想要拉起幽幽。幽幽卻沒理他，反而更用力地抹著，同時抬頭看著左柔。他的眼睛亮晶晶的，不再是平時的迷茫神情，而是多了一份期待。

左柔突然說道：「幽幽是在提醒我們。」

「提醒我們？」葉飛刀詫異地問道，「什麼啊？」

「已經形成的污漬去不掉了，既然不能消除，那就索性試著改變，讓它變得沒那麼難看……」

幽幽聽到這話，停下了手上的動作，站了起來，臉上又不再有表情了，眼神中透出倦意，似乎下一秒就能睡著。

「什麼污漬，什麼改變，你在說什麼啊柔姐？」

「小刀你想想，應戰的死前留言是留在哪裡的？」

「好像是……車上？」葉飛刀回憶道，「說是用匕首劃出來的。」

「對！是用匕首劃出來的，所以無法擦除。」左柔看向李清湖，後者衝她點點頭，示意她繼續往下說，「凶手有可能看到了應戰刻下的死前留言，這個留言對凶手極為不利。想要消除，辦法也不是沒有，比如把整輛車連同留言一起毀掉，但這樣會多出來很多工作，也會留下多餘的線索。最簡單的辦法就是改變這個死前留言，在原來的基礎上添幾筆，讓它變成完全不一樣的留言。這樣，在銷毀線索的同時，還能把嫌疑指向我們，一石二鳥！」

「有道理啊，吃了兩隻鳥。」

左柔沒有糾正葉飛刀的錯誤理解，繼續說道：「就像原本的傷疤，被紋身師加了幾筆之後就成了美麗的圖案。現在我們看到的chao，就是凶手這個『紋身師』改變後的結果！」

「柔姐，說了這麼多，那應戰原本的留言是什麼呢？」

「不知道。我們沒去現場看過，不知道這幾個字母有沒有什麼不同，應戰可能只留下了c一個字母，也可能是h、a、o，或者ch、co……都有可能。但至少我們可以確定一點，應戰會寫下留言，凶手害怕真留言被發現，這說明凶手是一個我們都認識的人！」

這句話讓葉飛刀倒吸了一口冷氣。

「太可怕了，我要喝杯可樂壓壓驚。」

李清湖撿起摔在地毯上的杯子。「嗯，再吃點東西吧，冰箱裡有——」

「冰箱！」

左柔突然大吼，把他們都嚇了一跳。

「……杯子……冰可樂……名冊……」越來越多的詞從左柔的嘴裡蹦出來。「冰箱」這個詞就像催眠指令，讓她徹底進入忘我狀態，絲毫不顧自己的聲音可能會招來鷹漢組的人。

果然，能聽到有人聚在門口，而左柔的聲音也越來越大。葉飛刀本想阻止，卻被李清湖攔住了。

「死亡留言……辦公桌……阿華田……」

說完這通混亂不堪、毫無邏輯的關鍵字後，左柔重重地呼出一口氣。

「我知道內鬼是誰了。」

與此同時，一群人衝了進來。

6. 伏線和推理

鷹漢組總部大廈，第十八層，會議室。

「能來這一層的人很少，而能坐到這間屋子……」說話的是翟天問，他坐在專屬椅子上，「就連小蕭都沒進來過。」

葉飛刀馬上反應過來，翟天問口中的小蕭是說那個表情嚴肅的蕭先生。確實，他剛才帶他們走到這間會議室的門口之後就離開了。此刻，除了翟天問，定期過來開會的陳長安和楊懷斗，屋裡只有超能力偵探事務所的四個人。

這間會議室空曠寬敞，最大的家具就是他們圍坐的會議桌，桌面上刻著一個巨大的老鷹，銳利的眼神頗有氣勢，好像坐在桌邊的人都是它的獵物一般。左柔不由得緊張地捏了捏手指。葉飛刀和幽幽倒是一副無所謂的表情。

「老李。」翟天問對李清湖說道，「我是賣你一個面子，你應該知道，別說是你，就算排名第一的那個傢伙來了，在這幢樓裡還是要講這幢樓裡的規矩。」

「你放心，我們會給你一個合理的解釋的。」李清湖說完，衝左柔點頭微笑了一下。左柔頓時感覺沒那麼緊張了。

「好！」翟天問說，「如果你們能找出凶手，找到古靈，我就以鷹漢組的方式向你們道歉。但是，如果你們沒辦法說服我，只是在拖延時間……」

不用翟天問往下說，他們也知道，若再惹怒鷹漢組會有什麼後果。

「翟所長，你放心。」左柔深吸一口氣，開口說道，「我會告訴你誰是鷹漢組的內鬼。」

「內鬼？你說我們鷹漢組有內鬼？什麼組織的內鬼？」坐在對面的楊懷斗忍不住問道，他領導的夜鷹分隊主管鷹漢組內的所有情報，查內鬼原本也是他的工作。

「神祕組織的內鬼。」左柔看著楊懷斗說道，「楊隊長，昨天晚上在馬戲團，我們獲悉了關於神祕組織的重要線索。」

現在，左柔終於有機會講述昨天晚上他們經歷的一切，包括古靈如何出現、應戰如何擊殺白一男，當然最重要的是，捉鬼聯盟和神祕組織，還有那本關鍵的名冊。

說完之後，會議室裡的眾人無人開口，翟天問雙肘支在桌上，兩手握在一起，一點一點地碰著他的蒜頭鼻，顯然是在思考。

「很抱歉，翟所長，我們沒在第一時間把這些情況告訴你。」左柔柔聲說道，「一方面是因為我們自己都沒搞清楚狀況，然後就被抓了起來；另一方面，我之前還不知道誰是鷹漢組的內鬼，所以沒法說。白一男說過，不要相信任何一個偵探——」

翟天問抬起一隻手，打斷了左柔的解釋。「但現在，你知道誰是內鬼了，所以可以跟我們說了，對吧？」

「沒錯。所有謎團，誰偷了我們事務所的名冊，誰殺了應戰，那個死前留言是什麼意思，其實一個答案就可以把所有問題都解釋清楚——答案就是內鬼的身分。」

「好。」翟天問點點頭，「希望你真的想清楚了。」

「一切的起點都是那本名冊。」一開始推理，左柔就又恢復了冷靜與沉著，「應戰和古靈出事應該也是因為那本名冊，神祕組織知道名冊出現在了馬戲團，而如果它被應戰或古靈帶回到鷹漢組，就將對他們造成巨大的威脅。所以，他們在半路截殺了應戰和他的手下，還帶走了古靈。也許他們一開始就打算滅口，所以沒有在應戰和古靈面前隱藏身分，這才讓應戰有機會留下遺言。」

「那個死亡留言到底是什麼意思？」一直未發一言的陳長安問道。

「死亡留言我們等會兒再說。總之，應戰能留下遺言指認凶手，就說明凶手，或者其中一個凶手，肯定是他或者古靈認識的人。」

「那個人，就是鷹漢組的內鬼？」楊懷斗的眼角抽動了一下，原本就陰鬱的眼神中又多了分戾氣。

「回到鷹漢組總部後，內鬼得知我們幾個昨天晚上也在馬戲團，也有可能接觸到名冊。內鬼十分擔心自己的身分會曝光，這時，他無意間看到我們所長隨身帶著一本名冊。」

眾人一齊看向李清湖。

「於是，我們所長和您開會的時候，」左柔對著翟天問說道，「內鬼冒險潛入他的房間，偷走了放在抽屜中的名冊。可惜，這本名冊對我們超能力偵探事務所來說非常重要，但對內鬼，一點用都沒有。」

「哈哈哈哈哈太傻了！居然沒有偷準！哈哈哈跟我一樣！」葉飛刀大聲笑了起來，但會議室裡的其他人都沒理他。

「你說了這麼多，還是沒說內鬼的身分啊。」楊懷斗皺著眉，他最關心的是內鬼的身分，超能力偵探事務所的名冊被偷了這種事，他一點都不關心。

「正因為他偷走了名冊，才暴露了身分。」左柔說道，「蕭先生剛才說兩位所長開會開了一個小時左右，也就是說，偷竊發生在這一個小時之間。而我們躲進所長房間的時候，放在辦公桌上的可樂，還是冰的！」

鷹漢組的三位高層聽到這句話後立刻陷入了沉思，他們也發現了其中的矛盾。

「如果這杯可樂是我們所長去開會之前倒好的，那麼一個小時過去了，不可能還是冰的。」左柔進一步說道，「從所長離開，到我們進去，中間只有內鬼進過那個屋子，去偷名冊。」

「這說明……」陳長安緩緩地開口說道，「內鬼基於某個原因，倒了杯可樂？」

「沒錯。」左柔沒有急著往下說，而是環視了一圈眾人。進行推理的時候，她所散發的氣場漸漸蓋過了會議室裡的眾人，倒顯得她才是這裡的主人。

「我知道！」葉飛刀突然開口，「內鬼渴了，想喝冰可樂！你們聽，渴了，可樂，渴了，可樂，是不是很奇妙？」

左柔習慣了葉飛刀的愚蠢，但鷹漢組的人是第一次見，紛紛用奇怪的眼神打量葉飛刀。

「不會有這種人的吧……」出於禮貌，陳長安還是反駁了。

「有啊，我就是！」葉飛刀自信地說。

「可是……就算真的太渴了，快要渴死了，也應該會直接從冰箱裡拿出來喝吧，為什麼還要倒到杯子裡？」陳長安竟然還在認真辯駁。

「因為……他講究啊。」

「請你出去。」

「好的。」說完葉飛刀就要站起身來，卻被左柔按住了。

「倒可樂的理由當然不是因為他渴了。」左柔繼續掌控全場，「而是因為……杯子裡原來就有可樂，對吧？」

「是的。」李清湖附和道，「我有一個習慣，無論去哪兒，坐下來之後就想喝點東西。我進那個房間之後就倒了一杯可樂，但還沒喝完，就被叫去和翟所長開會了。」

李清湖說的此番話完全在左柔的意料之內，她點點頭，說道：「杯子裡原來就有半杯可樂，但被來人打翻了！為了掩蓋這個事實，他才冒險從冰箱裡拿出了新的可樂……」

「打翻了？為什麼不是喝掉了，他不是渴了嗎……」葉飛刀還在糾結這個問題。

「你光憑可樂是冰的，就說是剛從冰箱裡取出來的，這似乎不太嚴謹。」楊懷斗沒理葉飛刀，但是也開始挑刺，「會不會是房間裡的溫度比較低，冰箱裡的可樂又特別冰，所以過了一段時間依舊很冰呢？」

「楊隊長，你發現我們躲在床底下，正準備抓我們的時候，葉飛刀打開了剛從冰箱裡取出來的可樂，可樂激射而出，噴了你一臉，我們才得以逃脫。」

「你這時候說這個是什麼意思！」當著翟天問的面，剛剛的糗事被說了出來，這讓楊懷斗非常氣憤。

「剛從冰箱裡取出來的可樂，拉開拉環怎麼就激射而出了呢？」左柔用更大的聲音反問，「因為那瓶可樂在不久之前被搖晃過。或者說，可樂從冰箱裡掉出來過！」

「啊……」楊懷斗張著嘴，卻沒發出聲音。左柔說出的結論像之前噴在他臉上的冰可樂一樣，擊退了他的反駁。

「房間的冰箱裡塞滿了食物，不小心一點拿的話，食物就會傾倒出來。內鬼在取可樂的時候肯定很焦急，結果不小心，把其他食物都帶了出來。他慌忙又塞了回去，但激射而出的可樂記錄了他的行為，也佐證了我剛才的推理。內鬼打開過冰箱！」

「好，左柔，就算內鬼打開過冰箱，往杯子裡倒了新的可樂，但是為什麼，他為什麼要做這麼麻煩的事？」陳長安問道。

「因為他不想讓別人知道，杯子被他碰翻了。」

「對，他怕賠償嘛。」葉飛刀又開始胡言亂語了。

「他是小孩子嗎，怕賠償？」陳長安依舊輕聲、禮貌地吐槽。

「房間裡的辦公桌有兩層抽屜，第一層是假的，第二層才能拉開。這一點大家都知道吧？」左柔問道。

「那一層的所有房間格局完全一樣，辦公桌是統一訂製的，這裡的人都知道。」這次是翟天問回答的。

「但我們不知道，因為我們第一次來。」左柔接著說道，「我剛才還不小心拉過第一層抽屜，結果發現是假的。抽屜沒拉開，倒是把辦公桌拉得挪動了幾公分，桌上的……呃，絲襪差點兒掉下去。」

「絲襪？」陳長安眼神複雜地看著左柔。

「總之，內鬼在偷名冊的時候也先拉了拉第一層抽屜，把桌子拉動了，導致桌面上的水杯翻了。」

「難道……內鬼倒可樂的理由是……」

經過了一長串的邏輯分析，此時左柔終於可以說出那個理由了。

「沒錯，內鬼在偷名冊的時候，拉動了第一層假抽屜，導致桌上的水杯翻倒，他必須從冰箱裡拿一瓶新的可樂倒進去，掩蓋水杯曾經翻倒的事實，因為——他不想讓別人知道，他不知道第一層是假抽屜！」

眾人陷入沉默。翟所長和兩名隊長沉思著，李清湖則笑眯眯地看著桌面，幽幽坐在椅子上晃著腿——他一直非常無聊。而葉飛刀，他完全沒聽懂左柔在說什麼。

「這裡的人都知道有假抽屜，只有你們是第一次來——」

但陳長安剛說到一半就被左柔打斷了。

「不，還有一個人今天是第一次來。遲春辰！」

「阿遲？」葉飛刀這時才（差不多）明白了左柔的意思，「柔姐，你是說，阿遲是內鬼？」

陳長安和楊懷斗都看著翟天問。

「這是在給我出難題啊。」翟天問終於開口了，「雀鷹分隊最近出事太多了，古浪死了，古靈萬一也出事……我本來想要提拔遲春辰的……左柔，你再說仔細點，你不是為了陷害遲春辰而編造出這些的吧？你們也是第一次來，為什麼不是你們偷了名冊？」

「我們一直被關在房間裡，有不在場證——」葉飛刀叫道。

「誰知道你們是什麼時候溜走的！」

「幽幽身高不夠，夠不到上層冰箱門。葉飛刀拿不準可樂罐。」左柔鎮定地說道，「之前我們在房間裡，葉飛刀要喝可樂，是我拿的。」

「那你呢？」翟天問朝左柔側了側身子，「為什麼不是你？」

「我……」左柔一時語塞，她為難地看了看李清湖。

「精采的推理秀。左柔，你不簡單啊。」翟天問一拍桌子站了起來，聽口氣不像是讚賞。

「因為我……沒有必要。」看到李清湖衝自己點了點頭，左柔終於脫口說出了這句話。

「沒必要？」翟天問居高臨下地看著左柔。

「我……我沒必要去冰箱裡拿新的可樂！」左柔說出這番話的時候似乎下了很大的決心。

「什麼意思？」楊懷斗問，「不去冰箱拿可樂，打翻杯子的事不就暴露了嗎？」

「我……我可以用紅酒代替。」左柔的聲音弱了下去，「陳列架上有很多瓶開了封的紅酒，顏色和可樂一樣，用它代替的話，就不用那麼麻煩去冰箱取，反正……李所長也不會發現。」

「用紅酒代替？哈哈哈哈……」楊懷斗笑了起來，「你最好編個像樣點的理由，紅酒和可樂，看著差不多，但一嘗就嘗出來了，到時候——」

左柔也站起了身，表情是從未有過的嚴肅。她說道：「接下來我要說的，懇請大家不要傳出去。」

楊懷斗被左柔的氣場鎮住了，他收起笑臉。

左柔轉身看向李清湖，問道：「所長，你在事務所每天喝的是什麼？」

7. 超沒用能力

「不是阿華田嗎？」葉飛刀搶答道，「我喝過！太甜了，難以下嚥，柔姐你泡飲料的時候到底是有多幸福？」

「我不知道。」李清湖的回答卻讓在場的所有人都大吃一驚。

「不、不知道？老頭你天天喝，怎麼可能不知道。那麼難喝的東西，我喝一口就忘不掉了。」

「那麼難喝的飲料，所長天天喝卻不覺得有問題。」左柔解釋道，「葉飛刀，之前有一次你問所長，你是不是優秀的偵探，他說到一半呸了一下，說是吐茶葉。」

「是啊……」

「我們偵探事務所裡的偵探雖然都有超能力，但所擁有的超能力都超級沒用。我能看到的東西很有限，幽幽連話都不會說，葉飛刀就更不用說了，能活到現在簡直是上天的恩賜。」

「你說什麼呢……」葉飛刀小聲反駁，「明明是奇蹟。」

「而作為事務所的開創者，我們所長的超能力——」

「很厲害？」

「很沒用！」左柔說道，「他的能力是可以吃任何難吃的東西，因為——他沒有味覺！」

眾人紛紛把目光投向李清湖，李清湖卻還是瞇著眼、微笑著。

「老頭……你居然……沒有味覺……」葉飛刀結結巴巴地說，「而我居然一點都沒看出來。」

「廢話，這當然看不出來。」楊懷斗吐槽道。

「我的超能力只有很少幾個人知道，連葉飛刀和幽幽都不知道。」李清湖悠悠開口道。

「你這也好意思叫超能力？」葉飛刀第一次見到如此厚顏無恥之人，「怪不得之前問你的超能力是什麼，你就是不肯說，還說暴露了會很危險，太裝了！你這個暴露了確實危險啊！萬一別人給你吃屎……」

「吃屎我倒不怕……」李清湖說，「但是毒藥……」

「反了吧，喂！」

「總之，不管怎麼樣，左柔是知道我沒有味覺的人之一。」李清湖正色道，「所以，她可以用紅酒代替可樂，不用去開冰箱取冰可樂。」

翟天問緩緩地坐了下來，他看著李清湖的眼神中不知道為什麼多了一絲憐惜。

「既然老李你都坦誠到這個地步了，我也不好意思再為難你們了。」

「翟所長。」左柔又說道，「還有應戰留下的死亡留言！」

「對，那個 chao 是什麼意思？」陳長安問。

「應戰可能只留下了一個C，但內鬼無法清除車上的刻痕，索性又在後面添了幾筆，把矛頭轉向了我們。」

「C……」

「我知道了！」葉飛刀插嘴道，「我看過阿嘉莎．克莉絲蒂的《ABC謀殺案》，《名偵探柯南》的一部劇場版也致敬過這個詭計，凶手是不是前面還殺了兩個人，分別是A和B？啊，不得了，這是一起連環殺人事件，後面還會有人死，而且凶手一定會留下字母D……」

「你在胡說些什麼啊！」左柔的脾氣再好，有時候也會被葉飛刀的愚蠢激怒，「應戰在臨死前留下字母C，是想指認殺人凶手！」

「C……如果是名字的首字母……」楊懷斗說到這裡，轉頭看了看陳長安。

「陳隊長的名字首字母確實是C，但應戰不會留下這種模稜兩可的遺言。」左柔說道，「遲春辰，三個字都是C開頭的！結合剛才偷名冊的推理，內鬼應該就是遲春辰了，只有他既不知道抽屜第一層是假的，又必須從冰箱取新可樂來隱藏這一點。」

翟天問用拳頭敲了一下桌子，大喊一聲：「來人！」

會議室的門打開了，蕭先生筆直地站在門口，聽候差遣。

「遲春辰在哪兒？」

蕭先生沒有回答。

「遲春辰在——」這一次，翟天問到一半，就知道蕭先生為什麼沒有回答了。遲春辰從蕭先生的背後閃了出來，一把明晃晃的匕首就架在蕭先生的脖頸上。

「阿遲！」

「遲春辰！」

「不要亂來！」

會議室裡的眾人連忙站起身。「別過來！」但是聽到遲春辰的命令，誰也不敢向前一步。

「放下刀！遲春辰，這是什麼地方，你不要命了嗎！」楊懷斗朝遲春辰喊道。

「哈哈，我就是要命才不放下刀啊。」遲春辰說著，緩緩向後退。

遲春辰往後退，會議室裡的人慢慢往前逼近，雙方保持著一樣的節奏，就像在跳舞。

眾人終於來到走廊時，遲春辰已經馬上要退到盡頭的電梯間了。整個鷹漢組總部大樓十八層此時只有他們幾個人，遲春辰這一路可以說暢通無阻。

「你是不可能從這幢樓裡逃走的，就算你進了電梯，又能怎樣？」陳長安吼道。

「我想試試。」眼前的遲春辰已經不是超能力偵探事務所的眾人所熟悉的遲春辰了，除了他一貫的冷靜態度沒變以外，整個人就像脫胎換骨了一般，套上了一層透明卻黑暗的皮。

雖說想要逃離這幢大樓很難，但現在主動權在他手上，誰也不知道接下來會發生什麼。楊懷斗朝翟天問使了個眼色，翟天問搖了搖頭。

「楊隊長，怎麼，想放棄蕭先生？你這麼做的話，就算抓住了我，傳出去也不好吧。我爛命一條，可你們鷹漢組最看重的兄弟情誼就毀了啊。」

楊懷斗握緊拳頭，咬牙看著遲春辰，恨不得用眼神將他殺死。心狠手辣和重情重義都是鷹組的行事風格，但當這兩者共同出現，要二選其一的時候，就連翟天問都覺得是天大的難題。

遲春辰的臉上掛著自信的笑容，他慢慢地後退著。

「阿遲，為什麼？」左柔不在意蕭先生怎麼樣，也不在意能否抓住遲春辰，但她眼中的優秀偵探居然是神祕組織的內鬼，這讓她很受打擊。

「為什麼？」遲春辰重複了一遍，然後像聽到擼擼姐[2]講了一個笑話一樣笑了起來。

「你為什麼要殺人……為什麼要做這種——」

「我做了我認為對的事！」遲春辰打斷了左柔的質問，「看看你們這些偵探，一個個光明、正義，真的好偉大哦。整天都在追求真相，但真相是什麼啊？追得完嗎？除了真相，你們的世界裡還有其他重要的事情嗎？我們有，我們有正常人的欲望，會為了一件事情豁出性命。但也有祕密。我們知道該堅守什麼，也知道哪些規則可以去打破。」

「但你不能是非不分！」

「你們認為的是與非，我一定要認同嗎？這個世界上沒有對錯，只有立場，很遺憾，我們的立場不同。我早就受夠了這個裝模作樣的偵探之城，你們以為你們是神，是法官嗎？你們憑什麼指導別人應該怎麼做，憑什麼比別人高一等？我告訴你們，偵探正是因為罪惡才存在的！偵探本身就是罪惡！」

「阿遲！」左柔的聲音充滿憐憫，「我不知道你有怎樣的過去，不知道你為什麼會站在……和我們對立的立場上。但我們不是因為罪惡而存在的，而是為了打擊罪惡。如果沒有偵探，沒有

2 擼擼姐：《擼擼姐的超本格事件簿》中的主人公，通常也指該書作者陸燁華。擼擼姐好講冷笑話，經常把人逗哭，是「笑點在哪裡？」這句話的活體例子。

這些為了守護城市而豁出性命的人，幻影城必將更加混亂。規矩確實有不好的地方，但這是保障我們正常生活的前提，你不至於——」

「你不懂，你們不懂，說了也白說。」遲春辰盯著左柔，說道，「你們啊，根本不知道自由是什麼。」

「那古靈呢？」葉飛刀突然發問。

聽到古靈的名字，遲春辰凌厲的眼神稍微柔和了一點。

「古靈和古浪對你不錯吧？你……是不是也喜歡古靈？」

沒有人在意葉飛刀口中的「也」是什麼意思。

遲春辰苦澀地笑了一下，說道：「有些犧牲是必須的，不過我……我沒有殺她。」

「你看，你果然喜歡她！可惡！」葉飛刀說著，就要衝上去和遲春辰拚命，要不是左柔攔著，他估計已經把蕭先生害死了。

「但她一直當我是兄弟……」遲春辰意味深長地看著葉飛刀。

「兄弟怎麼啦？兄弟也可以搞基啊！可惡！」

「呵呵，真不明白，你這個白癡有什麼吸引人的地方……啊！」遲春辰說到一半，突然感覺到拿著刀的手腕一陣巨痛。原來幽幽不知什麼時候悄悄溜到了他身邊，是葉飛刀說的話太吸引人了，還是幽幽太沒存在感了呢？

事到如今，他已無暇去思考這個問題了，他猛地一甩手臂，甩飛了幽幽。幽幽正好撞到了電梯的按鈕上。遲春辰看到手臂上深深的齒痕，竟滲出些血來。這個小傢伙，牙齒尖得像野獸啊。

蕭先生終於等來了時機，架在脖子上的刀剛鬆開，他便一縮頭，用肘部朝遲春辰的腹部猛擊。這一下用盡了全力，遲春辰痛得跪在了地上。

幾乎在同一瞬間，鷹漢組和超能力偵探事務所的人全都衝了過去。楊懷斗和陳長安已經憋了好久了，兩人拳腳並用，朝跪在地上的遲春辰奔過來。

面對猛烈的攻勢，遲春辰沒有反抗，甚至沒有抵擋，而是把雙手伸進了口袋。

「閃開！」

隨著左柔的一聲驚呼，遲春辰揚起手，一片灰濛濛的霧瀰漫在空中。

苦味！

強烈的苦澀味道刺激著眾人的神經，所有人都屏住呼吸，不自覺地後退。遲春辰微微一笑，撿起掉在身旁的匕首，朝電梯門跑去。

按鈕剛剛被幽幽撞了一下，此時電梯門正好開啟，寬敞的轎廂等待著遲春辰。但幽幽還站電梯門前，雖面無表情，卻伸開瘦小的雙臂，試圖阻止向他衝來的遲春辰。

「不是毒藥！」左柔突然反應過來。如果是毒藥，遲春辰這麼做等於同歸於盡，那麼也就沒必要再往電梯逃了。其他人這時也發現，除了感覺特別苦之外，並沒有其他中毒的跡象。但這時想要追上遲春辰已經來不及了，他們只能眼睜睜看著他朝手無縛雞之力的幽幽衝去。

面對擋在前面的幽幽，遲春辰並沒有減速，而是握緊了手中的匕首。

「幽幽！」左柔淒厲的叫聲響起。

遲春辰匕首向前一送，「噗」的一聲扎進一團肉中，與此同時，他發現自己被結實的雙臂緊緊地抱住了。他呆呆地看著沒有被苦味嚇得後退的李清湖。

李清湖的嘴角淌出一絲血，但他依然微笑著。「我的超能力是……沒有味覺。」

被這麼一阻礙，眾人終於跑了過來。遲春辰被李清湖緊緊抱住，無法動彈，翟天問一掌劈在他的脖子上，遲春辰的身子軟了下來。

李清湖在遲春辰昏迷後也腳下一軟，倒在了地上，手還握著刺進胸口的匕首，血已浸濕了高級西裝的袖子。

遲春辰被陳長安和楊懷斗架走了，葉飛刀和左柔蹲在地上圍著嘴唇發白的李清湖。左柔抑制不住地流下眼淚，淚水滴在所長的身上。

匕首直刺心臟，任誰都能看出，李清湖活不了了。

「……小……刀……」

李清湖的嘴裡冒出越來越多的血泡，聲音很輕，葉飛刀極力分辨，才知道是在叫他。

「老頭你閉嘴吧！」葉飛刀急得不知如何是好，「翟所長已經叫醫生了，有什麼事以後再說！」

「你是……一……個……」李清湖微微搖著頭，還在努力說話，「優……優……秀……的……」

「我知道、我知道，老頭你別再說了。」

「的……偵……吓！」李清湖吐出一口血，再也說不出話來。

「所長！」左柔放聲大叫。

幽幽站在旁邊，十歲的他沒有像左柔一樣情緒失控，甚至沒有落淚，只是低頭看著剛剛救了他一命的李清湖，不知道在想些什麼。

翟天問歎了一口氣，蹲下來輕撫左柔的肩膀。

「老頭你說啊，你說啊！」葉飛刀也對著已經不可能有任何反應的李清湖拚命喊著，「為什麼每次都說一半！我要你說啊！你肯定是裝死！你怎麼可能死呢！」

聽到這番話，左柔哭得更凶了。

「咦，這是什麼？」翟天問放開左柔的肩膀，用手輕輕抬起李清湖沾滿血的右手，地上是一個用血寫成的英文字母「D」。

這是李清湖的死亡留言？殺他的不是遲春辰嗎，為什麼還有留言？

而且……

翟天問陷入了沉思，他剛才明明可以說的啊，為什麼要寫？

CASE 4

偵探

並非偵探

1. 房間

啪嗒。啪嗒。

天上並沒有月亮，但夜空中卻彷彿有光源，讓人能看清這條幽靜小巷四周的景象。

兩旁是房屋和樹，房屋門窗緊閉，沒有亮燈；樹安靜地矗立著，連樹葉都紋絲不動。

像道具——古靈閃過這個念頭。

這是哪裡呢？好像很熟悉，但那些房屋是民宅、商店，還是什麼偵探事務所呢？為什麼一點都想不起來。

不過古靈暫時沒空去想這些，她已經跟著前面那個人走了很久了。在這個安靜得如同死去了一般的世界，只有古靈「啪嗒啪嗒」有節奏的腳步聲響起。

前面那人穿著皮鞋，踩在水泥地上卻沒有一點聲響。古靈一路小跑，前面的人只是閒庭信步，但追了這麼久，他們之間的距離始終沒有縮短。

古靈盯著男人衣服後背上繡著的雄鷹，一邊跑一邊喊著：「哥……」

那個人終於停了下來。

「哥，是你嗎？」

那個人背對著古靈，沒有回頭，沒有回答。

「是你，一定是你！」古靈感覺自己的聲音有點縹緲，「我就知道你沒死！」

那個人還是一動都不動，古靈小心翼翼地向他走去。這一次，距離在縮短。

「太好了，哥，你真的沒死，你為什麼要躲著我們。」古靈每向前邁出一步都覺得又緊張了一分，好像不太敢去確認結果一樣，「你是不是有什麼難言之隱，也像杜維夫他們一樣假死了？但你為什麼連我都不告訴呢，你知道嗎，我一直在……」

古靈走到男人身後時，男人忽然轉過了頭。

身體如古浪般高大健壯，臉卻是遲春辰的臉。

古靈一下子呆住了。「阿遲……怎麼是你……你、你為什麼要背叛我們……」

遲春辰的臉扭曲著。不止臉，他的聲音也變得陌生。「跟我走吧……」

彷彿在水裡憋了一個世紀的氣，終於能冒出頭。古靈「啊」地叫了一聲，同時睜開眼睛，大口喘著粗氣，從額頭滑落的汗珠流進了嘴裡。

小巷不見了，取而代之的是一間空曠的房間，四周的白牆在燈光下竟反射出金屬一般冰冷的光芒。這裡像船艙，又像機艙，只是她的手被反綁在椅背上，坐得不像乘客那麼舒服。久坐和捆綁，讓她感到肌肉痠疼。

這樣坐著被囚禁，古靈已不是第一次經歷了。只不過上一次還有左柔和湯沫他們陪著，但在這裡，陪著她的是完全不認識的人。

穿著西裝的長鬍子老人站在古靈對面，微笑地看著她。

殺死應戰的凶手就是這個人。古靈瞪大眼睛，惡狠狠地盯著老人，恨不得自己的眼睛裡能噴出火，把他燒成灰燼。

「夢見古浪了？」

「閉嘴！你不配叫我哥的名字！」

「哈哈哈哈哈。」老人轉頭，和站在後面的纖瘦姑娘對視了一眼，哈哈大笑，說，「一個分隊的小隊長，我怎麼不配叫？」

「你們是誰？」

老人皺著眉，似乎在思考這個問題。然後他又回過頭，問那個纖瘦的姑娘：「張纖雲，我們是誰？」

叫張纖雲的姑娘雙手一攤，搖了搖頭。

「不知道，我也不知道我們是誰。」老人說道，又補充了一句，「反正不是偵探。」

「你們到底想幹嘛？」

「很簡單，讓這個城市裡的偵探都消失。」

「你瘋了！」

老人又笑了。「幻影城，偵探之城，你們玩得開心嗎？」

「我聽不懂你在說什麼。」

「聽不懂？對，你是聽不懂，你要是聽得懂，也不會落得現在這樣。」

「遲春辰呢？那個混蛋在哪裡？」

老人臉上閃過一絲複雜的表情。「小妹妹，你要知道，要不是他這個『混蛋』求情，我們早把你殺了。」

「別叫我小妹妹！」古靈彷彿開關被人開啟，瘋狂地在椅子上掙扎起來，「來啊！殺啊！殺了我！你們已經殺了我哥，你們這群瘋子！有本事你們也殺了我啊！」

古靈的突然爆發讓老人不自覺地後退了一步，然後他看著被綁在椅子上徒勞掙扎的古靈，再次笑了起來。

這時門開了，走進來一個男人，對張纖雲小聲說了幾句話。張纖雲聽完點點頭，示意男人先出去。

男人走後，張纖雲對老人說：「新來的不老實。」

「怎麼不殺了？」

「老大還沒下命令。」

老人想了一會兒，點了點頭說：「這裡你看著，我去那邊看一下。」說完他看了一眼古靈，走了出去。

房間裡只剩下古靈和張纖雲。張纖雲站在角落，看著古靈，和剛才一樣，就像個幽靈，不說一句話。

古靈這時已經冷靜下來了。開始在心裡埋怨自己又太著急了，像剛才那樣大吵大鬧，根本一點用都沒有。

如果左柔在這裡，她會怎麼做？至少不會像自己一樣破口大罵，也不會做一些無用的掙扎，每一次身陷險境、周圍充滿謎團的時候，她都能先冷靜地接受，再去思考。

試著學學左柔，分析一下情況吧。古靈閉上眼睛，整理起思路來。

我在哪裡？

他們是誰？

他們要做什麼？

「新來的」又是誰？

我應該怎麼逃出去？

其中極需解決的問題只有兩個：我在哪裡，以及我該怎麼逃出去。

古靈重新睜開眼，打量起這個房間來。

2. 所長

雖然李清湖平時不怎麼說話，但沒有了他，超能力偵探事務所還是明顯冷清了。

幽幽今天沒在窗邊餵鳥，而是耷拉著腦袋，蹲在牆角，不知道在想什麼。

左柔坐在李清湖的辦公桌前，桌上攤著一張白紙，紙的中間有一個英文字母「D」，其餘地方全是空白。桌上還放著一杯冒熱氣的阿華田，而如今，再也不會有人喝這杯甜得匪夷所思的熱飲了。

「柔姐，你在看什麼啊，都什麼時候了！」葉飛刀剛在沙發上坐了一會兒，就忍不住心中的躁動，又站起身，在房間裡走來走去。

左柔沒有回答。

「左柔！」葉飛刀走到左柔面前，吼道，「你怎麼還坐得住？」

他已經很久沒直呼過左柔的全名了，蹲在角落裡的幽幽聽到葉飛刀生氣的叫嚷，抬起了頭，驚慌地看著他們。

左柔突然猛拍了一下桌子，瞪著葉飛刀說：「那不然呢？跟你一樣，像個發條玩具似的走來走去嗎？」

「什麼發條玩具……」葉飛刀琢磨了一下這個奇怪的比喻，「哎呀隨便了，我坐不住啊！老頭死了，古靈到現在還沒找到，到現在還沒找到！你知道嗎？」

「我知道。」

「那你怎麼還能這麼冷靜？」葉飛刀焦急地說，「我們去找古靈啊！」

「去哪兒找？」

「去外面找啊，坐在這兒難道她會自己出現嗎！」

「小刀，你冷靜一點，外面那麼大，去哪裡找？我們先好好想想……所長死了，這是不可改變的事實，但他死之前給我們留下了線索，這可能是他對我們發出的最後一個指令啊……」

「冷靜，想想……柔姐，你是不是冷血？這樣子你還能冷靜想想？你就是太冷靜了！」

「你就是太衝動了，小刀。」

「人之常情！」葉飛刀反駁道，「你們都還不知道吧，今天我也不瞞你了，我……喜呃……古靈。」

「你喜歡古靈。」

「什麼！我說得這麼含蓄，自己都聽不明白什麼意思，你卻聽出來了？」

「我早就看出來了啊。」

「有這麼明顯嗎……」

角落裡的幽幽點了點頭，可惜葉飛刀沒看到。

「好了，柔姐，那你說說看，老頭寫的那個 D，是什麼意思？」

左柔又把視線移回到白紙上，她已經盯著這個再尋常不過的英文字母看了好久了，以至於她都覺得字母在紙上跳舞。

「我知道了，應戰留下C，指的是遲春辰。」葉飛刀指著紙上的空白處說道，「所以這個D也是某個人的名字首字母。D是誰呢……」

葉飛刀一個個地回憶他知道的人名。

「哎呀嚇死我了！」突然，他叫道，「還好我不姓刀，不然我就是凶手啦！我想來想去，D姓開頭的只有——丁極！」

「丁極……」左柔喃喃地念著這個名字。

「破案了！故事剛開頭就破案了，作者還怎麼編下去啊！」葉飛刀胡言亂語起來，「肯定是丁極把古靈抓走了，我這就去找他！」

「小刀，有問題。」

「我有什麼問題？」葉飛刀說道，「哦不對，我是有問題啊，怎麼了？」

「不，我不是說你有問題，我的意思是所長的留言沒這麼簡單。」左柔一直在思考這個留言，她也並不是沒想過「D=丁極」的解答。「你想一下，所長在寫下這個死亡留言的時候還在和你說話，對吧？」

「對，他誇我了。」說完，葉飛刀又不太確定地詢問道，「是誇我的吧？」

「無所謂。」

「什麼無所謂！」

「不管所長說了什麼，關鍵點是──他明明可以直接把丁極這兩個字說出來啊，為什麼不說，偏偏要寫一個Ｄ讓我們猜呢？」

「他就是想誇我啊！」

「不可能。」左柔冷冷地說，「沒有什麼事情比真相更重要，除非……所長不知道凶手的名字。」

「不知道？什麼意思？」

「有沒有可能，所長留下的Ｄ，是神祕組織領導人物的名字。他之所以不直接說出來，是因為他自己都不知道那個人叫什麼名字，只知道代號是Ｄ。」

「Ｄ也可以說出來啊。」葉飛刀反駁道。

「不，突然說出一個字母，我們也許會誤以為是『地』、『弟』、『帝』，或者聽成『Ｂ』……不如寫下來這麼清楚明白。」

「那可以說Dog啊。」

「凶手是狗嗎？」

「這倒也是。」葉飛刀恍然大悟，「可Ｄ又是誰呢？」

「不知道，但這是線索。」左柔說，「當然，這只是其中的一種可能性，還有一種可能，這個Ｄ不是誰的名字首字母，而是一幅畫。」

「這麼抽象？這比幽幽畫得還糟啊。」

「情況緊急嘛！一個人在臨死之前留下的線索，難道還要畫個蒙娜麗莎出來嗎？你看，我們把『D』九十度翻轉一下，就會變成一個類似墳頭的圖案。」說著，左柔把桌上的紙轉了一下，「也許指的是一個地方，那裡藏有神祕組織的線索。」

站在對面的葉飛刀看著紙，說道：「從我這個角度看，這是哆啦A夢的口袋。」

「你到底在想什麼啊！」

「柔姐，你說的都有道理。可老頭到底想告訴我們什麼呢？」

「現在還不知道，也許還有我沒想到的可能性。」

「那該怎麼辦？」葉飛刀焦急地問，「一直想不出來，我們就一直待在這裡，什麼都不做？」

左柔低下頭說道：「我想，我們可能要找人幫忙。」

「找人幫忙？」

「沒錯。」左柔盯著旁邊阿華田冒出來的熱氣，說道，「對方勢力太大，而且已經謀畫了很長時間，所長在的時候我還有點底氣，總覺得邪不壓正，但最近發生了這麼多事情，每一件都在顛覆我的認知。就憑我們三個人……毫無勝算。」

「那你想找誰？」葉飛刀問，「神祕組織的內鬼潛伏在各大偵探事務所中，你知道誰可以信任嗎？」

「我……不知道。」左柔低下頭，輕聲說道，「我真的不知道。」

「好，就算你找到了一萬個志同道合的偵探，準備好了和神祕組織決一死戰，但神祕組織在哪裡呢？啊？我們和誰打？能去哪裡救古靈？」

左柔沉默不語。顯然，這些問題，她都不知道答案。不用葉飛刀挑明，她也知道目前的處境。之前的所有事件都被神祕組織在暗中牽著鼻子走，而隨著古靈失蹤、李清湖犧牲，形勢對他們來說越來越糟糕。就像一場拔河比賽，他們幾個人在一頭拚了命地拉，對手卻是一團暗影，誰也不知道那邊是誰、有多少人，只能眼睜睜地看著自己這邊的人一個個慢慢地被拖進黑洞。

「鈴鈴鈴……」

突然響起的電話鈴聲嚇了他們一跳。

左柔順手拿起話筒「喂」了一聲，然後認真地聽對方講話。葉飛刀只能聽到左柔不時「嗯」、「好的」地附和著。

掛掉電話，左柔抬起頭對葉飛刀說：「是蕭先生。」

「怎麼樣？有沒有問出什麼？」

左柔搖了搖頭。「軟的硬的都試過了，遲春辰一個字都不說。」

葉飛刀捏緊了拳頭，生氣地質問：「一個字都沒說，你怎麼還跟那傢伙嗯嗯啊啊這麼久！」

「你重點又錯了啊……蕭先生這人向來比較酷，但囉唆起來也特別囉唆，他跟我講了很久他們是怎麼軟硬兼施的。」左柔說道，「最後他說，有需要鷹漢組說明的地方，直接去找他就行了。」

「他有沒有說起古靈？」

「沒有……遲春辰不開口，他們也不知道古靈在哪裡。」

「可惡！我去跟阿遲談！」

「冷靜一點！」左柔拔高了嗓音，「鷹漢組都問不出來，你去有什麼用？我們還是等他們的消息吧。」

「等！」葉飛刀好像第一天認識左柔一樣，「古靈在哪裡，正受著怎樣的折磨，我們都不知道，怎麼等？多等一秒鐘，她就多一分被害的危險！也許那些人正在用刀割她！用火烤她！」

「野餐啊？」

「這倒還好，古靈一定能忍住的，但要是他們……啊！我不能再想下去了！」

「你是想得太多了……」

「我不能等！我一定要去找她！我要去救她出來！」

「我說過了，你這樣盲目地找一點用都沒有，只會把自己也搭上！」沒有李清湖做決策，就他們兩個人這樣各自發表沒用的意見，左柔也有點生氣了，「他們要是想殺古靈，當時她就和應戰一起死了！所以你冷靜下來，好好想對策！」

「我冷靜不下來！」葉飛刀叫道，「你愛的人突然找不到了，這種心情你能理解嗎？你是個冷血動物！你自己冷靜思考去吧！」

「你說什麼！」左柔騰地站起身，眼睛直直地盯著葉飛刀。

葉飛刀看到左柔圓睜的雙眼慢慢變濕潤，也有點後悔剛才一時衝動，說了不該說的話。

「柔姐——」

「你去找吧！」左柔知道，只要一眨眼睛，就會當著葉飛刀這個什麼都不懂的白癡男人的面流下淚水，所以就算眼睛再脹再酸，她也硬睜著，「去找你的古靈吧，我不攔你。」

葉飛刀張了張嘴，試圖安慰左柔，然後像以前所有案子一樣聽她的安排。但終究還是沒說出口。他也知道，自己剛剛說的話戳到了對方的傷心處，但在事務所裡盲目地等待，根本不可能救出古靈。他已經再也等不下去了。

「對不起，這一次我想按自己的方式去做。」

葉飛刀扭過頭，避開左柔泛紅的眼眶，衝幽幽喊道：「幽幽，我們走！」

幽幽雙手抱著膝蓋，茫然地看著葉飛刀，頭往手臂間縮了縮。

「好！好，我自己去找！你們就躲在這裡想！辦！法！吧！」

葉飛刀離開後，左柔的淚水終於滑了下來。這一刻，她突然特別懷念以前的日子，沒有神祕組織，沒有破不了的謎團，即便不順利，有壓力和責任，也會有李清湖和那個人幫她承擔。她要做的，只是安心地思考。

一隻柔軟的小手碰了碰她的手臂，左柔從回憶中回過神來。

幽幽不知什麼時候走到了她身邊，手裡拿著紙巾，臉上還是一副無辜的表情。

左柔接過紙巾，衝幽幽笑了笑。

是啊，現在可不是哭的時候，更不是陷入回憶的時候。雖然有人離開，有人死去，但超能力偵探事務所還在，需要解決的邪惡謎團也不會因為人員變動而停止出現，只會更加猛烈地向他們襲來。

而且左柔發現，這個不會說話、看似總是神遊天外的小孩，一直默默地陪在身邊，和他們一起破解謎團。不知不覺間，他已成為最值得信賴且相處愉快的夥伴。

而那個總是胡言亂語、性格衝動的葉飛刀，雖然總會做出一些惹人生氣的事，但左柔知道，這是天性使然，他要比很多專業偵探更純粹、更熱情。

那我呢？

僅僅一天之隔，左柔已是這家偵探事務所裡經驗最豐富、年齡也最大的偵探，可以說是超能力偵探事務所的所長了。

所長？

左柔從來沒把這個頭銜和自己放在一起想過。想到這裡，她突然感覺到一陣燥熱，一種前所未有的感覺從心底湧起。有開心，但更多的是痛苦和責任。

環視整個房間，左柔想起李清湖曾經對她說過一句話。

「左柔，你知道什麼是領袖嗎？」

「就是所長吧。」

李清湖笑著搖了搖頭，然後他掀起白襯衫的袖子，說：「領袖，是一件衣服上最容易髒的地方。」

接著，左柔又想起葉飛刀剛才說的話：「你就是太冷靜了。」

她把桌上的白紙翻了一面，拿起筆，寫了幾個字。

「誠徵，超能力者……」

3. 援軍

左柔也不知道貼出招聘啟事到底有沒有用，以前李清湖也掛過招聘啟事，但來應聘的人要麼根本沒有超能力，要麼實在不適合做偵探，最後還是他們親自出馬尋找，才從馬戲團和孤兒院挖到了葉飛刀和幽幽這兩個呃……也沒什麼用的偵探。

葉飛刀現在在哪裡呢？古靈又在哪裡呢？

這些問題左柔當然很關心，只是做了這麼久偵探，她從來沒像現在這樣茫然無措過。

和所有團隊一樣，偵探組合也需要配合。就像一個籃球隊，組織後衛會根據場上形勢做出戰術手勢，讓隊友跑動到各自的位置，有人打掩護、有人搶籃板。左柔擔任的就是射手的角色，她要在球隊最需要的時候，投入關鍵進球。

但現在，除了她，就還剩一個話都不會說的幽幽，她一個人要想戰術，又要調查，破解案件——此刻的她終於明白一團亂麻是什麼意思了。

就在左柔胡思亂想的時候，門鈴響了。

「請進。」左柔收斂心神，端正坐姿，迎接來客。

進門的是一個瘦小的男人，卷曲的頭髮和幽幽的差不多，只不過看著沒有那麼柔順，而是很髒。從外貌上看不出他的年齡。

「你好，我是……這裡是……要招聘嗎？」男人非常緊張。

「你好，我是左柔，超能力偵探事務所的所長。」左柔溫和地說，「旁邊這位是幽幽，我的同事。」

男人看了好久，才疑惑地指了指蹲在角落裡的幽幽，問：「你說的……那個……是這個……小孩？」

「沒錯，他是一名優秀的偵探。」左柔說，「你看過招聘啟事上的條件嗎？」

「嗯，看過。」

左柔等著男人繼續往下說，沒想到男人說完這句話，就呆呆地看著左柔，沒再開口了。

「啊，招聘啟事上寫了，首先，你要有為了真相付出一切的心理準備。」沒辦法，左柔只好引領話題，「你有這個心理準備嗎？」

「嗯……」男人拖了一個長音，說道，「要不我再準備準備吧。」

「什麼？」左柔震驚了，沒想到第一個來應聘的人就這麼不靠譜，「你來之前沒想好嗎？」

「我……我不知道這麼……這麼嚴肅呢。我就是……覺著好玩。」

左柔壓了壓心裡的怒火，說道：「這可不是在玩遊戲。身為偵探，就是要和最邪惡的事、最可怕的人打交道，隨時都要有付出生命的準備！」

「哦……那我……這樣吧，你能給我開個實習證明嗎？」

「什麼、什麼實習證明？你到底是來幹什麼的啊！」

「不是……我們老師……老師說要來著。」

左柔長歎了一口氣。聊到這裡，她很想就此把這個男人拒之門外，但轉念一想，公開招聘確實會遇到很多稀奇古怪的人。如果葉飛刀今天來應聘，表現肯定也不會比眼前的這個男人好多少，李清湖卻依舊發現了他異於常人的能力。

「好，那你總該看到招聘啟事的下一條了吧？」左柔耐著性子說道，「也是最重要的一條，必須擁有超能力。」

「超能力……我有！」說到這個，男人的語氣突然變得堅定起來。

「是什麼超能力？」

「你知道……隱身術嗎？」

「隱身術？」左柔沒想到，眼前的這個男人竟會說出如此強大的超能力。如果擁有隱身術，那麼跟蹤、潛入、收集證據，都會變得簡單。

「你不知道嗎？」男人露出失望的表情。

「不不不，我知道！就是別人都看不見你，你有這個超能力？」

「哦……你知道就好……我的超能力……和隱身術差不多。」

「差不多……」左柔有種不祥的預感，「意思就是，你並沒有隱身術？」

「嗯，沒有。」

「那你說這個幹嘛！」

「我的能力……比隱身術更……更厲害。」男人結結巴巴地說。

「哦。」左柔敷衍地應道。
「你知道……時間靜止嗎？」
「知道，又如何？」
「我會。」
「哦……什麼？你能讓時間靜止！」左柔確定自己沒聽錯後，詫異地問道。
「是的……而且……是全世界都靜止……全世界。」
「能麻煩你表演一下嗎？」左柔半信半疑地問。
「可以……」男人深吸了一口氣，然後說道，「時間……靜止！」
三秒鐘後，左柔看看掛在牆上的鐘，又看看這個男人。
「你……成功了嗎？」
「成功了，時間……靜止過了。」
「那在靜止的這段時間裡，你做了些什麼呢？」
「我……我也靜止了。」
「啥？」
「我……我剛剛說了，全世界都會靜止……」男人得意地說道，「包括我自己。」
「那有什麼用啊！」
接下來，在「為什麼不能開實習證明」這個問題上，左柔終於把剩餘的耐心全部消耗光了。

時間靜止男終於離開後，左柔重重地靠向椅背，感到筋疲力盡。

不過還沒來得及喝一口水，又有一位訪客到了。這次是一個戴著厚厚的近視眼鏡的女人，腰上還繫著圍裙，像一個家務剛做到一半的主婦。

「你好。」左柔擠出微笑，「這裡是超能力偵探事務所，你是來應聘的嗎？」

「啊，你好，所長，你好。」女人點頭哈腰地打著招呼。

「叫我左柔就行了，請坐。」

女人在左柔對面的椅子上坐了下來。

「自我介紹一下吧。」

「好的、好的，我叫朱麗，是一個助理。」

「這個……很配。」左柔隨便接了一句，「你仔細看過我們的招聘啟事了吧？」

「看過了，我正在公司裡拖地板呢，突然聽到有同事說你們在招聘，就趕過來了。」朱麗的臉上堆著職業性的笑容，說道，「我有和惡勢力拚命的心理準備，我準備好了！」

「在公司拖地板……呃無所謂，你有心理準備就好。」左柔說，「但我們是超能力偵探事務所，必須要有超能力。」

「超能力我有。我有。其實，我很早就發現自己有超能力了，我不是一個正常人，但是為了生活，我假裝成一個正常人，現在算是……一個業餘的正常人吧。」

什麼亂七八糟的，左柔心想，不過沒關係，先看看她的超能力是什麼吧。

「那麼，你的超能力是……」

「你知道閃電俠嗎？」

「知道，速度特別快嘛，難道你……」

「是的，我的速度特別慢！」

「啊？」

「我給你演示一下，比如我要拿桌上的杯子。」

說著，朱麗把手伸向左柔面前的杯子。說「伸向」，其實整個動作都是左柔腦補的，因為朱麗只是微微抬起了手，然後手就懸在了半空。

「不用了，朱麗……朱麗？」

然而朱麗像完全聽不到似的，舉著手，以肉眼不可分辨的速度去拿杯子。令人驚奇的是，不只是動作，她整個人似乎都慢了下來，連眨眼睛都變得極其緩慢。

左柔又叫了幾聲，見對方完全沒反應，只好把杯子直接推到朱麗面前。朱麗的手碰到了杯子的邊緣，慢慢地，握緊它。

就在這時，門又開了，一個平頭、高個子的男人走了進來。他身形壯碩，濃眉大眼，整個人透出一股英氣。

「你好。」左柔連忙站起身，打聲招呼。

男人大步流星地徑直朝左柔走來，伸出手說道：「你好，你是這裡的負責人吧？」

兩人握手的瞬間，左柔感覺到從對方手掌傳來的力量，這讓她的心裡稍微踏實了一點。

「我叫薛飛，一直想做一名偵探，希望你能給我這個機會。」

「好的，薛飛，你先坐……啊站一會兒。」左柔看了一眼還在握杯子的朱麗，「能介紹一下你的超能力嗎？」

「我會飛。」和前兩位應聘者不同，薛飛直截了當地說出了自己的能力。

左柔打量了他一番。這樣壯碩的體格，不要說飛，連跳起來都有點難想像。

「你說的飛，是飛上天的飛？」

「沒錯，和太陽肩並肩。」

「你能展示一下嗎？」

「不能。」薛飛再一次直截了當。

「呃……」左柔的心又涼了半截。

「是這樣的。」薛飛解釋道，「我的超能力只有在特殊場合才能使用。」

「什麼特殊場合？」

「在交通工具裡。」薛飛說道，「我可以在車裡飛，也可以在地鐵裡飛，在輪船裡飛。當然了，飛機裡也可以！」

「離開了這些交通工具呢？」

「就不會飛了。」

「抱歉……我想問一下，你覺得這個超能力有什麼實用價值嗎？」

「沒有。」

「很好，謝謝你的坦誠，再見。」

「但我想成為偵——」

薛飛的話說到一半，突然傳來朱麗的驚叫聲：「完成了！」

左柔回過頭，發現朱麗手握杯子，恢復了常人的速度，正欣喜地看著她。

「不好意思，兩位。」左柔為難地說，「我決定不招人了，對不起。」

薛飛的眼神裡明顯現出失望。「是不是我們不夠優秀？」

「不，是我自己沒想清楚，真的很抱歉。朱麗，對不起，你專程請假過來，卻白跑了一趟。」

「沒關係，我沒請假。」朱麗的表情反而有些釋然，「而是辭職了。我想做一點自己真正想做的事。」

左柔心裡非常難受。這兩位應聘者並非不好，只是他們的超能力完全沒用，這樣組成的臨時兵，想去和神祕組織一決高下，只能是白白送命。她想說些什麼安慰一下，卻一時找不到合適的話語。

「很遺憾，不過沒關係，我不會放棄的。」反而是薛飛輕鬆地開了口，「那我先走了，如果有需要，可以隨時聯繫我。」

說完，他在辦公桌上放下一張名片，瀟灑地走出門。

朱麗在薛飛留下的名片上寫了一串數字，說道：「那我也告辭了，抱歉，我沒有名片。」

看著兩人相繼走出事務所，左柔又重重地歎了一口氣。最近這段時間，她歎氣越來越頻繁了。她看了看安靜地待在角落裡的幽幽，從表面上來看，剛剛來應聘的幾個人，其實都比幽幽要好一點，當時李清湖是如何判斷一個人的能力和潛力的呢？真是太難了。

不管拒絕他們是對是錯，反正決定已經做了，就要為自己的決定負責！

左柔拿起桌上的名片，只見上面只簡單印有兩行字：「花式表演司機薛飛 聯繫電話……」空白處，是朱麗寫下的聯繫方式。左柔剛把這張名片放進抽屜，又走進來一個人。

左柔沒想到會來這麼多人應聘，但她已決定不招新人了。於是，她一邊關抽屜一邊說：「不好意思，這裡不招人——」

「我可不是來應聘的啊，多少學校求我我都不去呢。」

聽到這個熟悉的聲音，左柔慌忙抬起頭。眼前是一個穿著西裝、戴金絲眼鏡的儒雅男人。

「韓決。」

「不用客氣，叫我韓教授就可以了。」韓決露出迷人的微笑，「聽說你需要幫助？」

4. 藝術之家

第四扇門。

不知不覺間，葉飛刀又晃到了這個地方——「雷恩偵探事務所」門前。這裡是他第一次和古浪相遇的地方。同樣是漫無目的，同樣在尋找失蹤的同伴，只不過現在他孤身一人，幽幽沒有陪在他身邊，古浪也不可能再出現，叼著菸對他說「當心我打爆你的眼鏡」！

「有人嗎？」因為沒法敲門，葉飛刀只好大聲喊道。

不一會兒，「雷恩偵探事務所」的門開了，從裡面探出一張老婆婆的臉。

「你找誰啊？」

「老婆婆，你還記得我嗎？」葉飛刀問道。

老婆婆仔細打量了葉飛刀一番，說道：「哦哦哦，你是不是以前來過，找一個三十多歲、長頭髮、穿灰色大衣的姑娘？」

「是的，你還記得！」

「我不記得了。」

「喂！」有過上次的交談，葉飛刀已經熟悉這個老婆婆的神邏輯了，「你明明記得這麼清楚！」

「你說什麼？」老婆婆把手放到耳朵邊，湊到葉飛刀跟前問。葉飛刀知道，這個老婆婆一旦碰到不好回答或者不想回答的問題，就會裝聾。

「沒什麼。我這次來呢，也是找……喂喂，老婆婆，開門啊！」

過了一會兒，門又開了。

「你不是說沒什麼事嗎？」老婆婆探出頭說道。

「我有要緊的事情想問你。」葉飛刀說，「我又有同伴失蹤了！」

「是不是你害的？」

「和我沒關係啦！」

「那為什麼每次都是你的同伴失蹤？」

「我怎麼知道！」

「哦……」老婆婆左右看了一下，問道，「上次那個小孩呢？」

「他不在，這次我是……離家出走。」

「你幾歲了？」

「二十六。」

「快三十了還離家出走？」

「婆婆，你看這樣好不好？」葉飛刀耐著性子說道，「咱們別瞎聊了，說說正事……喂喂，老婆婆？開門啊！」

這次，葉飛刀叫了很久，但門再也沒開過。浪費了這麼多時間，葉飛刀氣得想學古浪直接把門撞開，但他知道，自己肯定會撞在旁邊的牆上。

沒有古浪，沒有幽幽，沒有李清湖，沒有左柔，只有他自己一個人，連這麼簡單的事都辦不到。葉飛刀在心裡默默地罵了句「可惡」，無奈地離開了「雷恩偵探事務所」。

葉飛刀承認左柔說的沒錯，孤身一人這麼漫無目的地瞎走，根本不可能找到古靈並把她救出來。現在還有誰願意做他的同伴呢？如果可以，葉飛刀很想去找幻影城排名第一第二的偵探事務所，但當了這麼久偵探，他連是哪兩家偵探事務所都不知道，更別說去找人了。

到目前為止，葉飛刀接觸過的排名最高的偵探事務所，就是三巨頭偵探事務所了——等等，三巨頭？丁極！

李清湖留下的遺言真的不是指丁極嗎？記得在鷹漢組總部大廈裡李清湖曾經說過，他已經打電話給丁極，叫他來幫忙了。但是直到騷亂結束，丁極都沒有出現，這太可疑了！

想到這裡，葉飛刀知道下一步該去哪裡了。不管是為了尋求幫助，還是去調查可疑的丁極，都有必要去會一會目前幻影城積分排名第三的三巨頭！

花了半天時間打聽，葉飛刀終於來到了三巨頭偵探事務所的門前。從外觀看，這裡就是一幢私人住宅，雖然比不上戴月家那麼富麗堂皇，但也頗為氣派。門口沒有掛事務所的招牌，只有一塊精緻的小鐵片，上面刻著一枝鋼筆，筆尖從中間岔開，像鬍子一樣向上翹起。這兩瓣「像白羅的漂亮鬍子一樣」的分叉，就權當鋼筆用來站立的腳了。鐵片上一個字都沒有，葉飛刀都懷疑自己是不是走錯了地方。

臨近傍晚，門前十分安靜。斜陽灑在門上，偶爾有蝴蝶飛過。這地方如此悠閒恬靜，難怪三巨頭能寫出多本高品質的小說。

「丁極！」

葉飛刀的叫聲打破了這份寧靜。

「門沒關，進來吧。」從屋裡傳來一個聲音，這聲音葉飛刀聽過，卻一時間想不起來是誰。但可以肯定的是，絕不是丁極。

馬上就要走進這棟屬於作家的房子了，葉飛刀想像著屋裡的每一面牆邊都放著書架，空氣中瀰漫著濃郁好聞的書香，幾位作家老師身穿正裝、叼著菸斗，正在奮筆疾書；又或者圍坐在一張桌子前，激烈地討論著懾人心魄的故事情節和異想天開的詭計。總之，這是個葉飛刀從未涉足過的世界，明明只隔著一扇門，葉飛刀卻覺得裡面是一個夢幻異次元。只要走進去，就連文化水準都會提升。

「我開不了門，麻煩幫我開一下門吧。」

安靜了片刻，傳來一聲：「靠。」

文人的措辭，簡潔，有力，到位。

門開了。一個光著膀子、穿一條沙灘短褲的胖子出現在門口。

「哦是你啊，葉飛刀。等下哦，我穿件衣服。」

門又關上了。

葉飛刀愣愣地站在門外，回想著剛才所見的場景。沒記錯的話，那個人是湯沫，他一直和時彥合作寫書，如今時彥被關在莫里亞蒂監獄裡，湯沫一個人，難道在……無所事事地睡覺？

沒錯，一定是在睡覺，作家一般都喜歡在靈感最旺盛的午夜寫作。夜深人靜，燈光幽暗，全世界只有他一個人在構築一個奇異的新世界。作家不是最愛幹這種事嗎？

「請進吧。」湯沫的聲音再度傳來，「哦不對，你沒法開門。」

湯沫打開了門，胖乎乎的身上只套了一件黑色馬甲，下身依然是沙灘短褲。

葉飛刀剛踏進屋子，香氣就撲鼻而來，不過不是書香，而是火鍋的香味。

「你來得正好，一起吃火鍋吧。」湯沫笑嘻嘻地招呼葉飛刀坐下。

葉飛刀戰戰兢兢地坐在地上，環顧起房間來。房間裡並不像他想像中的那樣充滿文化氣息，書倒是有，只是雜亂地堆在桌椅和沙發上。仔細一看，都是三巨頭寫的。角落處有張電腦桌，螢幕暗著，鍵盤旁邊立著幾個動漫人物人偶，可惜葉飛刀不看動畫片，不知道這些人偶都是誰。

房間正中央是一張巨大的圓桌，圓桌上擺著一口鍋，正咕嘟咕嘟地冒著泡。鍋邊放著各種各樣的食物。湯沫把一盆丸子倒進鍋裡，說道：「別客氣，吃。」

「你這是午餐……還是……晚餐？」葉飛刀好奇地問。

「哎。」湯沫舉起筷子說道，「美食就是美食，不要用午餐晚餐去界定，這樣多無趣啊。美食是我們最忠實的朋友，難過了吃一頓，就沒那麼難過了，開心了吃一頓，會更開心。以前英國人講究一天吃五頓，除了正常的三餐，還有 brunch 和下午茶。我覺得吃是最自由的事情，是每個人都能輕鬆享受到的最高愉悅。所以，想吃，就吃。」
說著他夾起一隻蝦放進嘴裡，一臉享受地吃了起來。
「你最近沒寫書嗎？」葉飛刀對吃還是不太感興趣，生硬地轉移了話題。
「不寫啦，時彥不在，我沒法寫。」湯沫嚼著東西，口齒不清地說，「你也知道，我們倆是合作的，一個人構思，一個人寫。」
「那你們誰負責構思？」
「他啊。他比我聰明，但文筆不好，表達能力一塌糊塗。不過沒有他的構思，我寫出來的東西沒有靈魂，所以就不寫了。」
「哦……對了，丁極老師呢？」葉飛刀見家常也聊得差不多了，便進入了正題。
「不知道啊。」湯沫繼續狼吞虎嚥著。
「不知道？」葉飛刀問道，「你還記得他是什麼時候離開的嗎？」
湯沫想了想，說道：「昨天吧……還是前天？要不然就是大前天。反正他接了個電話，然後跟我說出去一下，也沒說去哪裡就走了，到現在都還沒回來。」
葉飛刀若有所思地點點頭。這樣看來，丁極在接到李清湖的電話之後就出門了，但是並沒去鷹漢組。他究竟去哪裡了呢？
「怎麼了，找他有事？」湯沫問道。
「沒事，我就隨便問問。」

「看起來挺嚴重的啊，說吧，怎麼了？」

葉飛刀本想隱瞞，但看到湯沫誠懇迫切的眼神，便決定把一切都告訴他。畢竟他和丁極是同屬一家事務所且相知多年的摯友啊！

「那天——」

「等一下！」湯沫突然打斷葉飛刀，「丸子熟了，要趁熱吃。這個丸子不得了，可以當乒乓球來打，我剛剛試過了，它在桌面上彈了五十下，可見彈性有多足，而且彈的時候可以清楚地聽到內部空蕩的回聲，應該汁水也非常多！」

葉飛刀只好收回話頭，先等湯沫吃丸子。

「噗！」

湯沫一口咬下去，白丸子瞬間爆裂，他罵了一聲：「靠，放錯了，真的是乒乓球。」

他氣呼呼地放下筷子，抬頭對葉飛刀說：「你講啊，沒事，不用理我。這火鍋不能吃了，算了，一會兒還得吃壽喜燒鍋呢，少吃點也好。」

於是葉飛刀磕磕絆絆地把鷹漢組總部裡發生的事對湯沫說了。聽他講完後，湯沫問：「左柔呢？她怎麼沒來？」

「她……在其他地方調查。」

「依我看啊，所有的問題都出在那本名冊上，現在名冊已經被毀了，而唯一看過內容的人只有馬戲團團長，神祕組織的人遲早會去找他。你與其沒頭沒腦地瞎找，不如回馬戲團去來個守株待兔。」

「對哦！」葉飛刀豁然開朗，「謝謝你湯沫老師！說了這麼久，你終於說了句有用的！」

葉飛刀急忙從地上站了起來，朝門口跑去。

來到大街上，迎面吹來的清風讓葉飛刀感到無比舒爽，那個看似貪吃又隨便的湯沫已經給他指出了一條清晰的路。夕陽開始下山，不久後黑夜將會降臨。雖然葉飛刀依然孤身一人，但他知道，繼續走下去，遲早會迎來下一次天亮，光明肯定會如約而至。

到馬戲團的時候，天已經完全黑了。夜幕下的馬戲團，讓葉飛刀想起了在郝劍的窗戶外看到的「無頭罪人」，還有白一男對他說出「捉鬼聯盟」的祕密。原本他以為的老朋友竟然隱藏了這麼大的祕密，原本他以為的敵人居然一直在暗中與神祕組織抗衡。如今，這兩個人都去世了，這段日子發生了太多事情，也留給他太多的未解之謎。站在晚風中，葉飛刀突然覺得無憂無慮表演飛刀的日子是那麼遙遠。

馬戲團很安靜，難道上次的事件之後大家都一蹶不振，早早就睡覺了？

葉飛刀繼續往裡走去，越往前走，他感到越不安，失去了活力的馬戲團就像一潭死水，王魔、阿美、唐本綱……對了，唐本綱的小狗和小貓呢？現在正是貓的發情期，居然也一點聲音都沒有。

想到這裡，葉飛刀加快腳步朝團長的屋子奔去。從外面看，屋子裡沒有一點光亮。和每次來時一樣，葉飛刀卯足了勁兒向牆壁撞去，然後狼狽地滾進了房間。

一片漆黑。

「團長？」

沒有回答。

葉飛刀慢慢站起身，眼睛漸漸適應了黑暗，隱約可以看到房間裡有幾個人影，一動不動地靠著牆。他朝其中一個人影走去，靠近後，依稀分辨出眼前的人似乎是王魔。

正要看得更仔細一點，突然，葉飛刀身後鬼魅般出現了一個人，同時一股淩厲的風裡挾著危險的氣息向他襲來。幸好葉飛刀反應極快，意識到有人偷襲，馬上喊了一聲「完了」！

接著，葉飛刀的脖子遭到沉重的一擊。他悶哼一聲，倒在地上，失去了意識……

5. 簡單的事

韓決從密密麻麻的公式中抬起頭，長吁了一口氣，然後用食指優雅地抹去額頭上浮出的細汗。

幽幽終於從角落裡走了出來，驚訝地看著寫在地板上的公式，像在看一幅印象派畫作一樣。

「所以……」左柔從來沒看懂過韓決的公式，她直接問道，「韓教授，你算出古靈在哪兒了嗎？」

「什麼叫算出來，搞得我像不靠譜的算命先生似的。」韓決撣了撣衣服上根本不存在的灰塵，說道，「應該叫，計算。」

「那韓教授，」左柔又改口問道，「你計算出古靈在哪裡了嗎？」

「是的。」

「什麼？」左柔非常驚訝，「你居然算出來了？」

「幹什麼大驚小怪的，所有的謎團都能用數學公式解決。」

「古靈在哪裡？」

「灰白馬酒店。」韓決指著地上的一串符號說道。

「這個公式的準確率是……」左柔還是不太相信。

「百分之百準確。」韓決說道，「不過當然啦，會有些許誤差。」

「大概誤差有多少？」

「五百公里之內。」

「……」

「怎麼了？」

「你下次直接說算不出來好了。」

「但我分明算出來了啊。」

「好好好，所以你的意思是，我們現在去灰白馬酒店調查？」左柔無奈地看著眼前這位長相儒雅、氣質出眾的教授。

「是的，左柔，你要相信，魔高一尺，道高一尺一，謎團終究會解開的！」

左柔沒有理會韓決「精密的計算」和根本沒用的口號，在他說出「灰白馬酒店」這個詞的時候，左柔的腦子裡就閃過了那幢猶如蒙著一層灰布的廢棄建築。

雖然左柔在「灰白馬酒店」解開了「高塔密室」的謎團，但她並不想把這當成自己偵探生涯中一項漂亮的戰績，反而刻意要將它忘掉，不願提及。只因為一個理由——古浪。

她曾經和身邊的人一起，眼睜睜地看著自己的同伴從灰白馬酒店的六樓墜下，死在他們面前。

古靈的失聲痛哭和偵探們的焦急搜尋仍歷歷在目，雖然最終這起事件得以解決，但更早之前發生在灰白馬酒店的集體墜樓事件，到現在依然是懸案。所有住在酒店六樓的客人在同一時間從高樓墜下，就連密室專家丁極也無法破解凶手的手法。

想到丁極，左柔又不由自主地想到李清湖留下的死亡留言——D。這則死亡留言到底是什麼意思？李清湖為什麼要在臨死前對葉飛刀說一句廢話？

「左柔，你在想什麼？」

「啊，沒什麼……」聽到韓決的問話，左柔回過神來，「去灰白馬酒店之前，我想先去一下三巨頭偵探事務所。」

「三巨頭？排在我們前面的偵探事務所啊。」

「嗯，我想請教丁極老師幾個問題。走吧！」說完，左柔牽起幽幽的手，朝門口走去。

「這裡……」韓決看著一地的塗鴉，問道，「要不要我叫我的助教來打掃一下？」

「不用麻煩了，這些符畫得挺好的，先留著吧。」

韓決溫和地笑著，跟在左柔身後。「是啊，屋裡沒人了，就當避邪吧。」

三人來到三巨頭偵探事務所門前。左柔敲了敲門，幽幽在旁邊不停地吸著鼻子。

「你怎麼了幽幽……怎麼流口水了！」左柔拉過韓決的手臂，用他的袖子擦了擦幽幽的嘴。

韓決也不發怒，只是溫柔地看著他們，任憑西裝被口水弄髒。

「領袖是最容易髒的地方。」擦完幽幽的嘴，看著留有一片明顯水痕的衣袖，左柔耳邊又響起了李清湖說過的話。

就在這時，門開了，濃郁的火鍋香味瞬間飄了出來。湯沫穿著一條沙灘短褲，上身僅套一件黑色馬甲，跟他們打招呼：「喲，稀客啊，進來吃火鍋吧。」

左柔和韓決都是第一次來三巨頭偵探事務所，和他們想像中的差距比較大，韓決手插在褲袋裡，饒有興趣地打量著這間屋子。

「坐啊，左柔。」湯沫熱情地招呼著，「這位是……」

「哦，你好，我是教授偵探事務所的韓決。」韓決有禮貌地伸出手，沒等湯沫油乎乎的手握上去，他就用自己的另一隻手握住了。

韓決緊握著雙手，一邊踱步一邊說道：「你們事務所……挺香的啊。」

「文人騷客，不值一提。」湯沫笑呵呵地說。

韓決吸了吸鼻子，羊肉的味道充盈鼻腔。「確實有點騷。」

「我們今天來是找丁極老師的，他不在嗎？」左柔眼看著兩個特別不像偵探的人把話題越扯越遠，趕緊切入正題。

「你們也是來找丁極的？」

「也？」左柔問道，「還有人來找過他？」

「葉飛刀啊，你不知道嗎？」

「他什麼時候來的？」

湯沫沒有回答，而是開始檢查圓桌上的食材，過了一會兒，他說道：「大概三個小時前吧，我記得當時我正準備吃第一顆撒尿牛丸。」

通過食物來估算時間，這種推理手法左柔曾經見識過。在某個層面上來說，這也算一種非常厲害的超能力吧——如果是在手錶還沒被發明的時代。

「這火鍋……你一個人吃了三個小時？」韓決驚訝地問道。

「不是啊，我從早上就開始吃了。」湯沫摸摸肚子，說道，「對了，丁極很久沒回來了，前兩天他接了一個電話，就急匆匆地出去了。」

左柔不自覺地瞇起了眼睛，腦子裡閃過一絲不太好的預感，好像有一件特別簡單的事情被她忽略了。

「李所長的事我聽葉飛刀說了。太遺憾了，左柔你節哀。」說著，湯沫又往火鍋裡放了幾片肉。

左柔出神地盯著圓桌看了一會兒，問湯沫：「你知道葉飛刀去哪裡了嗎？」

「可能去馬戲團了吧。我跟他說，如今看過名冊的只有馬戲團團長，說不定神祕組織會回去找他，在那裡可以守株待兔。」

「什麼！」韓決馬上掏出手機，「你讓他一個人去馬戲團，萬一神祕組織回來了，這不是守株待兔，而是自投羅網啊。你這不是害他嗎！」

「對哦……」湯沫嚇得夾起一片肉，吞下去壓了壓驚，「我一直站在『抓住神祕組織』這個角度看問題，沒想過還能反過來看，神祕組織也會抓我們……」

從……角度看問題……沒想過……反過來看……

湯沫的話語再次刺激著左柔的腦神經，這些詞句就像飛馳的列車，在她的腦袋裡來回穿梭。就像上次請教丁極密室案一樣，三巨頭說話總不在點子上，但只是聽他們講幾句話，就發現自己的思路被打開了。

不，不止一件。左柔發現有很多簡單的事情被她忽略了，好像是眼前的事，又好像是很多年前的事。到底忽略的是什麼？

耳邊傳來韓決的聲音。左柔閉上眼睛搖了搖頭，似乎想暫時把這些惱人的思緒甩出大腦。她看到韓決拿著手機在說話。

「對，馬上查一下馬戲團……什麼馬戲團？你連這個都不知道嗎？當然是……你等一下。」

韓決用左手捂住話筒，小聲問左柔：「葉飛刀在哪個馬戲團？」

左柔答道：「幻影城只有一個馬戲團，在石岡鎮附近。」

「喂，你搞什麼，幻影城只有一個馬戲團，在石岡鎮附近……嗯對……趕緊查一下……不回來吃了……好的好的……我和左柔在一起……喂……喂？」

（被）掛了電話的韓決推了一下眼鏡，說道：「我讓我的助理去查馬戲團了，我們要不要去找丁極？」

左柔轉向湯沫問道：「丁極老師一般會去哪些地方？」

「不知道啊，他出去時都不和我們說的。」湯沫說，「這幾年他基本上除了參加新書的宣傳活動，就是去灰白馬酒店。」

「去灰白馬酒店？」

「對，作為密室推理小說的大師，他幾乎知道世界上所有的密室手法。但幾年前在灰白馬酒店發生的集體墜樓案，那起被他形容為『夢幻』的大型密室案件，他卻一直沒能找到答案，所以他一有空就去那裡思考。破解那起案子，可能是他下半輩子最重要的事了吧。」

韓決沉默不語地點著頭。

就在三人聊天的時候，幽幽不知什麼時候走到了屋子裡面的書桌旁，那張書桌上堆著一摞三巨頭寫的推理著作。他似乎正在和一隻到處亂躥的小貓玩捉迷藏，跌跌撞撞地在書桌旁邊撲來撲去。

但沒人看到和幽幽玩的是什麼，在左柔他們眼中，幽幽像在和一隻透明的小動物愉快地玩耍著。不過有一件事他們能清楚地看到，當幽幽小小的身軀撞到書桌上時，傳來一聲鈍響，就像一個不堪負重的老人閃了下腰。伴隨著桌子的移動，上面的書嘩啦啦地掉了下來。

左柔看著眼前的這一幕，腦子裡的諸多疑慮也跟著這些書一起嘩啦啦地崩塌。

「灰白馬酒店……高塔密室……集體墜亡……角度不同……丁極……電話……偵探……死亡留言……D……」

湯沫沒有注意正低聲喃喃自語的左柔。他走到書桌旁，踩在丁極寫的一本小說上，心疼地從地上撿起自己寫的書。

幽幽不再動了。他呆呆站在原地，雙手下垂，抬頭看著湯沫，無辜的眼神好像在說「對不起」。

湯沫本身脾氣就很好，看到這麼可愛的孩子，心頭更是一軟，他說：「沒關係，送你吧。」

幽幽開心地伸出雙手，沒想到湯沫把書往桌上一放，然後推著幽幽的背朝門口走去。

「不不，不是送你書，你還看不懂。」湯沫邊走邊說，「我意思是，送你出去。」

快走到門口的時候，湯沫終於注意到了左柔的不對勁。韓泱也走到左柔身邊，輕輕地拍了拍她的肩膀，說：「左柔，你……」

「啊啊啊啊啊啊五環，你比四環多一環……」

就在這時，韓泱口袋裡的手機響了起來，不愧是數學系的教授，連手機鈴聲都是帶算術題的。韓泱掏出手機，貼在耳朵上，蘇鳳梨的聲音清晰地傳來：「教授，查過了，馬戲團裡——」

「……好的，我知道了，你早點休息……」

話說到一半，韓泱的手機就被左柔奪了過去。站在一旁的湯沫和幽幽呆愣地盯著左柔，只見她手裡拿著一張名片，神經質地按著手機上的按鍵。

「左柔你幹嘛？不禮貌啊。」

「有一件事必須確認一下。」左柔沒有抬頭，「我……可能知道幾年前灰白馬酒店集體墜樓事件的作案手法了！」

6. 浪漫定位

葉飛刀睜開眼睛，發現自己在一間不大的房間裡。房間裡沒什麼家具，空蕩蕩的像一個倉庫。沒有窗戶，只有一扇門，當然，緊閉著。

房間裡擺設很少，人卻不少。

之前在馬戲團裡遇見過的王魔、阿美和唐本綱這幾個老朋友都在，除此之外，還有……

「古靈！」

葉飛刀激動地朝古靈撲去，卻「撲通」一聲摔倒在地。疼痛感也甦醒後，他才發現自己被繩子牢牢地綁在椅子上。

古靈發出一聲嗚咽，唐本綱關切地叫了聲「葉飛刀」。

葉飛刀躺在地上，椅子的分量不重，壓在身上也還能承受。但身子蜷曲、手被反綁的姿勢很不舒服，更何況，找了好久的古靈就在身邊，自己卻這麼狼狽地摔在地上，一陣強烈的恥辱感湧上葉飛刀的心頭。

他艱難地試圖翻身、想掙脫捆綁的繩子，結果除了讓疼痛感和恥辱感更加強烈外，沒有任何改變。

古靈的嗚咽聲傳到了葉飛刀的耳朵裡，葉飛刀用盡全力仰起頭，終於看到同樣被綁在椅子上的古靈。她的臉很髒，栗色的短髮失去了光澤，亂糟糟地披散著。

「怎麼樣？」一個熟悉的女聲在葉飛刀頭上響起，「配合一點，我就把你扶起來，好好坐著。」

葉飛刀停止了掙扎，他的臉貼著冰冷的地面，喘著粗氣說道：「張纖雲。」

張纖雲身材瘦小，光是把葉飛刀連人帶椅子扶起來，就把她累得不行了。

「為什麼？」冷靜下來的葉飛刀盯著張纖雲問道。

「說了你也不懂啊，就像我不懂你們為什麼要做偵探一樣。」

「不，我是問，為什麼不殺了我？」

「哦……這個啊，我做不了主。」

「哼哼，我知道你們為什麼不殺我。」

「說說看。」

「因為，你們想讓我加入你們組織！」

「哈哈哈哈哈。」張纖雲笑得花枝亂顫，「你一個階下囚，想站起來都難，我們要你有什麼用？」

葉飛刀聽完，暗暗運了一口氣，雙腳用力站了起來。只不過他弓著身子，背上還背著一把椅子，這難受的姿勢讓他的雙腳不停地打顫。

「你幹什麼！」張纖雲馬上上前把葉飛刀重新扶好。

「我站起來了。」葉飛刀不管旁邊的王魔正在用非常鄙夷的眼神看著他，自顧自地說道，「是不是很厲害？」

「葉飛刀！」王魔看不下去了，「趕緊坐好，丟人！」

「哪兒丟人了？」葉飛刀看著王魔，又掃了一圈旁邊的阿美、唐本綱和古靈，說道，「難道要等死嗎？你們沒有用，但我有用，我看過名冊，知道他們的祕密，他們不會殺我——」

張織雲大吃一驚，慌忙走到葉飛刀跟前，抓住他的領子，大聲問道：「你說什麼？你看過名冊？」

唐本綱和阿美面面相覷，顯然聽不懂他們在說什麼。

「鷹漢組，杜維夫。」葉飛刀一字一句地說著，「教授偵探事務所，張織雲……」

「夠了！」

葉飛刀挑釁地盯著張織雲。張織雲和他對視了一會兒，便慢慢後退，然後轉身朝門口走去。她擰了一下門把手，門開了。外面站著兩個看門的黑衣人。張織雲對其中一位說了幾句話，那個黑衣人點了幾下頭，走開了。

在張織雲開門說話的時候，葉飛刀拚命衝其他人使眼色。在馬戲團裡的多年合作，讓他們有了非常好的默契。

「你說什麼？」唐本綱開口問道。

張織雲警覺地回過頭，葉飛刀眼色正使到一半，表情凝固在非常扭曲的狀態。

「嗚哇……」葉飛刀大喊一聲，讓表情變得更加扭曲，「我肚子好痛。」

說著身子往前一傾，整個人直直地摔在地上，發出沉悶的撞擊聲。葉飛刀順勢把耳朵貼在地上，聽到了隱隱的回聲。

「給我起來！」張織雲快步走到葉飛刀身邊，「老實點，別耍花樣。」

在張織雲的幫助下，葉飛刀又一次從地上坐正，眼睛始終看著身邊的夥伴，他看到離他最遠的古靈對他做了一個口型：「zou lang。」

走廊？

門外是走廊！

剛才葉飛刀把張織雲支開去開門的時候，古靈就已經猜到他想幹什麼了。被關在一個地方，不管是想辦法求救，還是自己設法逃出生天，首先要確定一件事，這是哪裡？

古靈被關了這麼多天，她當然知道門外是走廊，但除此之外，其他的就都不知道了。她也一直在觀察這個房間，只不過光憑眼睛去觀察，能獲取的信息還是太少了。剛才葉飛刀故意摔倒，是想聽地板的回音，確定自己是在一樓還是更高樓層。

古靈不禁對這個平時只會犯傻的葉飛刀另眼相看。而且，不知道是人多了的緣故，還是葉飛刀的緣故，他們進來之後，古靈居然有了一點踏實的感覺。

在張織雲檢查反綁著葉飛刀的繩子的時候，葉飛刀把頭靠在張織雲的肩膀上，也用口型對古靈說道：「hao tong。」

什麼意思？

好痛？這傢伙不是在聽樓層嗎？都什麼時候了，居然還撒嬌！

不過古靈和葉飛刀這一番隔空傳話，也讓位於中間的王魔、阿美和唐本綱明白了他們的目的。張纖雲重新扶好葉飛刀之後，五個人都低著頭，各自想著心事。

這時，門開了一條縫，鑽進一個人頭，是守門的黑衣人。他和張纖雲打了個招呼，示意她出去。

張纖雲看了一圈被綁在椅子上的幾個人，厲聲喝道：「別動歪腦筋。」見他們都沒抬頭，也沒人說話，她才走出了房間。

房間裡沒有外人了，葉飛刀第一個抬起頭，急不可耐地衝古靈說道：「古靈，你沒事吧？」

古靈搖了搖頭，問：「你們怎麼被抓進來了？」

「我……」葉飛刀有些不好意思地說，「我也不知道怎麼回事，就被抓進來了。」

古靈本來稍微放下的心，此刻又懸了起來。

「我去馬戲團……結果……對了，團長呢？」葉飛刀突然想到，團長不在這裡。

「哎。」王魔歎了口氣，「葉飛刀，你做偵探時到底得罪了什麼人？自從你上次回來之後，馬戲團就一直出事……團長死了。」

「死了？」

「嗯，我們聽到團長的叫聲，就趕緊跑到他的房間，結果看到……」唐本綱回想起被打暈前看到的景象，嘴唇顫抖，幾乎說不下去了。

阿美也抽泣了起來。

「阿美，別傷心……」王魔安慰道。

「我沒化妝，就被抓過來了，哇……」阿美哭得更大聲了。

「對了，你看到遲春辰了嗎？」古靈突然說道，「是他把我抓過來的，還有應戰……」

「遲春辰已經被鷹漢組抓住了，現在在你們總部呢。」

「啊。」聽到這個消息，古靈心情很複雜，不知道應該感到高興，還是惋惜。

「要敘舊等出去了再敘。」王魔在椅子上掙扎著說，「先想想怎麼逃出去吧。靠，繩子太緊了！」

「古靈，你剛剛說門外是走廊？」唐本綱問。

「是的，我從被關進來的第一天起就在想這裡是哪裡，但他們遮掩得太好了，目前除了門外是鋪著厚地毯的走廊，其他什麼都不知道。這個房間也沒有窗戶。」

「奇怪啊，一般房間不是都有窗戶嗎？」

「難道是專門用來關人的……」

「專門用來關人？」葉飛刀覺得這個說法有點熟悉。

就在大家七嘴八舌的時候，唐本綱閉上了眼睛，肩膀顫抖，似乎全身都在用力。

「唐本綱，你怎麼了？」旁邊的阿美發現了他的異樣。

過了一會兒，唐本綱睜開眼睛，彷彿虛脫了一樣，無力地說道：「周圍沒有動物。」

「什麼？」

「你們忘了嗎，我有一種讓動物討厭的體質，貓狗看到我要麼炸毛，要麼病殃殃的。雖然我是個馴獸師，但一直被動物嫌棄……現在，周圍沒有動物嫌棄我，我能感覺到！」

「你的感覺準嗎？」阿美皺著眉頭說道，「我就很嫌棄你啊。」

「如果唐本綱的感覺準確……」王魔開口道，「那我們現在在哪裡？還是不知道啊。」

「不！大自然裡有很多動物，大部分不會出現在你眼前，比如地裡的蚯蚓、螞蟻，身邊飛舞的飛蛾、小蟲……」

「那你豈不是每天都活在被嫌棄的環境中？」葉飛刀一語戳中唐本綱的痛處。

「我們不在地面……而是在高空！而且，是連鳥都飛不到的高空！」

古靈的這句話讓眾人驚了一下，在幻影城，這麼高的高樓……有很多啊！

「只知道我們在樓層很高的房間，並沒有什麼用啊，反而……更難逃走了。」王魔說道。

「門外是鋪著地毯的走廊，這樣的格局不太像是住宅樓。」古靈繼續往下說，「這裡是酒店，或者辦公樓！」

「但最多只能推理到這裡了，具體位置在哪兒，我們還是不知道，沒用。」唐本綱歎了口氣。

「是啊，我們所了解的信息都太虛了，如果有一個定位裝置，能直接看到我們在哪裡——」

「定位？」阿美突然插嘴，「我……我有一個定位裝置。」

「什麼！」王魔吃驚地看著阿美。

「我從網上買的，浪漫雙人定位器，本來想用在白一男身上的，結果……」說到白一男，阿美又快哭了。

「還好沒用在白一男身上！」王魔不管身邊姑娘的心情，興奮地說道，「快拿出來！」

也許是眼下情況確實緊急，阿美沒有過分沉溺在失去白一男的痛苦中，聽到王魔的命令，她緩緩地低下了頭。不愧是馬戲團裡表演柔術的高手，阿美就像沒有骨頭一樣，頭不斷往下垂，身體幾乎對折。終於，她的嘴巴湊到了衣服口袋前，伸出舌頭探了進去，撥動幾下後，叼出兩個小小的圓盤。

王魔驚訝地看完阿美的表演，然後說道：「你都能這樣了，為什麼不從繩子裡逃出來！」

阿美呆了一下，然後口齒不清地說了一句：「對哦。」

接下去的一幕，就連近景魔術大師王魔也覺得是個奇蹟。只見阿美被反綁在椅子背後的手扭動了幾下，然後繩子就脫落到了地上。重獲自由的阿美先把王魔的繩子解開，把嘴裡的兩個定位器交到王魔手中，然後去解其他人的繩子。

葉飛刀重獲自由後，看到王魔正拿著兩個定位器，翻來覆去地研究著。

「好像看不出來我們在哪裡啊。」王魔指著小圓盤顯示器上的一個綠色小點，問道，「這個綠點是什麼意思？」

「哦，這個綠點是另一個定位器的位置。」阿美回答道。

「另一個定位器？在哪兒？」

「也在你手裡。」

「那有什麼用啊！」王魔氣得直跺腳。

「這個雙人浪漫定位器本來就是監視另一個定位器的位置的嘛，又不是專門用來逃脫的……」阿美委屈地說道。

「沒關係的，阿美，多虧了你。」古靈這時也被解開了繩子，被綁了幾天，突然身體可以自由活動，一時間她感覺既暢快又痛苦，「既然現在我們自由了，就無所謂在哪裡了，和他們正面開戰吧！」

「古靈……你不要緊吧？」葉飛刀看出古靈活動身體時下意識地皺了皺眉，知道她此刻的身體狀態非常糟糕。

「沒事。」古靈只簡單地說了兩個字。

葉飛刀走到古靈面前，雙手扶住她的肩膀，直直地看著她。

「你……你幹什麼？」古靈扭動著肩膀。

「原來……扶住別人肩膀是這種感覺。」葉飛刀說道。

「什麼感覺？」

「信任……和勇氣吧。」

「吧……是什麼意思？」

「信任和勇氣！」葉飛刀重新說了一遍，「我從來沒扶過別人的肩膀，因為扶不準，但我能扶住你的。這感覺……真的很好。」

古靈不明白葉飛刀在說什麼，但從葉飛刀溫熱的手掌傳來的溫度，居然讓她的肩膀感覺不那麼痠痛了。

「我們一定要活著離開這裡。」

「嗯。」古靈點點頭，她也知道，當門再次開啟的時候，勢必會有一番惡戰。

「萬一……萬一有人出事了。」葉飛刀結結巴巴地說，「我、我不想有遺憾。」

「啥？」

「趁這裡沒人，我要對你說三個字。」

古靈一下子羞紅了臉。

旁邊的王魔把兩個定位器放進口袋，咳嗽了一下。「我們不是人嗎？」唐本綱也小聲說道：「好熟悉的感覺……好尷尬，被嫌棄……」

是的，在葉飛刀眼裡，這個世界上只剩下他和古靈了。不是在遭人綁架的小房間，身邊也沒有馬戲團裡的老朋友，只有他和古靈！

葉飛刀盯著古靈，一個字一個字地說了出來。

「字！字！字！」

古靈懵了。「你……你要說的就是這三個字？」

這時，門口處傳來張纖雲的驚呼聲，馬上，站在門口的兩個黑衣人就衝進了房間。古靈瞬間切換到戰鬥狀態，朝兩名黑衣人撲了過去。

古靈的行動就像戰鬥的號角，房間裡其餘的人也紛紛上前。唐本綱和阿美兩人攔住了正要跑去呼救的張纖雲，張纖雲本來就瘦小，來不及抵抗，就被唐本綱制伏了。阿美用手捂住張纖雲的嘴，唐本綱則把張纖雲的手臂牢牢地鉗住，嘴裡還說著：「哼，讓你也嘗嘗手臂被反綁的滋味！」

另一邊的戰鬥局勢更加明朗，古靈本來就身手矯健，再加上天生神力，兩個黑衣人根本不是她的對手。只不過現在古靈還沒有完全恢復體力和精力，兩個黑衣人才能和她過上幾招，但在葉飛刀和王魔加入之後，勝負瞬間就有了結果。

「住手！」

一個聲音在門外響起，眾人看去，只見一位蓄著銀鬚的老人站在外面，身後是一排黑衣人。如果說只是人多，還有去拚的餘地，但老人手上的槍，讓古靈他們不由得停下了動作。

「應戰……是你殺的？」葉飛刀咬著牙問道。幻影城雖然是偵探之城，但事務所畢竟是民間組織，槍枝只有警察總署的人可以配備，眼前這個老人到底是什麼來頭？

老人不置可否，依然用槍口指著古靈。

古靈看著黑洞洞的槍口，這是一個能吞噬性命的黑洞，這個黑洞在古靈眼前越變越大，洞裡出現了應戰中槍的畫面，他艱難地控制著自己搖搖欲墜的身體。應戰身後，是一個人從高空墜下的畫面，黑色的風衣被風吹得鼓起來。接著槍口變成西洋鏡，許多她不想記起、卻一直記著的往事一幕幕輪番上演。

「哥哥……」

當古靈回過神來的時候，發現自己已經不受控制地朝那個老人衝了過去，槍口確實越變越大了，因為越來越近。

老人沒想到古靈會如此不惜性命地衝過來，出於害怕或者本能，他扣下了扳機。而在他扣下扳機的同時，眼前閃過一道寒光，直衝他臉上來。同樣是出於害怕或者本能，他側身躲了一下，從槍裡射出的子彈偏離了原來的軌道，擦過古靈的肩頭，向後方射去。

葉飛刀射出的飛刀歪歪斜斜地飛過老人身邊。其實根本不用躲避，飛刀本來就射不中。但現在後悔也來不及了，古靈已站到了老人身前。

老人手上的槍被拍掉，身體摔倒在地。與此同時，身後的眾多黑衣人一擁而上，古靈來不及撿起手槍，就赤手空拳地和他們展開了搏鬥。

屋裡的葉飛刀正想上前助陣，卻發現王魔痛苦地倒在地上，手捂著胸口，很快，整個手都變紅了。阿美和唐本綱先後跑向了他。

短短幾分鐘，在這間屋子裡發生了一場殊死搏鬥，又馬上歸於平靜。

古靈終於抵擋不住一波接一波的黑衣人，筋疲力竭的她再次被抓住，老人從地上爬了起來，撿起手槍頂著古靈的腦袋。

王魔躺在阿美的懷裡，已經說不出話了，鮮血還在往外冒著。擦過古靈身子的那顆子彈正好打中了王魔。

「綁好！」老人命令道。

很快，失去抵抗能力的幾個人再度被綁在椅子上，只不過少了一個人。

老人皺著眉看了看王魔的屍體，對身邊的一個黑衣人說：「帶走，處理掉。」

黑衣人依言把王魔的屍體抬了出去。

老人一言不發，輪流用槍指著被綁住的幾個人，他的長鬍子顫抖著，好像已掩藏不住內心的憤怒，想把他們全部槍殺。直到有個黑衣人過來對他耳語了幾句，老人才收起槍，走了出去。

他沒有關門。依舊有兩個黑衣人安靜地站在門口守著，只能看到鋪著厚地毯的一小段走廊。

這時阿美突然坐直了。葉飛刀、唐本綱和古靈驚訝地看著她，只見她又慢慢地低下頭、低下頭，低到一個不可思議的角度，然後從口袋裡叼出了一個小圓盤。

小圓盤上，綠色的小點正在勻速移動。

這是近景魔術高手王魔給他們最後的禮物，也是他這輩子表演的最後一個魔術。

綠色的小點勻速移動了一會兒，停住了。

阿美嘴裡叼著定位器，頭轉向葉飛刀這邊，葉飛刀一邊觀察綠點，一邊斜眼看著門外的守衛。幸好，黑衣人似乎根本不在乎屋裡的人在幹什麼，只要沒動靜，他們就像石獅子一樣一動不動。

葉飛刀默默地記著時間，停了大概二十秒，放在王魔身上的綠點再次勻速移動。過了一會兒，綠點又停住了。

又過了二十多秒，綠點移動到了顯示器的邊緣，然後消失了。

葉飛刀看著阿美，阿美也看到綠點不見了。她把定位器重新放回口袋，然後坐正，遺憾地表示：「走出範圍了。」

「喂！你這個定位器到底有什麼用啊！」唐本綱小聲地抱怨著。

「不……」葉飛刀沉吟道，「我好像知道我們在哪裡了……」

「啊？」

「要運走王魔的屍體，肯定需要一輛車。」葉飛刀眼睛盯著門口，說道，「移動了一陣子之後停了二十秒左右，說明是碰到了紅燈。短短的時間裡接連碰到兩次紅燈，說明這裡不是郊外，而是交通繁忙的鬧市區。」

「鬧市區裡全是高樓大廈，知道了這個又有什麼用？」唐本綱反問道。

「關鍵是……勻速移動。」葉飛刀說道，「既然是鬧市區，又不是大半夜，肯定會堵車，但這輛車始終保持著勻速前進，除非……這條街上所有的車都避開它！」

「難道……」說到這裡，其他人終於明白了事態的嚴重性，「執行任務的警車、救護車和消防車，這些車有優先通行權。」

「再考慮到槍、專門用來關人的房間……」在這樣的環境中，葉飛刀終於不依靠左柔，自己推理出了答案，「那是一輛警車。」

7. 美麗新世界

鷹漢組總部，十八層，會議室。

翟天問依然坐在老位子上。在他的一側，楊懷斗和陳長安也坐在屬於自己的位子上，另一邊，是左柔、韓決和幽幽。

「左柔，你知道你剛才在說什麼嗎？」楊懷斗大聲問道。

「我知道。」左柔淡淡地應了一句，然後又說道，「我不想浪費時間，所以才開門見山的，希望你們也能誠懇一點。你把人關在哪兒了，翟所長……或者叫你，神祕組織頭領？」

左柔又面對楊懷斗和陳長安，問道：「你們通常是怎麼稱呼他的？」

「左柔。」翟天問粗糲的嗓音響了起來，「你是一個聰明人，但這次好像有點聰明過頭了。你們所長的事我也很遺憾，但你若因此得了臆想症，可就更愚蠢了。」

「是，我是很愚蠢，愚蠢到這麼簡單的事都看不出來。」左柔依舊冷靜地說著，「神祕組織怎麼可能是幾個分布在幻影城各個角落的散兵能組成的，他們一定有組織、有紀律，除了高層領導，還需要大量的小弟去跑腿、疏通各種關係。鷹漢組是幻影城最大的民間偵探組織，表面上分成四個偵探分隊，而絕大多數總部成員都很神祕，誰也不知道他們在幹什麼！」

「我們有完整的財務報表，每個專案都是合法的。你有興趣的話，我可以拿給你看。」翟天問說道，「不過要簽保密協議。」

左柔冷哼了一聲。

「你們鷹漢組人這麼多，偽造一份財務報表又算得了什麼？」

「看來我是說服不了你了。」翟天問身子往前傾了傾，「那不如你來說服我吧，鷹漢組為什麼是神祕組織？」

「好，我們從幾年前的灰白馬酒店集體墜樓案說起吧。」

「同一時間，灰白馬酒店六樓的所有客人全部墜樓，這是神祕組織犯下的三樁特大懸案之一。」翟天問說道，「直到現在也沒人知道是怎麼回事，只能說被害人被集體催眠了。」

「不，他們沒有被催眠。」

「那我來聽聽你的解答。」翟天問饒有興趣地瞇起眼睛。

「集體墜樓，集體墜樓，集體墜樓。」左柔連說了三遍「集體墜樓」，接著說道，「如果每個人都把這個當成謎面，那再過這麼多年也不會得出真相。要控制這麼多人同一時間跳下樓，除非是神跡。但如果我們換個角度，先看結果，再通過結果去想謎面，這件案子突然就變得非常簡單了。」

「先看結果，再想謎面？」

「沒錯，我們拋開灰白馬酒店，拋開六樓，看到的結果是什麼？是同一個平面上的所有人集體墜亡。」

「還是無解啊。」陳長安開口說道。

「不，有一種情況下，這樣的結果是最正常不過的。」左柔慢慢說出了兩個字，「墜、機。」

「墜機？你開什麼玩笑！哪兒有飛機？」楊懷斗搶著辯駁道。

「既然沒有答案，那就是題目出錯了。只有這種可能性。」見沒人反駁，左柔繼續說道，「灰白馬酒店其實只有五層樓，它的六樓，是和下面的五層連在一起、外觀也差不多的飛機。仔細看的話，還是可以發現六樓和下面的五層樓有著微妙的區別的，比如房間數量不一樣。但是，有一根鋼絲從一樓一直連到六樓，因此根本沒人懷疑這層樓其實並不屬於這幢建築。」

「左柔你在開玩笑嗎？」楊懷斗叫道，「整整一層樓其實是一架飛機，你是不是瘋了？哪裡會有這種造型的飛機，油箱呢？線路呢？」

「沒有人規定飛機一定要是什麼造型的，你要是想像力不夠的話，可以叫它飛船。油箱和線路這些東西都可以慢慢改，畢竟出事之後，負責看守那個酒店的也是你們的人，杜維夫。」

「好，就算像你說的，當時飛船起飛了，然後發生了墜機，所有人都摔了下去。但外面有那麼多人，他們沒有目擊嗎？」

「事件發生在晚上，外面並沒有你所說的那麼多人。而且飛機並不是飛了起來，它只須稍微抬起一側，有一個傾斜的角度，乘客——他們以為自己在酒店裡——自然會摔出去。而在警察總署的人趕來之前，負責管理這片區域的你們，早就把房間裡可能透露真相的線索全部清除了。我說得誇張一點，你們既然要執行這個計畫，肯定做好了萬全的準備。即使有目擊者，憑你們的能力，也能輕易讓他們閉嘴。」

「能完成這個計畫的，只有我們鷹漢組，所以我們鷹漢組是神祕組織。」陳長安笑了一聲，「左柔，你這個邏輯不怎麼樣啊。你有酒店六樓是飛機的證據嗎？」

「當然有。我請一個朋友去了現場，他已經驗證過了，我的推理沒有錯。」

翟天問看了陳長安一眼，陳長安轉動著眼珠，嘴裡小聲嘀咕著：「不可能啊……怎麼會有證據。」

「陳隊長，請講大聲一點，你是承認了嗎？」

「你們是怎麼驗證的？」

左柔當然不可能告訴他們，有一個人的超能力是能在飛機裡飛。「你好好想想吧，我們接著說李所長的死亡留言。」

左柔堅定的神情以及剛才的推理讓陳長安汗如雨下。他不敢再多說話，轉而拚命思考到底哪裡疏漏了。

「知道你們就是神祕組織之後，李所長奇怪的死亡留言也就不奇怪了。本來我在想，如果李所長知道神祕組織的身分，為什麼不直接用嘴巴告訴我們，而是對葉飛刀說了一句廢話。那是因為，你們也在場，他當然不能直接說了。」

「所以他就說了一句廢話？」

「不，李所長說的不是廢話，那一句其實就是他給我們的留言！」

「嗯？」翟天問皺了皺眉頭，左柔之前的發言都是他已經知道的事情，但這件事，他確實不明白。

「還記得李所長當時說的話嗎？他對葉飛刀說，他是一個優秀的偵……呸。他沒有完整說出『偵探』兩個字！」

「什麼意思？」

「你曾經說過，幻影城裡所有的偵探事務所都叫偵探事務所，唯獨你們鷹漢組，從來不自稱偵探！」左柔提高了音量，「看似是偵探，其實不是偵探，這就是李所長的死亡留言！」

「太牽強了吧。」

「你們聽不懂，就說是牽強嗎？」

「好，左柔，那你告訴我，當時你們都在這裡，如果我們真的是神祕組織，為什麼不在那個時候就把你們都殺了？」

「因為丁極還沒來。」左柔說道，「也許你讓我們過來，確實是想全部殺掉。但李所長比我們晚來，他在出發前打了一個電話，這件事遲春辰知道。在不知道這通電話打給誰了的情況下，你們不可能殺我們，不然就暴露了。難怪你們當時氣勢洶洶的，二話不說就把我們關了起來。後來，你們沒想到遲春辰的身分這麼快就暴露了，再也沒有理由關我們，就把我們放了。但是放了我們之後，李所長的援軍，丁極老師才姍姍來遲。」

鷹漢組的人安靜地聽著。

「每一步都差一點，我們在的時候，丁極沒來，丁極來了之後，我們已經走了。不知道是你們運氣太差，還是我們運氣太好。後來你們就像囚禁我們一樣囚禁了丁極，這麼簡單的事我居然是直到不久前才發現。丁極離開了自己的事務所，來到鷹漢組總部，然後就失蹤了。都怪我太信任你們，才沒想到這個連三歲小孩都能想到的結論，丁極就在鷹漢組總部！神祕組織不再神祕了，它只是充滿謊言而已。翟天問，你到底把古靈和丁極他們關在哪兒了！」

翟天問聽完左柔的推理，深深地吸了一口氣，說道：「已經很久沒有人敢當著我的面叫我的名字了。」

「翟天問！」左柔又大聲叫了一遍。

翟天問盯著左柔看了一會兒，突然呵呵地笑了起來。「你們就三個人，敢在這裡撒野？」

「你在威脅我？」

「我在提醒你。」翟天問說道，「不管你找到了什麼證據，說話還是要小心一點為妙。」

「葉飛刀跟我說過，我就是太冷靜了，應該衝動一點。」

「葉飛刀……」翟天問緩緩說道，「果然給你指了一條明路啊。雖然善後工作有點麻煩，但沒辦法，只能讓你們一起死了。」

「什麼？葉飛刀也在這裡？」

「是啊，他還推理出這裡是警察總署呢，呵呵，有時候他的推理比你還大膽。」

「你承認了？」左柔屏住呼吸問道。

「我承認了，鷹漢組就是你們所謂的神祕組織。」翟天問轉向韓決，說道，「你錄音了吧？」

韓決繃緊了後背，右手牢牢地攥著口袋裡的手機。翟天問說的沒錯，他一直在錄音，這是他和左柔制訂的策略。左柔的推理指向鷹漢組就是神祕組織，但所有的證據都是旁證，只能證明推理沒有錯。但如果要扳倒鷹漢組，沒有鷹漢組或翟天問犯罪的直接證據是幾乎不可能的。所以，左柔認為他們要冒一次險，直接闖進鷹漢組總部，在翟天問面前把一切挑明。計畫進展得還算順利。翟天問承認了，錄音也錄好了，但接下去，才是關鍵。

「我不知道你錄音有什麼用，這份錄音是出不了這個房間的。」翟天問從椅子上站了起來，繞著辦公桌開始踱步，「這裡沒有信號，電話都打不通，你不可能發給別人。你們要真相，可以，我給你們，然後，你們就和真相一起被埋葬吧。」

「葉飛刀在哪裡？古靈在哪裡？」左柔高聲質問，摟過了幽幽。剛才翟天問說話的時候幽幽一直蹲在地上，不知道在做什麼，好像根本不知道自己已經命懸一線。

「不要著急，你們很快就會見面了。」說著，翟天問好像想起了什麼有趣的事情，笑了一下，又說道，「現在的年輕偵探也不怎麼樣嘛，剛才你的幾個朋友費了半天力氣也沒從我這裡逃出去，最後葉飛刀還推理出這裡是警察總署，哈哈哈。」

翟天問的笑聲感染了楊懷斗和陳長安，三人同時放肆地大笑起來。

「我跟你講講他的推理吧，因為有關押人的房間，所以這裡是警局。可我們鷹漢組也有關人的房間啊。」翟天問好像對取笑偵探很感興趣，「因為路上的車都會避讓，所以是警車，我們鷹漢組的車在這片也都是人人避之唯恐不及啊！還有更可笑的，因為有槍，所以是警察，哈哈哈哈，罪犯也有槍啊！」

「笑夠了嗎？」左柔冷冷地說道。雖然她也知道，葉飛刀說出偽解答特別正常，她自己也經常吐槽他，但被翟天問這樣拿來恥笑，還是讓她覺得很難受。

「偵探出醜，我怎麼可能笑得夠？」說完，翟天問又爆發出一串笑聲。

「你們為什麼要做這種事？」

「為什麼？問你們啊，要不是你們這些偵探，我會這樣嗎？」自從承認之後，翟天問就好像換了個人，將內心的瘋狂完全地暴露出來，「好好的一座城市，有黑道，有白道，大家互相牽制、各有體系，警察搞不定的事情，我們幫忙搞定，我們在做自己的事的時候，警察就睜一隻眼閉一隻眼，這樣的城市是不是很好玩，很有趣？但是，自從那個老頭子說這裡要變成『幻影城』之後，一切都變了，什麼都是偵探、偵探、偵探！警察也不太出動了，反正有這麼多大偵探，他們抓人就行了。而我們呢？統領這座城市的最大社團，居然也要改成什麼偵探事務所！還有積分體系，積分比我們多的排名就比我們高，這是什麼破爛規則，幾個作家都比我們強了！我們從最底層、最黑暗的角落出來的，五個人、十個人、一百個人，終於成了最有勢力的幫派，不知道流了多少血，受了多少你們難以想像的苦。突然一夜之間，讓我們一起玩偵探遊戲，就算我能接受，我手下那麼多兄弟也不能接受啊！」

「是你欲望太多了。」

翟天問看著左柔，搖了搖頭，說道：「是你已經習慣了規則，所以覺得是我欲望多。」

「你為了自己的欲望，殺了那麼多無辜的人，還找什麼冠冕堂皇的藉口！」許久沒說話的韓決突然激動地說道。

「你看過《美麗新世界》嗎？」

韓決愣了一下，《美麗新世界》是赫胥黎的反烏托邦名作，作品描繪了未來世界中一派井然有序的景象，但這樣的世界失去了人類最基本的感情。韓決當然看過這本書，只不過他不明白翟天問為什麼突然說起這個。

「沒有變化，沒有感情，沒有冒險，沒有自由，只有規則和服從，這樣的世界是你想要的嗎？」翟天問湊近韓決，說道，「幻影城就快要變成美麗新世界了。」

「你有妄想症！」左柔說道，「城市的規則是在進步的，難道為了你所謂的自由，要倒退回茹毛飲血的野蠻時代嗎？」

「哈哈哈哈，規則越來越多，束縛越來越多，如果你們沒有在一開始就意識到這一點，只會一點一點地習慣，然後成為規則的一部分，到那時候，就再也來不及了。」

「你幾年前犯下那麼大的案子，給幻影城造成了多大的恐慌！現在又不斷製造流血事件，居然還說是為了幻影城好？」

「犧牲是必然的，我也很心痛。」翟天問看上去卻一點都不像是內疚的樣子，「幾年前，我們沒有能力去阻止這個變化的發生，只能製造一些事件，讓時代的巨輪滾動得慢一點，好給我們準備的時間。而現在，我們就快準備好了……」

「你們到底想幹什麼？」
翟天問笑著，沒有回答。他走到會議室門口，打開門，幾個黑衣人押著葉飛刀他們走了進來。
「你們已經沒有必要知道了。」
左柔看到葉飛刀，忍不住撲了上去。「小刀！」
「柔姐……」葉飛刀驚訝地看著左柔，一點都沒表現出夥伴重逢的喜悅，反而很痛苦，因為他知道眼下的處境凶多吉少。
葉飛刀、唐本綱、阿美、古靈被押進來之後，丁極也被押了進來，在他身後，是張織雲和一個長鬍子老人。
「丁老師，你果然在這裡。」
丁極對著左柔歎了口氣，並沒有說話。
最後一個進入房間的人讓所有人都吃了一驚。
「遲春辰！」
遲春辰恭敬地和翟天問打了聲招呼，然後對古靈說：「古靈，現在還有機會，我可以保你不死，跟我一起改變這個世界吧。」
「呸！」古靈狠狠地瞪著遲春辰，「你一開始就知道？」
「不，阿遲是最近才知道我們的計畫的，不過他是個聰明人。」翟天問解釋道，「《偵探事務所規定》正式實行後，我們一邊準備自己的事務，在各大偵探事務所培養自己人，一邊設立了四個專門用來當幌子的小分隊。為了不讓計畫洩露，只有四個小分隊的隊長才能進入總部，他們自然什麼都不知道。但同時，我們也一直在試探、考驗這些隊長，看看是否能在合適的時機讓他們真正地加入我們。很遺憾，赤鷹分隊和雀鷹分隊——」

「所以你殺了我哥和應隊長！」古靈聲嘶力竭地喊道，「你這個惡魔！瘋子！」

「應戰就是一條野狗。」翟天問看著天花板說道，「我派好多人試探過他。他的確不認同偵探的規則，但也不認同其他任何規則，他是一個只靠自己的野獸。沒辦法，這樣的人我們不需要。至於古浪……」

古靈的眼睛已經瞪得發紅了。

「幾年前的事件導致他的未婚妻被殺，這麼多年，他一直沒能解開這個心結。如果告訴他是我們做的，他會第一個來和我拚命。當然，古靈，我殺了你哥哥，你肯定也恨我到死，所以我就去找遲春辰，雀鷹分隊裡面只有他有潛力。」

「我哥哥說，鷹漢組可以接受任何人。」古靈發紅的眼睛裡已流出了淚水，「不管你來自哪裡，什麼階層，只要進了鷹漢組，大家都是兄弟。我們可以採用一切手段，但是一定要有底線，是非分明。如果他知道他一直信賴的鷹漢組是這樣的，肯定會很失望。」

「那就麻煩你轉告他一聲，我也很失望。」

翟天問說完，幾個黑衣人就走上前，分別站在要處決的人面前。

「古靈！」遲春辰大喊了一聲，然後被張織雲捂住了嘴巴。

就在這時，門口突然槍聲大作，門外的黑衣人紛紛倒在了地上，然後一群身穿特警制服的人闖了進來，迅速把屋裡的人包圍了。

翟天問驚訝地看著眼前的一幕，他知道，這些人能夠進到這一層，而他沒有收到通知，就說明整個鷹漢組總部已全部淪陷。

「你們……什麼時候……」

「你不是說錄音送不出去嗎？」韓決掙脫黑衣人，說道，「我把手機交給了幽幽，我們三個進來後，你們的注意力一直在我和左柔身上吧？」

「不，一直在左柔身上。」

「我和幽幽出過好多次現場。」左柔接過話頭，說道，「不管是嫌疑人、凶手還是與案件無關的人，很少有人會注意到一個蹲在地上的小孩子，但他也是超能力偵探事務所的偵探！來的時候，他在口袋裡裝了一些螞蟻，是牠們把你親口承認的錄音轉移了出去。」

翟天問苦笑了一下。「千里之堤毀於蟻穴，真是沒有想到，居然栽在一個小孩子手裡。」

說完，翟天問突然往門口跑去，和他一起向外跑的還有楊懷斗和遲春辰他們。現場的警察反應過來後馬上端起槍，試圖用子彈來阻止他們，沒想到一群黑衣人撲了上來，用身體堵住了槍口。

這一切都發生在眨眼之間，快得難以想像，這種反應速度和毫不猶豫的獻身，是怎麼訓練出來的啊。翟天問口口聲聲要「打破規則」，其實不是在用一套新規則去代替舊規則嗎？

左柔還在想這些的時候，古靈已經跟著翟天問衝了出去。

屋內的黑衣人和警察打成了一團，左柔和葉飛刀追出去的時候，看到翟天問他們正飛快地朝走廊盡頭奔去。在他們後面，古靈緊緊地追著。

這條鋪著厚地毯的走廊並不長，走廊盡頭沒有門，翟天問他們到底要跑到哪兒去呢？

答案左柔很快就知道了。翟天問跑到走廊盡頭後在牆壁上按了一下，然後，左柔看到了不可思議的一幕。

前方的走廊慢慢地升了起來！

古靈不由自主地放慢了腳步，驚訝地看著眼前的一切。彷彿有一個看不見的巨人托起了她前方的空間，伴隨著抖動和搖晃，厚厚的地毯向下滑落，露出下面金屬色的硬殼。隆隆的聲音震盪著所有人的耳膜，這幢樓的一部分，即將脫離樓體。

左柔看著走廊盡頭的那個按鈕，隱約看到了一個字母，她終於知道李清湖的死亡留言是什麼意思了。李清湖之所以知道鷹漢組就是神祕組織，正是因為那一天，他在這一層發現了這個按鈕。

D。

Drive。

和灰白馬酒店一樣，鷹漢組總部的頂層，也藏著一架飛機！

不同的是，灰白馬酒店整個頂層都是飛機，而這幢大廈，只有盡頭的那一部分才是。這意味著，好不容易抓到的神祕組織首領，即將坐著飛機，逃出生天。

就在飛機即將擺脫地毯，飛離這幢建築的時候，古靈大喝一聲，向前猛衝，然後跳上了機艙。

長鬍子老人的槍在剛才的混亂中丟失了，他摸了好久都沒有摸到。陳長安和楊懷斗兩個人擋在翟天問身前，但古靈的速度太快，蠻力裹挾著憤怒，她硬生生地從兩人中間衝了過去，直接撲到了翟天問身上。

古靈跳上去之後，飛機機身已經調整好角度，越飛越高。葉飛刀拔下褲腿上所有的飛刀，朝機艙中的張織雲奮力擲去，由於他無法射準，這些飛刀都沒有對張織雲造成威脅，而是重重地戳在她腳下還未褪盡的地毯上。

地毯被飛刀一扎，不再繼續滑落，而是在空中隨著飛機的升高而越繃越直。此刻，飛機和大廈之間只有一條厚地毯相連。

所有人都知道，這條地毯只是暫時的連接，很快，飛機就會擺脫它，甚至擺脫地心引力的束縛，向更遠處飛去。

古靈知道她的時間不多了，她強忍著身上的疼痛，緊緊抱著被她撞昏了的翟天問，朝那條空中飛毯衝去。這條「路」很危險，卻是回到同伴身邊唯一的途徑。

「阿遲！攔住她！」坐在角落的楊懷斗大聲喊道。

看到沒有受傷的遲春辰應聲擋在了出口，古靈沒有減速，反而瞪圓了眼睛，大吼著朝他衝去。

哥哥，我馬上就要和你一樣，如雀鷹一般翱翔了。

就在古靈即將撞上遲春辰的時候，遲春辰突然側身讓開了。古靈帶著翟天問一口氣衝到了地毯上，順勢滑了下去。

原本就快要脫離的地毯一下子負擔了兩個人的重量，眼看著就要承受不住。

就在這時，遲春辰突然按住了那條幾近撕裂的地毯。他的這一舉動為古靈爭取到了寶貴的幾秒鐘，她終於抱著翟天問，順利地滑落到了大廈裡。

古靈和翟天問重重地摔在地上時，身後的地毯終於掙脫飛刀的牽制，緩緩地飄了下來。

左柔和葉飛刀連忙上前扶住兩人，然後朝天上看去。

遲春辰仍在機艙裡，看著這邊，不過這邊的人看不清遲春辰臉上是什麼表情，因為他們之間的距離，已越來越遠了。

8. 尾聲

「古靈，不如你加入我們事務所吧？」

葉飛刀來回踱著步，問坐在沙發上的古靈。

他們旁邊，幽幽正在窗邊餵鳥。屬於李清湖的辦公桌上有一杯冒著熱氣的阿華田，只不過坐在椅子上的不再是那個穿著西裝的老人，而是左柔。

「我決定……還是把雀鷹分隊的風格延續下去。」古靈抬起頭，說道，「就當是為了哥哥吧。」

「翟天問被抓，鷹漢組瓦解了，你這樣等於要另起爐灶……」

「沒關係，哪怕人再少，事務所再小，我也想守護。」

「那……」

「小刀，謝謝你，但我不會加入超能力偵探事務所的。」

「我的意思是，我能加入你的事務所嗎？」

「喂，小刀！」左柔聽到這話，站了起來，「你說什麼？」

「哎呀，柔姐。」葉飛刀嘻皮笑臉地轉過頭，對左柔說道，「神祕組織已經沒了，以後天下太平，這些都無所謂啦。」

左柔忽然沉下臉來，坐回到椅子上。

「你怎麼了，柔姐？」葉飛刀關切地問，「是不是我說的話惹你不開心了？我跟古靈開玩笑呢，我怎麼會離開超能力偵探事務所……」

「神祕組織沒有瓦解。」

「什麼？」葉飛刀問道，「翟天問不是被抓了嗎？哦，我知道了，你是說遲春辰他們啊。他們幾個人能成什麼氣候，以後就是通緝犯了。再說，鷹漢組總部都被一鍋端了——」

「我不是怕遲春辰他們……」左柔盯著桌子上的阿華田說道，「還記得嗎，神祕組織幾年前就安插了很多內鬼在各家偵探事務所，如今名冊被毀，知道那份名冊的人也都死了。雖然翟天問被抓，但各大偵探事務所裡的內鬼依然是非常大的威脅。而且那天……我們沒看到蕭先生。」

葉飛刀和古靈安靜地聽著，沒有出聲。蕭先生幾乎和鷹漢組總部大廈是綁定在一起的，但是那天居然從頭到尾都沒看到他的身影，後來被捕的鷹漢組眾多成員裡也沒有他，他到底幹什麼去了？

「還有……」左柔皺著眉頭說，「你們不覺得翟天問認罪認得太快了嗎？」

「柔姐你什麼意思？」古靈有點坐不住了。

「籌備了這麼多年，涉及這麼多人和事，如此龐大的計畫，會因為我的幾句話他就全部招供了嗎？」

「推理小說裡不是都這麼寫的嘛。」

「不，沒那麼簡單。」

「就能找到，聊得來——」

「閉嘴！」古靈打斷了葉飛刀無休止的插嘴，「柔姐你平時都這麼辛苦啊，一直被他這樣打斷。」

「我習慣了。」

「你的意思是，鷹漢組只是一個幌子，翟天問也不是幕後主使？」

「我不知道。」左柔搖了搖頭，「我只是感覺事情還沒有結束。幾年前發生的那幾起事件，翟天問說是想讓時代的巨輪滾動得慢一點。也許這一次，他也是想給偵探們製造一些麻煩，給幻影城帶來恐慌，畢竟……排名第五的偵探事務所是製造罪惡的源頭，而在其他偵探事務所中還隱藏著不知道多少內鬼，這些事會讓居民們不再信任偵探，不再信任這個城市目前的規則。」

「這就真的有可能……毀掉幻影城。」古靈喃喃地說道。

這時，偵探事務所的門開了，韓決走了進來。在他身後，是穿著套裝的蘇鳳梨。

「韓教授，」左柔看到韓決，馬上起身招呼，「這次多謝你的幫助。」

韓決快步走到辦公室中央，邊走邊舉起手，算作打招呼。站定後，他依次看了看葉飛刀、左柔、幽幽和古靈，然後說道：「接下來我要說的話，不能有第六個人知道。」

蘇鳳梨在他身後小聲提醒道：「是第七個。」

「對，第七個也不行。」韓決再次環顧眾人一圈，見大家沒有反對，繼續說道，「我知道『捉鬼聯盟』的消息。」

莫里亞蒂監獄。特別關押區。

作為一名囚犯，翟天問特別乖。除了解決生理問題，他都一動不動地躺在硬板床上，雙手交疊放在腹部，眼睛直直地盯著漆黑的天花板。

這一天，翟天問突然從床上坐了起來，臉抽搐了一下。

——他聽到了腳步聲。

腳步聲越清晰，翟天問臉上的笑意就越明顯。

終於，腳步聲的主人出現在牢房前，是一個穿著紅色旗袍的女人。

翟天問和她隔著鐵門，安靜地互望。

兩人無聲地笑了。

附錄：《某信件》

……（前略）

另附上本次調查結果。

關於其他事務所的調查結果，請等候下次來信。

閱後即焚。

	姓名	性別	年齡	職業	特徵	X檔案
第三名 三巨頭偵探事務所	丁極	男	42	推理作家	密室之王	李清湖好友，經常給予超能力偵探事務所幫助
	時彥	男	37	推理作家	邏輯流捍衛者	脾氣暴躁，永遠不摘墨鏡
	湯沫	男	38	推理作家	與時彥共用一個筆名，美食愛好者	善用食物和胃進行推理
第四名 教授偵探事務所	韓決	男	32	應用數學系教授	信奉「紳士之道」	似乎和「捉鬼聯盟」有關
	蘇鳳梨	女	29	鴿群大學助教	對韓決無條件服從	實則保護著韓決
	張織雲	女	21	生物學教授	外表是纖瘦女生	神祕組織成員
第五名 鷹漢組	翟天問	男	46	所長	無法判斷	神祕組織頭領
	楊懷斗	男	25	夜鷹分隊隊長	主管情報	神祕組織成員
	陳長安	男	50	蒼鷹分隊隊長	主管對外事宜	神祕組織成員
	應戰	男	33	赤鷹分隊隊長	主管戰鬥行動	已死亡

第五名 鷹漢組		古浪	男	31	前・雀鷹分隊隊長	主管破案	信奉「拳頭至上」，已死亡
		古靈	女	25	現・雀鷹分隊隊長	主管破案	力大無窮
		遲春辰	男	26	雀鷹分隊成員	善於偽裝的年輕人	神祕組織成員
		蕭先生	男	未知	所長助理	管理內務	未知
第六名 主婦偵探事務所		戴月	女	36	所長	幻影城首富	善用金錢與八卦破案
		小紅	女	18	戴月的保姆		
其他排名	超能力偵探事務所	李清湖	男	51	所長	和善的老者	沒有味覺，已死亡
		左柔	女	28	成員	觀察敏銳，邏輯推理能力出眾	知道左邊口袋內的東西
		葉飛刀	男	26	前・馬戲團成員	沒有腦子的笨蛋	永遠不準
		幽幽	男	10	成員	要小心	能與動物溝通
		展信佳	男	未知	前・成員	未知	未知能力
	雷恩偵探事務所	唐懺	男	37	副所長	沒有左手	疑似神祕組織成員，已死亡
		唐悔	男	37	所長	沒有左手	已死亡
		老婆婆	女	未知	門衛	耳朵時好時壞	

知名不具

於華生街某處

後記

《超能力偵探事務所》第一部出版之後，有不少讀者通過社交網路向我回饋：「太幼稚啦！」「笑點好尷尬啊。」「作為本格推理，也太不嚴肅了。」「沒有可行性！」之類的批評指正。

當然其中也不乏鼓勵、讚揚的評價，即便堅定如我，有時候也會恍惚：到底該聽哪個呢？

不過我的創作理念與初衷從來沒有變過。至少《超能力》這個系列，在本格推理的基礎上，我想做的是盡可能將我心中的偵探世界具象化。阿嘉莎的蘋果、福爾摩斯的煙斗、橫濱馬車道的狗叫、洛杉磯酒吧裡的煙霧……作者、角色、場景、道具都擺放在我心中某個不可取代的角落，陪伴我度過從小大的時光，與我一同穿越不同的城市。

這個隱密的世界龐大複雜，卻又單純可愛，它們帶給我的快樂，我想用自己的方式分享給大家。這大概就是幻影城和那些偵探事務所們的創作根源吧。

「讀完了，真的很快樂。」

所以當看到這種回饋時，我的滿足感比看到任何文學上專業的好評還要強烈。

國人看書常有功利心，說「文以載道」，彷彿一篇文字沒有承載任何道理或責任，就算不得「文」。科舉考試制度以來，讀書的目的變得愈加明確，頭懸樑錐刺股，自殘也要往下讀，它變成了一個任務、一種途徑，不是快樂的事。

曾有朋友驚訝地跟我說：「你為什麼會喜歡讀書呢？我讀書讀夠了，一畢業就再也不想看到書！」

我想這是一種悲哀，他竟然不知道，其實世界上絕大多數的書，都不會教你做人做事，你也幾乎學不到什麼知識，但就是好看啊。

萬般皆下品，惟有讀書高。這句話不對，對我來說，讀書和看電影一樣，和打遊戲一樣，和發呆一樣，和睡覺一樣。改變不了世界的，對社會也做不了什麼有效實際的貢獻，只是因為我喜歡，我愛。

寫推理小說同樣如此。不偉大的，沒有使命感的。就像伊坂幸太郎說，做一個讓孩子不失望的決定。就是這麼自私，確定，溫暖，愉悅。

若硬要說一本書承載什麼功能，它對我來說有時候是個載體、平臺、橋樑。常常因為這一本書，認識了另外一本書，再因為那一本書，認識了一個新的作家，因為喜歡同樣的作品，認識了現實中相處愉快的好友。

每本書都是一個點，當它們串在一起的時候，我與世界的關係都被串聯起來了。

感謝印刻，《超能力偵探事務所》系列是我第一次在臺灣地區出版的作品。我也希望，和印刻的每一位讀者，能以這本書為起點相識，也許有一天，我們也會被串聯起更多共同的溫暖故事與感情。人與人之間的連接，比所有詭計都更加不可思議，也是任何邏輯都無法概括的。

最後簡單說說這本書的內容吧。

第一篇故事的本格部分其實構思起來特別簡單，結構上也是傳統的案發、家訪加破案的三段流敘述，針對現場的某一不合理之處推理出動機，然後通過排除法鎖定兇手。這種寫作方式在我的朋友時晨早期的短篇作品中特別常見。他的作品確實也在很多角度給予了我相當大的啟發，所以這篇故事中登場的新人物韓決，我選擇向他筆下的名偵探「陳爝」致敬。另外透露一下，以時晨為原型的人物時彥將在第三部中被揭開一個驚天秘密，這是我非常喜歡的角色，寫到後來甚至有點感動呢，請大家期待！

第二篇故事的詭計來自於飯桌上的閒聊，吃飯的同伴依然是時晨和雞丁。熟悉我的讀者應該知道，我朋友還真是少啊。那天時晨出了一個謎面：如何在密室中製造一個無頭屍。當時我們想了很多詭計，最後都被棄用。其中我想出來的這個顛倒詭計，雖然不適用於時晨的謎面，但我自認為想法不錯，不能浪費，於是擴展成了這篇短篇。另外推薦一下黑田研二《逆轉裁判》、泡坂妻夫《亞愛一郎的狼狽》和蔣嘉驊《齋冷》，這三本書中都對「顛倒詭計」有奇妙的構思。（沒有洩底，尚未讀過這幾本短篇集的朋友不用擔心）

第三篇故事我個人最喜歡。寫到第二篇的時候，我試圖改變割裂式的短篇寫法，想在劇情上做進一步突破。所以三四篇都不再描寫傳統推理小說中的家訪橋段，一連串主線劇情過後偵探直接開始推理，而伏線就散落在之前的劇情和包袱中。有了這一篇做嘗試之後，我在新創作的長篇喜劇推理《今夜宜有彩虹》、《逐星記》中也沿用了這一風格，將傳統本格的背景描寫和嫌疑人家訪去掉，改成充滿小逆轉的爽快劇情，最後還能進行收束和邏輯推理。希望大家也能喜歡這種風格的推理小說。

第四篇我的計畫是做一個主線劇情的歸納。在《超能力》第一部上市後，不少讀者回饋坑挖得太大，擔心不能填。在這裡我可以很明確地告訴諸位。我也很擔心啊。但我一定會努力去填完，所以這一本其實每篇短篇都在奮力填坑，當然還餘留一些謎團需要等待後續作品解釋，但至少讓這兩本《超能力》合在一起，是可以完整說完一個大故事的。

當然，除了內容之外，寫作方式我也在努力精進。第二本的笑點明顯比第一本要少了很多，甚至開始有一絲悲傷的氣氛（？）。關於一些任性的形容詞用法、語句結構，我的責編也會勒令我改掉。

比如她在編輯稿上寫滿了「水怎麼爭先恐後？」「桌子怎麼發出痛苦的呻吟？」「這裡用匪夷所思這個形容詞是不是太匪夷所思了？」「你是不是動畫片看多了！」……類似這樣的吐槽。我都一一改掉了。

但你沒想到，我會在後記裡寫上去吧！

每年年底，我都會給自己定幾個目標，希望能在明年實現，這些目標關於工作、關於生活、關於感情、關於愛好，關於任何可能發生在我生命中，或者說我希望發生在我生命中的事情。

基於一點點自己的努力和大量他人給予的幸運，關於愛好的小目標每一年都在實現，從網上連載到「私印」，再到翻譯，再到正式出版，感謝很多陪我一起熬過困難時刻、給予我幫助和指點，和所有喜歡我的作品（還有顏值）的朋友，你們都像是我因為推理小說認識的最珍惜的人。

未來還有很多路要走，我的小目標也會一個個變大，就像書中的左柔、葉飛刀、幽幽、古靈，我們經歷了很多故事，才發現沒做的事情更多，我們破解了很多真相，才發現未知的謎團更大。

那麼，就元氣滿滿地、和身邊的朋友們攜手，一起朝下一個目標前進吧。

祝諸君閱讀快樂！

SMART 25

INK PUBLISHING

超能力偵探事務所 2
神祕組織

作　　者　陸燁華
總 編 輯　初安民
責任編輯　林玟君
美術編輯　陳淑美
校　　對　吳美滿　林玟君

發 行 人　張書銘
出　　版　INK 印刻文學生活雜誌出版有限公司
新北市中和區建一路 249 號 8 樓
電話：02-22281626
傳真：02-22281598
e-mail：ink.book@msa.hinet.net
網　　址　舒讀網 http：//www.sudu.cc

法律顧問　巨鼎博達法律事務所
施竣中律師
總 代 理　成陽出版股份有限公司
電話：03-3589000（代表號）
傳真：03-3556521
郵政劃撥　19000691　成陽出版股份有限公司
印　　刷　海王印刷事業股份有限公司

出版日期　2018 年 7 月　初版
ISBN　978-986-387-238-2

定　價　280 元

國家圖書館出版品預行編目資料

超能力偵探事務所 2：神祕組織／陸燁華 著；
--初版，--新北市：INK印刻文學，
2018.07　面；14.8 × 21公分（Smart；25）
ISBN 978-986-387-238-2（平裝）

857.81　107003941